U0120729

老城记

秦淮灯影

老南京

LAO NANJING

张恨水 等著

中国文史出版社
CHINA CULTURAL AND HISTORICAL PRESS

图书在版编目（CIP）数据

老南京：秦淮灯影 / 张恨水等著 . -- 北京：中国
文史出版社，2023.3
（老城记）
ISBN 978-7-5205-3891-6

Ⅰ . ①老… Ⅱ . ①张… Ⅲ . ①散文集－中国－当代
Ⅳ . ① I267

中国版本图书馆 CIP 数据核字（2022）第 199688 号

责任编辑：牛梦岳

出版发行：中国文史出版社
社　　址：北京市海淀区西八里庄路 69 号院　邮编：100142
电　　话：010-81136606　81136602　81136603（发行部）
传　　真：010-81136655
印　　装：廊坊市海涛印刷有限公司
经　　销：全国新华书店
开　　本：787mm×1092mm　1/16
印　　张：18.5
字　　数：207 千字
版　　次：2023 年 4 月第 1 版
印　　次：2023 年 4 月第 1 次印刷
定　　价：52.80 元

目录

01

遇见南京

第一辑

首都名胜

马元烈

南京为吾国首都。襟江带淮，盘龙踞虎，形胜为全国冠。予曾三度过此，行色匆匆，未获遂临观之快；今以襄戎幕来驻此邦，卜居既定，驾言出游，十日之期，名胜涉足几遍，爰就所闻见者笔之。

秦淮为古佳丽地，风流韵事，千古艳称。盈盈此水，遂为游南京者第一注目之地。故予亦于到京之翌日首先往游。以其所经流之形势观之，环于城之南部，适成一凸字形。而往昔之旧院与今日之妓寮，及游艇之所可经行，河房之稍称雅致者，则咸在此凸字左偏一曲之两岸，即武定复成两桥之间。故秦淮虽艳著人寰，而究其实际之足游观者，不过只此而已。

夫子庙号称为首都游戏杂技荟萃之地，在历史上虽不能与莫愁雨花诸胜争一席地，而在今日，则为游乐之中心。首都人士，人人知之，人人趋之。旅京及游京之人，亦莫不人人知之，人人趋之；居京者以夫子庙导初来之客，去京者以夫子庙诏未来之人。

人人既以"夫子庙"三字为言,于是夫子庙遂俨然为南京今日独一无二之胜地。吾震于夫子庙之名久,今幸有游之之机,乃于游秦淮之便,一瞻此夫子庙。

吾始闻夫子庙之名,以为此夫子庙者,必若天津之天花宫,南昌之万寿宫,以庙为商场,权作游人嬉游聚乐之地耳。今至其地,乃知不然。盖夫子庙之本身实荒芜零落,无人涉足其宇;凡人之所谓夫子庙者,实指庙之前若左右一带而言,与庙实无关系。

与夫子庙平列而位其东只隔一巷者,为贡院。在昔科举时代,江南人文之盛,甲于全国,而贡院则所由出也。自科举停,贡院亦随之废;今则垣颓宇败,已日就残圮矣。

其前有空场,为游戏杂技麇集之区,有变戏法者;有拉西洋景者;有舞刀弄棍卖艺者;有杂集穿山甲、豪猪、大蛇之类,炫以为奇观者;并有支木为小台,粉墨登场唱汉调者。虽均无可取,而游人拥挤,较夫子庙前,尤为热闹。

由贡院东行,至利涉桥之迤北,有巷西向,即桃叶渡口也。地当青溪入淮之口。巷中横小木坊,题墨书"古桃叶渡"四字,剥蚀几不能识。其地本为南朝艳迹,今乃沦为水道,为一般赤足力夫挑取河水之所,污秽泥泞,几令人望而不敢即。若非立意寻求,即不能得其所在,盖为人忽视久矣。

乌衣巷为王谢故居,驰声简册,与桃叶渡同为诗人喜赋之资料,故吾亦慕名寻访。地即在文德桥之南不甚远,除巷口有"古乌衣巷"四字之小牌外,他乃一无所有,遂废然返。

雨花台在聚宝门外,俗名聚宝山,相传梁武帝时,有云光法师坐山巅说法,感天雨宝花,唐芦襄因名之曰雨花台。予偕友乘车往,出南门(即聚宝门),经长干里,至山之西北隅下车。拾级而登，有门西向。有小石额，镌"雨花台"三字。入门，路北有方公祠、卓公祠、节孝祠等，门均扃不得入。闻昔之木末亭，即在其次，今已废不可寻矣，再进，当其前者为第二泉茶社。越屋即见泉眼二，平列于院内，即而望之，水去地面可三尺，掬饮之，味甘而柔。泉之东有小阁，据地较高，可以凭窗远眺。于此瀹茗稍息，乃复出。对面为永宁寺，故泉又名永宁泉。由此东行，路南为高座寺，在晋永嘉中原名甘露寺，西竺僧尸黎密来中国，为王导所敬，因号所居为高座寺，此其故址也。寺之东南方有岗隆起，炮台踞其巅，盖雨花台为城南屏障，地势颇高，登其上即可俯瞰全城，为历来攻南京者之所必趋。近世如洪杨之役、光复之役，皆出全力争之。与钟山巅之天保城，同为首都要害，故不得不设戍守也。折而北由永宁泉之背陟岗，全岗尽为大小石子积成，颇滑足难行；见人之以锸掘择石子甚多，即艳称于世之雨花石子之所由出也。造巅北望，全城如在衽下：钟山蠹于东，大江流其北，久为形胜之地，宜兵家所必争也。岗之阴有墓隆起，为明方正学先生瘗骨之所。墓西向，树短碣，为同治五年重修时所立。由此转向西南，逾岗，循原路归。

南京虽自古为帝王都，而历朝宫阙，除明故宫尚略有遗迹，余均荡然无存。宫在城之东南隅，明太祖定鼎后所筑之新宫也。现京人仍称之曰皇城。苟以明故宫之名而问途于人，每瞠目不知所对也。吾于谒孝陵之便，顺道往游。乘车而往，由大行宫街而东，过天津桥，桥居竺桥、复成桥之间，其下即珍珠河青溪支流诸水往汇于淮者也。过桥，当其冲者为西华门，城垣既已无存，城楼亦复圮废，今日所存，只一方形之台，下穴穹窿三门而已。入门除瓦砾载途，唯禾稼与蔓草杂植于内。再进又有方形之门基，是为西长安门，两旁尚有参差兀立若断若续之砖灰土埂，则禁城故迹也。过此略斜向南，又有南向之门，亦只剩门基。门凡五洞，昔日之午门也。门内偏东有高墙矗立，据闻系昔日冷宫，专制之余威，犹令人见之兴感。门南直向洪武门，门北则五龙桥在焉。平列石桥五，尚未大残败。闻此系内五龙桥。尚有外五龙桥，则在午门之南；因非便道，故未往观。

故宫游毕，出东安门，步向朝阳门，将以往谒孝陵也。途中见东北城垣之下，有乔木两株，夹屋而植，闻即荆公半山寺遗址，以不得其路未往。

孝陵在朝阳门外，钟山之阳，所谓独龙阜也。朝阳门为南京之东门，门外尚有瓮城，城楼及垣上，悉着枪弹痕，两次光复战役之遗迹也。出瓮城，向东而北折，路虽不砥平，亦不崎岖。将至陵，即见华表、石兽、翁仲对植于道周丛草间，制颇伟。翁仲文武各四，虽久处风雨之中，尚未摧残，雕工亦可观；历时四百余年，尚能完好，亦可贵也。由此又经数折，乃抵陵门，据高坡上，朱垣环之，横镌"明孝陵"之金字额。入之，其前门平列三碑，剥坏不可卒读。门外复嵌小碣，镌特别布告，以六国文分书之，盖此间外人来游者颇众，故有此种指示也。在正门之北，为飨殿，中供太祖神位，后悬太祖遗像。此殿为后来新建，以殿外旧础较之，视旧制杀三之一，殿材亦殊单弱，盖仅存胜无而已。守陵者于此中布案凳售茶点水果，并有啤酒汽水之类。旁并设一摊，陈故宫砖瓦，并他古董，唯一无足取。予等在此瀹茗休息，守者谓此系钟山泉水所烹，尝之与永宁泉同一无甚特异处。

殿之北两旁为守陵者所居，中复有门，入门即见一长方形庞大建筑物远峙于陵前。予以不谙旧礼制，不敢定其何名，或曰此祭坛也，姑因之，志以备考。坛直向门，中有石铺甬路，唯榛莽载途，积草没胫，零落荒凉，令人兴叹。坛之下为隧道，作穹窿长弄，由南而北，倾斜而下，建筑甚坚。趋而过，声隆隆然回声甚大，此空谷足音所以登然动人耶？逾隧道，左转，登坛之颠，高可数丈；纵目四眺，景物尽收眼底。时细雨洒人，北望钟山之坳，气蒸然者，白云也。坛上稍北有壁周立，向南穴三门，已多残败，似是已圮之殿，然否不可知矣。

坛之北有岗隆起，占地颇大，树木满其上，郁郁葱葱，沐以雨，愈形苍翠，闻此下即太祖埋骨之所。

莫愁湖在城之南，去水西门约二里许。相传六朝刘宋时，卢莫愁尝居此，因以名湖。明初太祖与中山王徐达赌棋于此，诏以湖为汤沐邑，故迄今湖租犹归徐氏。予同友往游，驱车出水西门，过觅渡桥，右向，数折乃达。湖前路间，有新建木坊，颜曰莫愁湖制虽不古，然掩映夹道杨柳间，颇饶逸趣。路之北，一门南向。入门多售荷花莲实者，盖湖产也。再进则竹篱夹道，中莳花草。逾此，一楼前耸，是为胜棋楼，相传即明太祖与徐达弈棋处。楼上门扃尘封，未能登。楼下即郁金堂，南向屏间，悬中山王像，执圭危坐，貌丰腴而和蔼，不类武人。闻楼上尚有一像，则貌癯而神奕，以未能见，不知孰是也。由屏左转其后，豁然轩敞，即踞湖上。北面临水，全湖在望。中间设木榻，榻后悬莫愁小像二，一绘一绣，并有名人楹帖甚多。以寺僧于此中设座售茶，人殊嘈杂，故未能久留细观。即复折出，往游曾公阁。

曾公阁，为湘乡曾国藩建也。位胜棋楼之西，与之平列。屋架于水上，正中面湖设龛，中供曾公像，捻髯悄立，神殊修逸。此中亦售茶，唯人数较少，乃与友择临水一隅，瀹茗小憩。凭栏远眺，清凉山适在其北，钟阜卢龙，左右遥峙，恍若屏障，而江外诸出复隐现于云烟杳霭中；间以练光帆影，随园攉歌所谓"但觉西湖输一着，江帆云外拍天飞"者，洵不虚也。

阁之南有小台，高出阁右，可以登眺。再南尚有楼亭园林之胜，以门闭未能入。

出而右转，过莫愁湖木坊，有门南向，曰粤东建国烈士墓，盖民国建元光复南京时，粤军死事健儿埋骨之所也。入门则冬青夹道，布置类花园；烈士之墓，均平列地上，并不坟起。各墓上平嵌长方石碑，上镌死者姓名，都凡二十。向西，园尽处，丰碑屏立，作"建国成仁"四字，为孙中山先生书。园之北濒湖，正中有亭翼然，作六角形，顶以铅制，柱则石质。坐亭内小憩，湖山景物，都来座上。虽不临水，而轩豁开朗，较曾公阁尤胜。惜无人驻守，故刍荛者随意出入，颇多残毁。

鸡鸣寺者，即梁同泰寺也。踞鸡鸣山椒，在南唐为净居寺，后改为圆寂寺，宋又为法宝寺，后至明洪武二十年，乃建今名。予同友杨君往游。山半有门东向，门旁为志公台，即施食台也。相传元时刑人于此，以后每多怪异；明洪武初，尝于此施食以度幽冥，故名。入门西行数十武，折而向右，拾级斜上，乃达寺。佛殿之外，南向有坊式照壁，坊之右有洋式门，亦南向。从此入而左折，再入一门，即至佛殿。

寺之后殿，迤东有楼，北向者曰豁蒙。是日适值庙会香期，于此中招待善女，故未能久留。豁蒙楼背之南，有楼东向，而制较小者，是为景阳楼，因齐景阳楼之址也。凭栏远眺，钟阜前障如屏，玄武左潴若镜，略一俯瞩，则覆舟富贵诸山，迤逦东去，缅怀六朝乐游苑华林园诸胜，无遗迹足寻矣。此楼为男香客憩居之所，虽得稍事游观，而人声嘈杂，故亦未坐即出。

鸡鸣寺年以六月中旬为庙期，每届此时，则善男信女，摩肩接踵，攘往熙来。山下售香烛及小食之摊担，纷列路旁，而尤以乞丐为最多，自山麓以迄庙内殿门，沿路皆是。残肢烂肌，观之令人作呕，缘多系伪作涂饰，故难召人善感也。

鸡鸣寺俗呼之为观音楼，故吾人唤人力车而告以至鸡鸣寺，每瞠目不知所谓。此亦游人应知之一端也。

台城者，故吴之袜陵、晋之建邺城址。东晋元帝渡江，因修居之，以后宋齐梁陈均因之为宫城。侯景之乱，梁武帝被困馁死，即此也。按《容斋随笔》，晋宋间为朝廷禁省曰台，故台城即禁城也。今其遗址，在鸡鸣山之北，尚有一段未圮，与今日城垣相接，直类砖砌高道。步月迎风，于此最宜。予登其上，凉飙北至，挟玄武湖荷香俱来，披襟当之，顷于同泰寺所被俗尘，为之一涤。

燕支井又作胭脂井，在鸡鸣山东麓，景阳楼之下，一名景阳井，故陈宫井也。以石栏有脉，雨后辄现燕支色，因以得名。当隋师入陈，后主与张贵妃孔贵嫔，尝逃入之，后乃引出，因又名辱井。予于同泰寺出，即趋下观之，井栏石质颇新，谅系后来重置。旁有菜圃，恃此灌溉，实非枯井，不知当日何以能入而不没也。

位鸡鸣山之西，有山隆起，如鸡笼之覆于地者，是为鸡笼山，北极阁即踞其椒。予自鸡鸣寺出，从东路登，路作坡形，无级，复有小草覆之，殊滑而难陟。据《建康志》谓，山周回十里，高三十丈，盖较鸡鸣覆舟诸山，均为高出也。

北极阁者，故元观象台也，为至元元年建。明因之，改为钦天台，于此置浑天诸仪。后徙北京，遂留此阁。阁前为寺，门南向。入门，正殿祀真武大帝，有道士住持，于殿中布几座。以茶点饷游客，费则听给。殿后再上一层，即阁。阁凡三层，门亦南向，有石额，镌"江山毓秀"四字。迎门竖断碑一，只存一"观"字，据闻原系"旷观"二字，今存其半矣。入门，拾级造其巅，豁眸四瞩，大江环于西，蒋山峙于东，玄武湖近在其北，遐迩景物，举收眼底，实为城中部最高所在，亦登眺最佳所在也。惜地势略小，游人纷沓，且年久未修，颇多圮坏，登者一多，即觉岌岌耳。

殿右尚有偏殿，已废坏，其左则有警察居之，于兹施放午炮，城内之司时者也。以踞地较高，颇占形胜，故一有兵事，即在所必争，与城北之卢龙，城南之雨花，城西之清凉，城东之富贵，交互环峙，不特临观所宜，亦城中要害也。

由鸡笼山下，循铁路西行，有亭位于北坡之上，是曰大钟亭。殿宇周之，亭居中央，作六角形。钟即悬于中，铜质，制殊巨；旁置木杵，运而叩之，声隆然，可闻数里，余音袅袅，延数分钟不止。钟前有字，谓系洪武二十年九月铸，而寺僧则谓钟系飞来，娓娓道其鼓铸之历史，与说部中铸剑之神话相仿佛。亭内涂鸦满壁，有游客题名，亦有歪诗，一无足观，遂出。门首有横额，题"元音再起"四字。

鼓楼者，北城巨筑也，不知建自何时。或谓此原系曩日建邺北门，后来北拓城垣，遂以之为鼓楼，然于籍载中不可考，信否不知也。楼基为长方台，高十余丈，中为三穹门；中最大，左右则稍杀。楼凡两层，亦甚宏大，惜年久失修，渐残圮矣。闻其上祀关壮缪，本拟登以远眺，以上有守兵，驻此瞭望，不许上。乘兴而来，遂不免败兴而返。

　　乌龙潭在汉西门内，相传晋时有黑龙现，故名。唐肃宗乾元初，诏天下临江带郭，各置放生池，此潭则颜鲁公彼时因以为放生池者，故今潭上犹有放生庵祀之。地远市廛，以清幽胜。余驱车访之，由汉西门转至棋盘街，沿城根行，即至潭上。潭较莫愁湖为小，南北修而东西仄，为一长圆形。潭心有六角亭，筑小路达东岸。循路步入，路间树小木坊，题曰"何必西湖"。逾坊又十数武，遂达。亭建一沙屿之上，凡二层，有小额题"宛在亭"三字。其西倚梯，拾级登第二层，凭栏而望，全湖并钵山清凉山诸风景均奔眼底。闻潭中昔日可荡舟轻泛，予至则未之见，或云潭已淤滞不能容舟矣。

　　乌龙潭之东南，有新建筑物，是为浙江烈士祠。正门有额，即书此五字。入门，有碑亭当其冲，碑阴列死者姓名，亦光复之役死于国事者也。其后即系祠堂，门扃未得入。两旁尚有楼台之属，占地虽不广，布置颇有可观，非莫愁湖上之烈士墓所可比也。

　　由乌龙潭前，向西，折而北，即龙蟠里。地当钵山石城之间，相传昔者诸葛武侯与吴主孙权于此论建都形势，曰："钟山龙蟠，石城虎踞。"故名。闻左近尚有驻马坡者，即武侯当日驻马观形势处，以咨询不得其址，故未能一证其处。里之南端，有甓门，东即薛庐，其背即临乌龙潭上，为南京有名之私家花园。予以无人介绍，不知能否任人游览，故未入览。薛庐再北，则有曾文正公祠沈文肃公祠等，均以门闭不得入。路西并有图书馆，亦未开放，闻其中善本书籍甚多，恨未能一饱眼福耳。

　　由龙蟠里向北而西，至清凉山。当路之冲，而门东向者，曰清凉寺，其南曰善庆寺，其北曰云巢庵。扫叶楼在善庆寺内，为清初龚半千氏隐居之所，龚托名扫叶僧，故名。路之南，有砖砌坡道，道之两旁，有栏，亦筑以砖。栏之最下端，为两方柱体，连以铁梗，作虹形，中缀玻璃六角灯，朱书"古扫叶楼"四字，类商家门灯，置此幽静处，殊不称。循道而登，最外有殿，殿左为僧舍，其右即扫叶楼，有南北两门可通。南门闭，由北门入。楼下一室题"同读画轩"，壁悬诗联颇多，且有日本人之作，无甚足观。遂由室后循阶登楼，楼中偏北，树木屏，屏悬扫叶僧像，作持帚状。

扫叶楼前凭石头，莫愁湖即在城外，倚栏南眺，全湖在望。雨花山崎其左，大江流其右，较之曾公阁之只见平远者尤胜。清凉山之翠微亭既圮，故兹山之胜，唯厥楼擅之矣。

楼之西南，即清凉门，已堵塞不通。据闻此城即古石头城遗址，以其磊砢特起，有似面具，故俗称曰鬼脸城。

清凉寺，宋清凉广惠禅寺也。在杨吴时为兴国寺，南唐升元初，改为石头清凉禅寺，后主时复改清凉大道场。寺位清凉山半腰，寺门红墙，掩映绿树丛篠间，饶有画意。闻此寺系同治初重修，已多圮废。寺后山巅，旧有翠微亭，为南唐后主所创建，即避暑宫之暑风亭也。迭经修复，清高宗南巡时，曾立碑于上；惜光复之役，复毁于兵，今胜迹不可按矣。

清凉之东北，一岗耸峙，寺于其椒，是为云巢庵，即所谓小九华也。相传为地藏王肉身坐禅处，故每年七月香火极盛，下旬尤最，盖俗传七月三十日为地藏诞辰故也。寺大殿已圮坏，正在募资重建。登其巅，地势迥旷，高出诸山之上。

虎踞关在清凉山之北，予以武侯之言，特往寻其遗迹。至则寥落数家，除壁间钉虎踞关之地名小牌外，一无形胜足言，遂循原路归。

随园为钱塘袁枚所构，以为隐居之所者也。园在西城小仓山，其名盖随袁氏《小仓山房集》久已传播士林，几夫人而知之矣。予亦耳其胜久，虽闻园已废圮，终冀有一二遗迹可寻。故于游清凉山罢，乃转车而南，至乾河沿之西，下车，步至园址。先生之祠堂即在其旁，矮屋数间，殊无轮奂之观。门上镌横额曰"袁子才先生祠"，作篆书，唯门则以砖砌之，其中已沦为守田者之宿舍，盖禾黍离离，此胜名之随园早已成农田矣。先生之墓尚在其西南五台山之侧，一抔荒土，除三尺墓碣外，一无点缀。游览既竟，感慨系之。

首都名胜，于焉略尽。其未到之处，仅半山寺、谢公墩及愚园韬园之属耳。

豁蒙楼上话南京

邓启东

  这是四年以前的事情了，一个初夏的上午，天气是异常的晴和，中华自然科学社假首都鸡鸣寺的豁蒙楼，欢迎新来南京观光的远东考察团。承主席的嘱托，要我出席讲演一点关于南京的典实，于是我就在一群陌生客的面前，指手画脚地，开始我那谈话式的讲演了：

  "各位先生初到南京，一切都很生疏，主席要我讲演南京的典实，来供各位的参考，这在我们居留南京较久，尤其是挂名专习地理的人，当然是义不容辞的事。可是南京不但是我们最伟大的都市，而且是世界上最伟大的都市之一，历史悠久，内容繁复，真是有如'一部十七史，不知从何说起'。现在为清醒眉目，节省时间起见，仅将南京几个显著的特色提出，逐一地向各位略加说明而已。

  "南京第一个特色是地位的重要。南京是总理指定的首都，民国十六年春国民政府就奠都于此，到现在将近十年了。首都在一国的地位，犹如人体上的首脑，为全国总发动机所在，全国各部分都受其支配。而南京所以适于建都的原因，主要由于交通位置的重要。打开中国全图一看，可知南京正位于长江下流靠近河口的南岸，利用长江本支流便利的水运，最容易与沿江各省取得联络；且当南北洋的中心，无论水路或陆路（铁道与汽车道）都很容易与华北及华南取得联络，实为控制全国各部最适当的所在。就对外关系言，南京居于控制太平洋最适当的地位，只要我们国势强盛，大可伸足到太平洋上与列强分庭抗礼；而且近代外力入侵我国的方向已由西北改向东南，南京又适与外力入侵我国的方向针锋相对，并且位于第一道防线以内，更足以显露出立国的积极精神，适合建都的一般原则。

"南京第二个特色是形势的雄伟。诸葛亮初到南京，审察地势，就有钟山龙蟠、石头虎踞的说法，所以自来称南京为龙蟠虎踞之地，军事上至关重要。总理也曾说过：其位置乃在一完美的地区，其地有高山，有深水，有平原，此三种天工钟毓一处，在世界大都市诚难觅此佳境也。也足以表示南京形势的雄伟。大概南京的地势是周围众山环抱，中间原野平铺，我们试登南京雨花台纵目一望，地池如在釜底，但城内也不乏小山出露其间。城内著名的山有狮子山、富贵山、钦天山、鸡笼山、清凉山、五台山等；近郊著名的山有雨花台、钟山、幕府山、栖霞山、牛首山等；所谓'白下有山皆绕郭'，'城中面面皆青山'，久已见诸古代诗人的吟咏了。而秦淮河玄武湖左右映带，于形势雄伟外，更显得风景的美丽；西北方面长江有如玉带横围，益增庄严灿烂之象。

"南京第三个特色是历史的悠久。南京古称金陵，三国孙吴建都于此，称为建业；其后东晋、宋、齐、梁、陈、南唐都在这里建过都，称为建康；明初又为洪武帝的国都，称为应天府；各代建都共计三百七十六年。明永乐帝迁都北京，始有南京之名。清代咸丰年间为洪杨占领。国民政府现定都于此。所以南京要算我国历史上的名都之一。

"南京的城墙为明洪武帝所修筑，于洪武二年（1369年）兴工，历时五年，至洪武六年（1373年）完成，比现存的长城及北平城的修筑还早，原来现有的长城乃为明永乐帝所造，于永乐十年（1412年）兴工，先后经一百七十年始告成，至于秦始皇所修的万里长城乃远在阴山，全用泥土，除了少数地方隐约可见遗迹外，大部分地方已属渺焉不可复迹了。北平城也为永乐帝所造，二者都不及南京的古老。

"南京虽然是历代帝王之都，历史悠久，但自明洪武以来，即使临时建都，却都是代表新兴的势力，所以很有一种新兴的气象，非如旧都北平腐恶的势力，根深蒂固，牢不可拔，有如普通形容的'天无时不雨，地无处不尘，物无所不有，人无所不为'的一般。总理所以主张迁都南京，并指定为我国永久的都城，一方面固由于南京位置的适当，形势的雄伟；一方面也想逃出北平的腐恶氛围，一新中外人士的耳目。

"南京第四个特色是城池的广大。南京城墙号称九十六里，实际上周围仅有六十点六二里，然在世界上已属无有其匹了。世界著名的大城如北平为五十九点一三里，法国的巴黎为五十九点五里，都不及南京的广大。城内面积四十万平方公里，为欧洲摩纳哥国的两倍。自国府奠都改南京为特别市后，周围增长一倍，面积扩大到四百七十八平方公里。城内除屋宇外，很多耕地及荒地，粮食出产不在少数。据曾文正说，太平天国败亡后，城内余粮犹足供数月之需。环城旧辟十三门，清时因城北荒凉，乃关三门，鸦片战争又关一门。宣统元年造宁省铁道，由金川门入城，是为拆城之始，宣统二年南洋劝业会在玄武湖举行，增辟丰润门即玄武门，民初又辟挹江门，现计十一门。

"东晋王导于城外幕府山召集幕府，执行政务，并筑台城，到现在已空存其名，城池荡然无存。旧址就在鸡鸣寺附近，由这里可以望到，史称梁武帝饿死台城，即此。南唐城池较大，筑于914年，现在也已不存，仅有由今汉西门到中华门（即聚宝门）一段，犹为现城所沿用。现在的城墙非由明洪武帝独力修筑，乃与当时浙江南浔巨富沈万三合造，洪武造西北边，万三造东南边，万三挟其雄厚的经济力量，承造的一半竟先洪武部分而完成，于是洪武大怒，以为冒犯王上的尊严，欲杀之泄愤。好在马皇后明理，以'民富侔国，于国法何与'力谏，然后得免，将万三充军到云南。洪武修造南京城，真是煞费苦心。亲自监工，一律用糯米稀饭和石灰代替三合泥，有不用的，格杀勿论；砖石十分宽厚，墙高尝达六七丈，墙脚宽三丈，街道均行砌石，石系六朝碑板，仅去其文字而已，此事于藏晋冬的《元曲选》中曾言及；复于西善桥兴陶业，造琉璃瓦，为屋盖之用；其后永乐帝更利用此等琉璃瓦在南门外造了一座九级八面高达二百四十六尺的报恩塔，以报父恩，塔上悬灯一百二十八盏，彻夜不息，铃声闻于远近，要算当时一大奇观；可惜于同治三年（1864年）为太平军所毁，现存长干里的报恩塔不及当初远甚。又明洪武为造成堂皇美丽的都城起见，有谓尽逐南京土著于云南，另移江南殷实以实京，由此可以揣知随沈万三充军到云南去的当有大批人，据称云南许多地方的居民迄犹操南京口音。

"南京第五个特色是变故的频繁。修筑以前的变故，已属多至不可究诘。仅就修筑以后来讲，所经的变故也就大有可观，南京真算是一位世故老人了。就几次重要的变故说：明永乐篡位兵由龙潭登陆，由金山门入城，是谓靖难之役；明亡国的次年（1645年）福王即位南京，清豫亲王多铎领兵由龙潭登陆，由正阳门入城，福王逃亡，是谓鼎革之役；清道光二十二年（1842年）英兵由龙潭登陆，与我国议和于下关的静海寺，缔结《江宁条约》，是谓鸦片之役。

"以上三役都不算激烈，南京最重大的一次变故，遭受损失最大的，要算太平之役。太平军于咸丰三年（1863年）攻入南京，同治三年（1874年）退出南京，占据十二年之久。太平军攻入南京很快，一时有纸糊南京之谣，原来是利用工兵开掘地洞，中贮火药，将城墙炸毁的。这些工兵都是由湖南南部招来的煤矿工人，对于开掘地洞是素富经验的。大兵屯驻静海寺（寺系明郑和为展览南洋土产所造），表面不动声色，所以当城墙被炸的时候，城内的人只以为是鳌背翻天了。由仪凤门入城，占据南京以后，于钟山第三峰造天保城，于城内富贵山造地保城，以资防守，改称南京为天京。同治三年曾国荃也师太平军的故技，用隧道由太平门攻入，太平军不及退出的尽投秦淮河而死，节概实在可风；事前放火，历三日三夜不灭，文物精华，尽成灰烬，算是南京修城以后空前未有的浩劫。

"太平之役以后，南京犹经过三度兵火：辛亥之役浙军先克天保城，南京遂下；民国初年二次革命，张勋攻入南京；民国十六年国民革命军攻入南京。

"南京第六个特色是风景的优美。当各位由下关沿中山马路进城的时候，沿途虽不乏壮丽的官舍及稀疏的住宅作为点缀，但乡村景象很是浓厚：菜圃、桑园、稻田、茂林、修竹，随处皆是，真不信此身已入京都了。就是在城南人烟稠密的区域，池塘菜圃也常与繁华的市街相间，一脚尚在街头，一脚已踏入田野，以都市而兼具乡村的风味，实为南京最大的特色。陈西滢说南京是城市乡村化，同时也是乡村城市化，可谓中肯之言。而'城中面面皆青山'，自来认为'最是南京堪爱处'。在这些青山当中，又以清凉山及钦天山为最著。

"清凉山古名石头城，原来靠近长江，形势很是险要，诸葛亮因有石头虎踞之说。现以江流迁徙，离江岸已有十余里之遥，其上有清凉寺，凭高览胜，江山如画。钦天山俗名北极阁，靠近城市中心，元明时山上曾建有观象台，现有中央研究院气象研究所，中央大学就在南麓。东延就是鸡笼山，上有鸡鸣寺，就是我们现在的所在了。鸡鸣寺与清凉山的清凉寺同系南京有名的古刹，南朝四百八十寺，现在的已属寥寥无几了。

"鸡鸣寺的豁蒙楼可说是南京风景的集中点：俯瞰后湖，远眺长江，东望钟山，前对幕府。楼上挂的这副'江山重叠争供眼，风雨纵横乱入楼'对联（梁任公书陆放翁诗句），最足以表示豁蒙楼上的气概。后湖又名玄武湖，与绕城西北的秦淮河左右映带，使南京生色不少。湖周围十六里，现辟为五洲公园，因湖中有五岛得名。六朝王室园林多在湖溪，明代尚为禁地，据说梁昭明太子就为游船而溺死的。后湖风景最是佳胜，游艇点点，浮泛于水波容与之中，情趣入画，而西南两面为崇高伟大、古色古秀的城墙所环绕，黄昏落日，尤不禁令人兴故国乔木之思、秋水伊人之想。钟山耸峙于东南，山色湖光，相映成趣；因为山上很多紫色的页岩，又有紫金山之称。山周围六十里，形势险要，最高峰达四百五十米，登高可望长江。王安石诗云：'青山缭绕疑无路，忽见千帆隐约来。'俯视城中，则万家鳞次。自六朝以来，此地就成了东南最著名的胜地，所谓钟山镇岳，埒美嵩华是矣。茅山坡上有中山陵，紫金山的坡上有明孝陵，这是代表中华民族精神的两位英雄，不啻全民族灵魂之所系托，是值得我们顾盼徘徊而不忍去的。中山陵以下有灵谷寺，蔚然深秀，为南京第一禅林。钟山现有树木不多，但在明时遍植楠木，郑和下南洋，造船的原料都取给于此。幕府山连亘于后湖的西北，因晋元帝渡江，王导于此开幕府得名，居民多于此煅石取灰，又名石灰山，远望呈白色，南京古名'白下'，或源于此。其他名胜古迹多不胜数，恕我没有时间一一讲到了。

"南京第七个特色是发展的迅速。南京在历史上有两个黄金时代：一为六朝，一为明初。六朝最大的都市，在北方为洛阳，在南方为金陵。梁武帝时，金陵人口达一百四十万，超过当时的罗马，为世界第一大都会；所谓'金陵百万户，六朝帝王州'，其繁华可以想见，迄隋灭陈，遂成一片焦土。明初经明洪武的苦心经营，南京的堂皇美丽自不待言；其后迁都北平，繁华也未大减，直到清咸丰年间，犹不失东南最繁盛的都市；但一经太平军兵燹后，昔日精华，付之一炬，瓦砾遍野，直至国府奠都，犹不免荒凉寥落之感。可是自民国十六年国府奠都以来，南京又开始走入第三个黄金时代了，都市人口在八年中增加三倍，实为世界各大都市中罕有的现象：民国十六年以前不过三十余万人，民国十八年就增至五十余万，民国二十年达六十余万，民国二十四年已超过百万，要算全世界发展最快的都市了。这种都市急剧发展情形，我们可由北极阁所看到新的建筑有如雨后春笋般，在城北荒凉地区出现的情形看出来。按照现在进展速度说来，不到十年的工夫，定可与伦敦、巴黎、柏林等各大都市相抗衡，我们且拭目以待吧。"

讲到这里，我的谈话式的演讲也就在听众带有感谢意思的鼓掌声及欢笑中停止了。虽然时经四年，但当时讲演的情形，以及豁蒙楼上所看到美丽的山色湖光，迄今犹历历在目。然而，现在的南京呢？已经遭受了它空前未有的侮辱，被倭寇铁骑践踏已二十个月了。热血的中华男儿当如何奋起，组成我们东方神圣的"十字军"，汹涌地向我们的故都，我们的圣地推进啊！

南京

朱自清

南京是值得流连的地方，虽然我只是来来去去，而且又都在夏天。也想夸说夸说，可惜知道的太少；现在所写的，只是一个旅行人的印象罢了。

逛南京像逛古董铺子，到处都有些时代侵蚀的遗痕。你可以摩挲，可以凭吊，可以悠然遐想；想到六朝的兴废，王谢的风流，秦淮的艳迹。这些也许只是老调子，不过经过自家一番体味，便不同了。所以我劝你上鸡鸣寺去，最好选一个微雨天或月夜。在朦胧里，才酝酿着那一缕幽幽的古味。你坐在一排明窗的豁蒙楼上，吃一碗茶，看面前苍然蜿蜒着的台城。台城外明净荒寒的玄武湖就像大涤子的画。豁蒙楼一排窗子安排得最有心思，让你看得一点不多，一点不少。寺后有一口灌园的井，可不是那陈后主和张丽华躲在一堆儿的"胭脂井"。那口胭脂井不在路边，得破费点工夫寻觅。井栏也不在井上；要看，得老远地上明故宫遗址的古物保存所去。

从寺后的园地，拣着路上台城；没有垛子，真像平台一样。踏在茸茸的草上，说不出的静。夏天白昼有成群的黑蝴蝶，在微风里飞；这些黑蝴蝶上下旋转地飞，远看像一根粗的圆柱子。城上可以望南京的每一角。这时候若有个熟悉历代形势的人，给你指点，隋兵是从这角进来的，湘军是从那角进来的，你可以想象异样装束的队伍，打着异样的旗帜，拿着异样的武器，汹汹涌涌地进来，远远仿佛还有哭喊之声。假如你记得一些金陵怀古的诗词，趁这时候暗诵几回，也可印证印证，许更能领略作者当日的情思。

从前可以从台城爬出去，在玄武湖边；若是月夜，两三个人，两三个零落的影子，歪歪斜斜地挪移下去，够多好。现在可不成了，得出寺、下山，绕着大弯儿出城。七八年前，湖里几乎长满了苇子，一味地荒寒，虽有好月光，也不大能照到水上；船又窄，又小，又漏，教人逛着愁着。这几年大不同了，一出城，看见湖，就有烟水苍茫之意；船也大多了，有藤椅子可以躺着。水中岸上都光光的，亏得湖里有五个洲子点缀着，不然便一览无余了。这里的水是白的，又有波澜，俨然长江大河的气势，与西湖的静绿不同，最宜于看月，一片空蒙，无边无界。若在微醺之后，迎着小风，似睡非睡地躺在藤椅上，听着船底汩汩的波响与不知何方来的箫声，真会教你忘却身在哪里。五个洲子似乎都局促无可看，但长堤宛转相通，却值得走走。湖上的樱桃最出名。据说樱桃熟时，游人在树下现买，现摘，现吃，谈着笑着，多热闹的。

清凉山在一个角落里，似乎人迹不多。扫叶楼的安排与豁蒙楼相仿佛，但窗外的景象不同。这里是滴绿的山环抱着，山下一片滴绿的树；那绿色真是扑到人眉宇上来。若许我再用画来比，这怕像王石谷的手笔了。在豁蒙楼上不容易坐得久,你至少要上台城去看看。在扫叶楼上却不想走;窗外的光景好像满为这座楼而设,一上楼便什么都有了。夏天去确有一股"清凉"味。这里与豁蒙楼全有素面吃,又可口,又贱。

莫愁湖在华严庵里。湖不大,又不能泛舟,夏天却有荷花荷叶。临湖一带屋子,凭栏眺望,也颇有远情。莫愁小像,在胜棋楼下,不知谁画的,大约不很古吧;但脸子开得秀逸之至,衣褶也柔活之至,大有"挥袖凌虚翔"的意思。若让我题,我将毫不踌躇地写上"仙乎仙乎"四字。另有石刻的画像,也在这里,想来许是那一幅画所从出;但生气反而差得多。这里虽也临湖,因为屋子深,显得阴暗些。可是古色古香,阴暗得好。诗文联语当然多,只记得王湘绮的半联云:"莫轻他北地胭脂,看艇子初来,江南儿女无颜色。"气概很不错。所谓胜棋楼,相传是明太祖与徐达下棋,徐达胜了,太祖便赐给他这一所屋子。太祖那样人,居然也会做出这种雅事来了。左手临湖的小阁却敞亮得多,也敞亮得好。有曾国藩画像,忘记是谁横题着"江天小阁坐人豪"一句。我喜欢这个题句,"江天"与"坐人豪",景象阔大,使得这屋子更加开朗起来。

秦淮河我已另有记。但那文里所说的情形,现在已大变了。从前读《桃花扇》《板桥杂记》一类书,颇有沧桑之感;现在想到自己十多年前身历的情形,怕也会有沧桑之感了。前年看见夫子庙前旧日的画舫,那样狼狈的样子,又在老万全酒栈看秦淮河水,差不多全黑了。加上巴掌大、透不出气的所谓秦淮小公园,简直有些厌恶,再别提做什么梦了。贡院原也在秦淮河上,现在早拆得只剩一点儿了。民国五年父亲带我去看过,已经荒凉不堪,号舍里草都长满了。父亲曾经办过江南闱差，熟悉考场的情形，说来头头是道。他说考生入场时，都有送场的，人很多，门口闹嚷嚷的。天不亮就点名，搜夹带。大家都归号。似乎直到晚上，头场题才出来，写在灯牌上，由号军扛着在各号里走。所谓"号"，就是一条狭长的胡同，两旁排列着号舍，口儿上写着什么天字号，地字号等的。每一号舍之大，恰好容一个人坐着；从前人说是像轿子，真不错。几天里吃饭、睡觉、做文章，都在这轿子里；坐的伏的各有一块硬板，如是而已。官号稍好一些，是给达官贵人的子弟预备的，但得补褂朝珠地入场。那时是夏秋之交，天还热，也够受的。父亲又说，乡试时场外有兵巡逻，防备通关节。场内也竖起黑幡，叫鬼魂们有冤报冤，有仇报仇。我听到这里，有点毛骨悚然。现在贡院已变成碎石路；在路上走的人，怕很少想起这些事情的了吧？

明故宫只是一片瓦砾场，在斜阳里看，只感到李太白《忆秦娥》的"西风残照，汉家陵阙"二语的妙。午门还残存着，遥遥直对洪武门的城楼，有万千气象。古物保存所便在这里，可惜规模太小，陈列得也无甚次序。明孝陵道上的石人石马，虽然残缺零乱，还可见泱泱大风；亭殿并不巍峨，只陵下的隧道阴森袭人，夏天在里面待着，凉风沁人肌骨。这陵大概是开国时草创的规模，所以简朴得很，比起长陵，差得真太远了。然而简朴得好。

雨花台的石子，人人皆知；但现在怕也捡不着什么了。那地方毫无可看。记得刘后村的诗云："昔年讲师何处在，高台犹以'雨花'名。有时宝向泥寻得，一片山无草敢生。"我所感的至多也只如此。还有，前些年南京枪决囚人都在雨花台下，所以洋车夫遇见别的车夫和他争先时，常说："忙什么！赶雨花台去！"这和从前北京车夫说"赶菜市口儿"一样。现在时移势异，这种话渐渐听不见了。

燕子矶在长江里看，一片绝壁，危亭翼然，的确惊心动魄。但到了上边，逼窄污秽，毫无可以盘桓之处。燕山十二洞，去过三个。只三台洞层层折折，由幽入明，别有匠心，可是也年久失修了。

南京的新名胜，不用说，首推中山陵。中山陵全用青白两色，以象征青天白日，与帝王陵寝用红墙黄瓦的不同。假如红墙黄瓦有富贵气，那青琉璃瓦的享堂，青琉璃瓦的碑亭却有名贵气。从陵门上享堂，白石台阶不知多少级，但爬得够累的；然而你远看，决想不到会有这么多的台阶儿。这是设计的妙处。德国波慈达姆无愁宫前的石阶，也同此妙。享堂进去也不小；可是远处看，简直小得可以，和那白石的飞阶不相称，一点儿压不住，仿佛高个儿戴着小尖帽。近处山角里一座阵亡将士纪念塔，粗粗的，矮矮的，正当着一个青青的小山峰，让两边儿的山紧紧抱着，静极，稳极。——谭墓没去过，听说颇有点丘壑。中央运动场也在中山陵近处，全仿外洋的样子。全国运动会时，也不知有多少照相与描写登在报上；现在是时髦的游泳的地方。

若要看旧书，可以上江苏省立图书馆去。这在汉西门龙蟠里，也是一个角落里。这原是江南图书馆，以丁丙的善本书室藏书为底子；词曲的书特别多。此外中央大学图书馆近年来也颇有不少书。中央大学是个散步的好地方，宽大、干净，有树木；黄昏时去兜一个或大或小的圈儿，最有意思。后面有个梅庵，是那会写字的清道人的遗迹。这里只是随意地用树枝搭成的小小的屋子。庵前有一株六朝松，但据说实在是六朝桧；桧荫遮住了小院子，真是不染一尘。

　　南京茶馆里干丝很为人所称道。但这些人必没有到过镇江、扬州，那儿的干丝比南京细得多，又从来不那么甜。我倒是觉得芝麻烧饼好，一种长圆的，刚出炉，既香，且酥，又白，大概各茶馆都有。咸板鸭才是南京的名产，要热吃，也是香得好；肉要肥要厚，才有咬嚼。但南京人都说盐水鸭更好，大约取其嫩，其鲜；那是冷吃的，我可不知怎样，老觉得不大得劲儿。

南京印象

曹聚仁

我快近十二年没到南京了，早就有人告诉我："你会不认识南京呢！"我报以微笑。我想："小别十年，就会不认识，那还成其为中国吗？"果然，前回在南京，车轮在水潭里滚，车夫在水花里试足，一脚一脚地蹀着；别来无恙，这回在南京，依然车轮在水潭里滚，车夫像渔翁捉鱼一样在水花里试足。车进和平门，一片平芜，危城雉堞隐约于坡坨起伏间。我深深嘘一口气："南京姑娘，我是认识你的！"

一条又宽又长的马路，一直伸了过去，行人指点我："这是中山路，在路的尽头，便是孙中山先生的坟墓。"

中山大路上有成千成万的人在往来：那坐在汽车里的，摇着纸扇弓着背斜在车垫上，卫士挂着木壳枪站在踏脚上，沿途岗警向他致敬；我在中山大路上看见这个。破旧马车，吉诃德式的羸马，一歪一歪地拖着；那车厢里坐着的，弓着背摇着纸扇。坐在人力车上的，弓着背，摇着纸扇，看车夫喘着气一步一步往前拉。

在大路上走的，弓着背，摇着纸扇，皱了眉头在张铁口星相处待了一回，又弓着背摇着纸扇向前走。我在中山大路上看见这个。中山大路上有成千成万的人走着，他们都走向孙中山先生的坟墓。

金陵，古称龙蟠虎踞之地。据术士说，如今地气转动，龙头不在南京，南京只有一条龙尾巴。又有人说，龙脚爪在上海。那一定是齐东野人之言。南京人传言："今年冬天，真龙下凡，上应天象，将有真命天子登基。"这也是齐东野人之言。

进城时，城门口得有一番手续，倾囊倒箧，检查得非常细密。我看见有人递了一张名片，就自由通过了；也有扬长走过，不必递名片的。南京住着这样三种人：一种不必递名片的，一种是有名片可递的，还有一种是无名片可递有劳细密检查的。

进城不远，就可看见许多宫殿式的建筑，有的还正在建筑。不必递名片的，据说住在这宫殿里面。高楼门一带，错落的别墅散在那边，这大概都是有名片可递的。金陵王者之都，宫殿式的建筑，看起来颇为相称；只那些淹没在水潭里的茅屋，点缀其间，"太不雅观"！

秦淮河默默然躺在那里。六朝居的干丝涨了价了，拌上了鸡丝，显得格外油腻。歌女的珠喉，夹着台下的叫好声，夹着灿烂的徽章，南京姑娘已经很摩登了！"埃红"的彩色电光代替了月儿，映入秦淮微波中，秦淮河也摩登了。

南京虫越来越多，越吃越胖了！

一条又宽又长的大路，从这条大路走向孙中山先生的坟墓。

唉！南京的基督！

桨声灯影里的秦淮河

俞平伯

我们消受得秦淮河上的灯影，当圆月犹皎的仲夏之夜。

在茶店里吃了一盘豆腐干丝、两个烧饼之后，以歪歪的脚步踅上夫子庙前停泊着的画舫，就懒洋洋躺到藤椅上去了。好郁蒸的江南，傍晚也还是热的。"快开船吧！"桨声响了。

小的灯舫初次在河中荡漾；于我，情景是颇朦胧，滋味是怪羞涩的。我要错认它作七里的山塘；可是，河房里明窗洞启，映着玲珑入画的曲栏杆，顿然省得身在何处了。佩弦呢，他已是重来，很应当消释一些迷惘的。但看他太频繁地摇着我的黑纸扇。胖子是这个样怯热的吗？

又早是夕阳西下，河上妆成一抹胭脂的薄媚。是被青溪的姊妹们所熏染的吗？还是匀得她们脸上的残脂呢？寂寂的河水，随双桨打它，终是没言语。密匝匝的绮恨逐老去的年华，已都如蜜饧似的融在流波的心窝里，连呜咽也将嫌它多事，更哪里论到哀嘶。心头，宛转的凄怀；口内，徘徊的低唱；留在夜夜的秦淮河上。

在利涉桥边买了一匣烟，荡过东关头，渐荡出大中桥了。船儿悄悄地穿出连环着的三个壮阔的涵洞，青溪夏夜的韶华已如巨幅的画豁然而抖落。哦！凄厉而繁的弦索，颤岔而涩的歌喉，杂着吓哈的笑语声，噼啪的竹牌响，更能把诸楼船上的华灯彩绘，显出火样的鲜明，火样的温煦了。小船儿载着我们，在大船缝里挤着，挨着，抹着走。它忘了自己也是今宵河上的一星灯火。

既踏进所谓"六朝金粉气"的销金锅，谁不笑笑呢！今天的一晚，且默了滔滔的言说，且舒了恻恻的情怀，暂且学着，姑且学着我们平时认为在醉里梦里的他们的憨痴笑语。看！初上的灯儿们一点点掠剪柔腻的波心，梭织地往来，把河水都皱得微明了。纸薄的心旌，我的，尽无休息地跟着它们飘荡，以至于怦怦而内热。这还好说什么的！如此说，诱惑是诚然有的，且于我已留下不易磨灭的印记。至于对榻的那一位先生，自认曾经一度摆脱了纠缠的他，其辩解又在何处？这实在非我所知。

我们，醉不以涩味的酒，以微漾着，轻晕着的夜的风华。不是什么欣悦，不是什么慰藉，只感到一种怪陌生，怪异样的朦胧。朦胧之中似乎胎孕着一个如花的笑——这么淡，那么淡的倩笑。淡到已不可说，已不可拟，且已不可想；但我们终久是眩晕在它离合的神光之下的。我们没法使人信它是有，我们不信它是没有。勉强哲学地说，这或近于佛家的所谓"空"，既不当鲁莽说它是"无"，也不能径直说它是"有"。或者说"有"是有的，只因无可比拟形容那"有"的光景；故从表面看，与"没有"似不生分别。若定要我再说得具体些：譬如东风初劲时，直上高翔的纸鸢，牵线的那人儿自然远得很了，知她是哪一家呢？但凭那鸢尾一缕飘绵的彩线，便容易揣知下面的人寰中，必有微红的一双素手，卷起轻绡的广袖，牢担荷小纸鸢儿的命根的。飘翔岂不是东风的力，又岂不是纸鸢的含德；但其根株却将另有所寄。请问，这和纸鸢的省悟与否有何关系？故我们不能认笑是非有，也不能认朦胧即是笑。我们定应当如此说，朦胧里胎孕着一个如花的幻笑，和朦胧又互相混融着的；因它本来是淡极了，淡极了这么一个。

漫题那些纷烦的话，船儿已将泊在灯火的丛中去了。对岸有盏跳动的汽油灯，佩弦便硬说它远不如微黄的灯火。我简直没法和他分证那是非。

时有小小的艇子急忙忙打桨，向灯影的密流里横冲直撞。冷静孤独的油灯映见黯淡久的画船头上，秦淮河姑娘们的靓妆。茉莉的香，白兰花的香，脂粉的香，纱衣裳的香……微波泛滥出甜的暗香，随着她们那些船儿荡，随着我们这船儿荡，随着大大小小一切的船儿荡。有的互相笑语，有的默然不响，有的衬着胡琴亮着嗓子唱。一个，三两个，五六七个，比肩坐在船头的两旁，也无非多添些淡薄的影儿葬在我们的心上——太过火了，不至于吧，早消失在我们的眼皮上。谁都是这样急忙忙地打着桨，谁都是这样向灯影的密流里冲着撞；又何况久沉沦的她们，又何况漂泊惯的我们俩。当时浅浅的醉，今朝空空的惆怅；老实说，咱们萍泛的绮思不过如此而已，至多也不过如此而已。你且别讲，你且别想！这无非是梦中的电光，这无非是无明的幻象，这无非是以零星的火种微炎在大欲的根苗上。扮戏的咱们，散了场一个样，然而，上场锣，下场锣，天天忙，人人忙。看！吓！载送女郎的艇子才过去，货郎担的小船不是又来了？一盏小煤油灯，一舱的什物，他也忙得来像手里的摇铃，这样叮咚而郎当。

　　杨枝绿影下有条华灯璀璨的彩舫在那边停泊。我们那船不禁也依傍短柳的腰肢，欹侧地歇了。游客们的大船，歌女们的艇子，靠着。唱的拉着嗓子；听的歪着头，斜着眼，有的甚至于跳过她们的船头。如那时有严重些的声音，必然说："这哪里是什么旖旎风光！"咱们真是不知道，只模糊地觉着在秦淮河船上板起方正的脸是怪不好意思的。咱们本是在旅馆里，为什么不早早入睡，掂着牙儿，领略那"卧后清宵细细长"，而偏这样急急忙忙跑到河上来无聊浪荡？

　　还说那时的话，从杨柳枝的乱鬓里所得的境界，照规矩，外带三分风华的。况且今宵此地，动荡着有灯火的明姿。况且今宵此地，又是圆月欲缺未缺，欲上未上的黄昏时候。叮当的小锣，伊轧的胡琴，沉填的大鼓……弦吹声腾沸遍了三里的秦淮河。喳喳嚷嚷的一片，分不出谁是谁，分不出哪儿是哪儿，只有整个的繁喧来把我们包填。仿佛都抢着说笑，这儿夜夜尽是如此的，不过初上城的乡下佬是第一次呢。真是乡下人，真是第一次。

　　穿花蝴蝶样的小艇子多到不和我们相干。货郎担式的船，曾以一瓶汽水之故而拢近来，这是真的。至于她们呢，即使偶然灯影相偎而切掠过去，也无非瞧见我们微红的脸罢了，不见得有什么别的。可是，夸口早哩！——来了，竟向我们来了！不但是近，且拢着了。船头傍着，船尾也傍着；这不但是拢着，且并着了。厮并着倒还不很要紧，且有人扑冬地跨上我们的船头了。这岂不大吃一惊！幸而来的不是姑娘们，还好。（她们正冷冰冰地在那船头上。）来人年纪并不大，神气倒怪狡猾，把一扣破烂的手折，摊在我们眼前，让细瞧那些戏目，好好儿点个唱。他说："先生，这是小意思。"诸君，读者，怎么办？

好，自命为超然派的来看榜样！两船挨着，灯光愈皎，见佩弦的脸又红起来了。那时的我是否也这样？这当转问他。（我希望我的镜子不要过于给我下不去。）老是红着脸终久不能打发人家走路的，所以想个法子在当时是很必要。说来也好笑，我的老调是一味的默，或干脆说个"不"，或者摇摇头，摆摆手表示"决不"。如今都已使尽了。佩弦便进了一步，他嫌我的方术太冷漠了，又未必中用，摆脱纠缠的正当道路唯有辩解。好吗！听他说："你不知道？这事我们是不能做的。"这是诸辩解中最简洁、最漂亮的一个。可惜他所说的"不知道？"来人倒真有些"不知道！"辜负了这二十分聪明的反语。他想得有理由，你们为什么不能做这事呢？因这"为什么？"佩弦又有进一层的曲解。哪知道更坏事，竟只博得那些船上人的一哂而去。他们平常虽不以聪明名家，但今晚却又怪聪明，如洞彻我们的肺肝一样的。这故事即我情愿讲给诸君听，怕有人未必愿意哩。"算了吧，就是这样算了吧"；恕我不再写下了，以外的让他自己说。

叙述只是如此，其实那时联翩而来的，我记得至少也有三五次。我们把它们一个一个的打发走路。但走的是走了，来的还正来。我们可以使它们走，我们不能禁止它们来。我们虽不轻被摇撼，但已有一点杌陧了。况且小艇上总载去一半的失望和一半的轻蔑，在桨声里仿佛狠狠地说："都是呆子，都是吝啬鬼！"还有我们的船家（姑娘们卖个唱，他可以赚几个子的佣金）眼看她们一个一个的去远了，呆呆地蹲踞着，怪无聊赖似的。碰着了这种外缘，无怒亦无哀，唯有一种情意的紧张，使我们从颓弛中体会出挣扎来。这味道倒许很真切的，只恐怕不易为倦鸦似的人们所喜。

曾游过秦淮河的到底乖些。佩弦告船家："我们多给你酒钱，把船摇开，别让他们来啰唆。"自此以后，桨声复响，还我以平静了，我们俩又渐渐无拘无束舒服起来，又滔滔不断地来谈谈方才的经过。今儿是算怎么一回事？我们齐声说，欲的胎动无可疑的。正如水见波痕轻婉已极，与未波时究不相类。微醉的我们，洪醉的他们，深浅虽不同，却同为一醉。接着来了第二问，既自认有欲的微炎，为什么艇子来时又羞涩地躲了呢？在这儿，答语参差着。佩弦说他的是一种暗昧的道德意味，我说是一种似较深沉的眷爱。我只背诵岂君的几句诗给佩弦听，望他曲喻我的心胸。可恨他今天似乎有些发钝，反而追着问我。

前面已是复成桥。青溪之东，暗碧的树梢上面微耀着一桁的清光。我们的船就缚在枯柳桩边待月。其时河心里晃荡着的，河岸头歇泊着的各式灯船，望去，少说点也有十廿来只。唯不觉繁喧，只添我们以幽甜。虽同是灯船，虽同是秦淮，虽同是我们，却是灯影淡了，河水静了，我们倦了，——况且月儿将上了。灯影里的昏黄，和月下灯影里的昏黄原是不相似的，又何况入倦的眼中所见的昏黄呢。灯光所以映她的秾姿，月华所以洗她的秀骨，以蓬腾的心焰跳舞她的盛年，以伤涩的眼波供养她的迟暮。必如此，才会有圆足的醉，圆足的恋，圆足的颓弛，成熟了我们的心田。

犹未下弦，一丸鹅蛋似的月，被纤柔的云丝们簇拥上了一碧的遥天。冉冉地行来，冷冷地照着秦淮。我们已打桨而徐归了。归途的感念，这一个黄昏里，心和境的交萦互染，其繁密殊超我们的言说。主心主物的哲思，依我外行人看，实在把事情说得太嫌简单，太嫌容易，太嫌分明了。实有的只是浑然之感。就论这一次秦淮夜泛吧，从来处来，从去处去，分析其间的成因自然亦是可能；不过求得圆满足尽的解析，使片段的因子们合拢来代替刹那间所体验的实有，这个我觉得有点不可能，至少于现在的我们是如此的。凡上所叙，请读者们只看作我归来后，回忆中所偶然留下的千百分之一二，微薄的残影。若所谓"当时之感"，我决不敢望诸君能在此中窥得。即我自己虽正在这儿执笔构思，实在也无从重新体验出那时的情景。说老实话，我所有的只是忆。我告诸君的只是忆中的秦淮夜泛。至于说到那"当时之感"，这应当去请教当时的我。而他久飞升了，无所存在。

……

凉月凉风之下，我们背着秦淮河走去，悄默是当然的事了。如回头，河中的繁灯想定是依然。我们却早已走得远，"灯火未阑人散"；佩弦，诸君，我记得这就是在南京四日的酣嬉，将分手时的前夜。

一九二三年八月二十二日，北京

桨声灯影里的秦淮河

朱自清

一九二三年八月的一晚，我和平伯同游秦淮河；平伯是初泛，我是重来了。我们雇了一只"七板子"，在夕阳已去，皎月方来的时候，便下了船。于是桨声汩——汩，我们开始领略那晃荡着蔷薇色的历史的秦淮河的滋味了。

秦淮河里的船，比北京万牲园、颐和园的船好，比西湖的船好，比扬州瘦西湖的船也好。这几处的船不是觉着笨，就是觉着简陋、局促；都不能引起乘客们的情韵，如秦淮河的船一样。秦淮河的船约略可分为两种：一是大船；一是小船，就是所谓"七板子"。大船舱口阔大，可容二三十人。里面陈设着字画和光洁的红木家具，桌上一律嵌着冰凉的大理石面。窗格雕镂颇细，使人起柔腻之感。窗格里映着红色蓝色的玻璃；玻璃上有精致的花纹，也颇悦人目。"七板子"规模虽不及大船，但那淡蓝色的栏杆，空敞的舱，也足系人情思。而最出色处却在它的舱前。舱前是甲板上的一部，上面有弧形的顶，两边用疏疏的栏杆支着。里面通常放着两张藤的躺椅。躺下，可以谈天，可以望远，可以顾盼两岸的河房。大船上也有这个，但在小船上更觉清隽罢了。舱前的顶下，一律悬着灯彩；灯的多少，明暗，彩苏的精粗，艳晦，是不一的，但好歹总还你一个灯彩。这灯彩实在是最能勾人的东西。夜幕垂垂地下来时，大小船上都点起灯火。从两重玻璃里映出那辐射着的黄黄的散光，反晕出一片朦胧的烟霭；透过这烟霭，在黯黯的水波里，又逗起缕缕的明漪。在这薄霭和微漪里，听着那悠然的间歇的桨声，谁能不被引入他的美梦去呢？只愁梦太多了，这些大小船儿如何载得起呀？我们这时模模糊糊地谈着明末的秦淮河的艳迹，如《桃花扇》及《板桥杂记》里所载的。我们真神往了。我们仿佛亲见那时华灯映水，画舫凌波的光景了。于是我们的船便成了历史的重载了。我们终于恍然秦淮河的船所以雅丽过于他处，而又有奇异的吸引力的，实在是许多历史的影像使然了。

秦淮河的水是碧阴阴的；看起来厚而不腻，或者是六朝金粉所凝么？我们初上船的时候，天色还未断黑，那漾漾的柔波是这样的恬静，委婉，使我们一面有水阔天空之想，一面又憧憬着纸醉金迷之境了。等到灯火明时，阴阴的变为沉沉了：黯淡的水光，像梦一般；那偶然闪烁着的光芒，就是梦的眼睛了。我们坐在舱前，因了那隆起的顶棚，仿佛总是昂着首向前走着似的；于是飘飘然如御风而行的我们，看着那些自在的湾泊着的船，船里走马灯般的人物，便像是下界一般，迢迢的远了，又像在雾里看花，尽朦朦胧胧的。这时我们已过了利涉桥，望见东关头了。沿路听见断续的歌声：有从沿河的妓楼飘来的，有从河上船里渡来的。我们明知那些歌声，只是些因袭的言词，从生涩的歌喉里机械地发出来的；但它们经了夏夜的微风的吹漾和水波的摇拂，袅娜着到我们耳边的时候，已经不单是她们的歌声，而混着微风和河水的密语了。于是我们不得不被牵惹着，震撼着，相与浮沉于这歌声里了。从东关头转弯，不久就到大中桥。大中桥共有三个桥拱，都很阔大，俨然是三座门儿；使我们觉得我们的船和船里的我们，在桥下过去时，真是太无颜色了。桥砖是深褐色，表明它的历史的长久；但都完好无缺，令人太息于古昔工程的坚美。桥上两旁都是木壁的房子，中间应该有街路？这些房子都破旧了，多年烟熏的迹，遮没了当年的美丽。我想象秦淮河的极盛时，在这样宏阔的桥上，特地盖了房子，必然是髹漆得富富丽丽的；晚间必然是灯火通明的。现在却只剩下一片黑沉沉！但是桥上造着房子，毕竟使我们多少可以想见往日的繁华；这也慰情聊胜无了。过了大中桥，便到了灯月交辉，笙歌彻夜的秦淮河；这才是秦淮河的真面目哩。

　　大中桥外，顿然空阔，和桥内两岸排着密密的人家的景象大异了。一眼望去，疏疏的林，淡淡的月，衬着蓝蔚的天，颇像荒江野渡光景；那边呢，郁丛丛的，阴森森的，又似乎藏着无边的黑暗：令人几乎不信那是繁华的秦淮河了。但是河中眩晕着的灯光，纵横着的画舫，悠扬着的笛韵，夹着那吱吱的胡琴声，终于使我们认识绿如茵陈酒的秦淮水了。此地天裸露着的多些，故觉夜来得独迟些；从清清的水影里，我们感到的只是薄薄的夜——这正是秦淮河的夜。大中桥外，本来还有一座复成桥，是船夫口中的我们的游踪尽处，或也是秦淮河繁华的尽处了。我的脚曾踏过复成桥的脊，在十三四岁的时候。但是两次游秦淮河，却都不曾见着复成桥的面；明知总在前途的，却常觉得有些虚无缥缈似的。我想，不见倒也好。这时正是盛夏。我们下船后，借着新生的晚凉和河上的微风，暑气已渐渐消散；到了此地，豁然开朗，身子顿然轻了——习习的清风荏苒在面上、手上、衣上，这便又感到了一缕新凉了。南京的日光，大概没有杭州猛烈；西湖的夏夜老是热蓬蓬的，水像沸着一般，秦淮河的水却尽是这样冷冷地绿着。任你人影的憧憧，歌声的扰扰，总像隔着一层薄薄的绿纱面幕似的；它尽是这样静静地，冷冷地绿着。我们出了大中桥，走不上半里路，船夫便将船划到一旁，停了桨由它宕着。他以为那里正是繁华的极点，再过去就是荒凉了；所以让我们多多赏鉴一会儿。他自己却静静地蹲着。他是看惯这光景的了，大约只是一个无可无不可。这无可无不可，无论是升的沉的，总之，都比我们高了。

那时河里闹热极了；船大半泊着，小半在水上穿梭似的来往。停泊着的都在近市的那一边，我们的船自然也夹在其中。因为这边略略的挤，便觉得那边十分的疏了。在每一只船从那边过去时，我们能画出它的轻轻的影和曲曲的波，在我们的心上；这显着是空，且显着是静了。那时处处都是歌声和凄厉的胡琴声，圆润的喉咙，确乎是很少的。但那生涩的、尖脆的调子能使人有少年的，粗率不拘的感觉，也正可快我们的意。况且多少隔开些儿听着，因为想象与渴慕的做美，总觉更有滋味；而竞发的喧嚣，抑扬的不齐，远近的杂沓和乐器的嘈嘈切切，合成另一意味的谐音，也使我们无所适从，如随着大风而走。这实在因为我们的心枯涩久了，变为脆弱；故偶然润泽一下，便疯狂似的不能自主了。但秦淮河确也腻人。即如船里的人面，无论是和我们一堆儿泊着的，无论是从我们眼前过去的，总是模模糊糊的，甚至渺渺茫茫的；

任你张圆了眼睛，揩净了眦垢，也是枉然。这真够人想呢。在我们停泊的地方，灯光原是纷然的；不过这些灯光都是黄而有晕的。黄已经不能明了，再加上了晕，便更不成了。灯愈多，晕就愈甚；在繁星般的黄的交错里，秦淮河仿佛笼上了一团光雾。光芒与雾气腾腾地晕着，什么都只剩下轮廓了；所以人面的详细的曲线，便消失于我们的眼底了。但灯光究竟夺不了那边的月色；灯光是浑的，月色是清的。在混沌的灯光里，渗入了一派清辉，却真是奇迹！那晚月儿已瘦削了两三分。她晚妆才罢，盈盈地上了柳梢头。天是蓝得可爱，仿佛一汪水似的；月儿便更出落得精神了。岸上原有三株两株的垂杨树，淡淡的影子，在水里摇曳着。它们那柔细的枝条浴着月光，就像一支支美人的臂膊，交互地缠着，挽着；又像是月儿披着的发。而月儿偶然也从它们的交叉处偷偷窥看我们，大有小姑娘怕羞的样子。岸上另有几株不知名的老树，光光地立着；在月光里照起来，却又俨然是精神矍铄的老人。远处——快到天际线了，才有一两片白云，亮得现出异彩，像美丽的贝壳一般。白云下便是黑黑的一带轮廓；是一条随意画的不规则的曲线。这一段光景，和河中的风味大异了。但灯与月竟能并存着，交融着，使月成了缠绵的月，灯射着渺渺的灵辉；这正是天之所以厚秦淮河，也正是天之所以厚我们了。

这时却遇着了难解的纠纷。秦淮河上原有一种歌妓，是以歌为业的。从前都在茶舫上，唱些大曲之类。每日午后一时起；什么时候止，却忘记了。晚上照样也有一回，也在黄晕的灯光里。我从前过南京时，曾随着朋友去听过两次。因为茶舫里的人脸太多了，觉得不大适意，终于听不出所以然。前年听说歌妓被取缔了，不知怎的，颇设想了几次——却想不出什么。这次到南京，先到茶舫上去看看，觉得颇是寂寥，令我无端地怅怅了。不料她们却仍在秦淮河里挣扎着，不料她们竟会纠缠到我们，我于是很张皇了。她们也乘着"七板子"，她们总是坐在舱前的。舱前点着石油汽灯，光亮炫人眼目：坐在下面的，自然是纤毫毕见了——引诱客人们的力量，也便在此了。舱里躲着乐工等人，映着汽灯的余晖蠕动着；他们是永远不被注意的。每船的歌妓大约都是二人；天色一黑，她们的船就在大中桥外往来不息地兜生意。无论行着的船，泊着的船，都要来兜揽的。这都是我后来推想出来的。那晚不知怎样，忽然轮着我们的船了。我们的船好好地停着，一只歌舫划向我们来了；渐渐和我们的船并着了。烁烁的灯光逼得我们皱起了眉头；我们的风尘色全给它托出来了，这使我踟蹰不安了。那时一个伙计跨过船来，拿着摊开的歌折，就近塞向我的手里，说："点几出吧！"他跨过来的时候，我们船上似乎有许多眼光跟着。同时相近的别的船上也似乎有许多眼睛炯炯地向我们船上看着。我真窘了！我也装出大方的样子，向歌妓们瞥了一眼，但究竟是不成的！我勉强将那歌折翻了一翻，却不曾看清了几个字；便赶紧递还那伙计，一面不好意思地说："不要。我们……不要。"他便塞给平伯。平伯掉转头去，摇手说："不要！"那人还腻着不走。平伯又回过脸来，摇着头道："不要！"于是那人重到我处。我窘着再拒绝了他。他这才有所不屑似的走了。我的心立刻放下，如释了重负一般。我们就开始自白了。

我说我受了道德律的压迫，拒绝了她们；心里似乎很抱歉的。这所谓抱歉，一面对于她们，一面对于我自己。她们于我们虽然没有很奢的希望，但总有些希望的。我们拒绝了她们，无论理由如何充足，却使她们的希望受了伤；这总有几分不做美了。这是我觉得很怅怅的。至于我自己，更有一种不足之感。我这时被四面的歌声诱惑了，降服了；但是远远的，远远的歌声总仿佛隔着重衣搔痒似的，越搔越搔不着痒处。我于是憧憬着贴耳的妙音了。在歌舫划来时，我的憧憬，变为盼望；我固执地盼望着，有如饥渴。虽然从浅薄的经验里，也能够推知，那贴耳的歌声，将剥去了一切的美妙；但一个平常的人像我的，谁愿凭了理性之力去丑化未来呢？我宁愿自己骗着了。不过我的社会感性是很敏锐的；我的思力能拆穿道德律的西洋镜，而我的感情却终于被它压服着。我于是有所顾忌了，尤其是在众目昭彰的时候。道德律的力，本来是民众赋予的；在民众的面前，自然更显出它的威严了。我这时一面盼望，一面却感到了两重的禁制：一，在通俗的意义上，接近妓者总算一种不正当的行为；二，妓是一种不健全的职业，我们对于她们，应有哀矜勿喜之心，不应赏玩地去听她们的歌。在众目睽睽之下，这两种思想在我心里最为旺盛。她们暂时压倒了我的听歌的盼望，这便成就了我的灰色的拒绝。那时的心实在异常状态中，觉得颇是昏乱。歌舫去了，暂时宁静之后，我的思绪又如潮涌了。两个相反的意思在我心头往复：卖歌和卖淫不同，听歌和狎妓不同，又干道德甚事？——但是，但是，她们既被逼得以歌为业，她们的歌必无艺术味的；况她们的身世，我们究竟该同情的。所以拒绝倒也是正办。但这些意思终于不曾撇开我的听歌的盼望。它力量异常坚强；它总想将别的思绪踏在脚下。从这重重的争斗里，我感到了浓厚的不足之感。这不足之感使我的心盘旋不安，起坐都不安宁了。唉！我承认我是一个自私的人！平伯呢，却与我不同。他引周启明先生的诗："因为我有妻子，所以我爱一切的女人，因为我有子女，所以我爱一切的孩子。"他的意思可以见了。他因为推及的同情，爱着那些歌妓，并且尊重着她们，所以拒绝了她们。在这种情形下，他自然以为听歌是对于她们的一种侮辱。但他也是想听歌的，虽然不和我一样，所以在他的心中，当然也有一番小小的争斗；争斗的结果，是同情胜了。至于道德律，在他是没有什么的；因为他很有蔑视一切的倾向，民众的力量在他是不大觉着的。这时他的心意的活动比较简单，又比较松弱，故事后还怡然自若；我却不能了。这里平伯又比我高了。

在我们谈话中间，又来了两只歌舫。伙计照前一样地请我们点戏，我们照前一样地拒绝了。我受了三次窘，心里的不安更甚了。清艳的夜景也为之减色。船夫大约因为要赶第二趟生意，催着我们回去；我们无可无不可地答应了。我们渐渐和那些晕黄的灯光远了，只有些月色冷清清地随着我们的归舟。我们的船竟没个伴儿，秦淮河的夜正长哩！到大中桥近处，才遇着一只来船。这是一只载妓的板船，黑漆漆的没有一点光。船头上坐着一个妓女；暗里看出，白地小花的衫子，黑的下衣。她手里拉着胡琴，口里唱着青衫的调子。她唱得响亮而圆转；当她的船箭一般驶过去时，余音还袅袅的在我们耳际，使我们倾听而向往。想不到在弩末的游踪里，还能领略到这样的清歌！这时船过大中桥了，森森的水影，如黑暗张着巨口，要将我们的船吞了下去。我们回顾那渺渺的黄光，不胜依恋之情；我们感到了寂寞了！这一段地方夜色甚浓，又有两头的灯火招邀着；桥外的灯火不用说了，过了桥另有东关头疏疏的灯光。我们忽然仰头看见依人的素月，不觉深悔归来之早了！走过东关头，有一两只大船湾泊着，又有几只船向我们来着。嚣嚣的一阵歌声人语，仿佛笑我们无伴的孤舟哩。

东关头转弯，河上的夜色更浓了；临水的妓楼上，时时从帘缝里射出一线一线的灯光；仿佛黑暗从酣睡里眨了一眨眼。我们默然地对着，静听那汩——汩的桨声，几乎要入睡了；朦胧里却温寻着适才的繁华的余味。我那不安的心在静里愈显活跃了！这时我们都有了不足之感，而我的更其浓厚。我们却又不愿回去，于是只能由懊悔而怅惘了。船里便满载着怅惘了。直到利涉桥下，微微嘈杂的人声，才使我豁然一惊；那光景却又不同。右岸的河房里，都大开了窗户，里面亮着晃晃的电灯，电灯的光射到水上，蜿蜒曲折，闪闪不息，正如跳舞着的仙女的臂膊。我们的船已在她的臂膊里了；如睡在摇篮里一样，倦了的我们便又入梦了。那电灯下的人物，只觉像蚂蚁一般，更不去萦念。这是最后的梦；可惜是最短的梦！黑暗重复落在我们面前，我们看见傍岸的空船上一星两星的，枯燥无力又摇摇不定的灯光。我们的梦醒了，我们知道就要上岸了；我们心里充满了幻灭的情思。

一九二三年十月十一日作完，于温州

京居随感

第二辑

南京的几个学校

石评梅

一　东南大学

三十一号的清晨八点钟，我们乘着车去东大，不想走错了路，后来又绕回来才找到。东大和南高早已合并，校舍亦在一起；所以我们参观实在分不出何为大学，何为高师。地址很辽阔，建筑尚有未竣工的，据云校款下有五万七千的建筑费。我们先到体育馆去参观。规模很大，分三层，第一层楼下，为器械贮蓄室、洗澡室、换衣室、体育研究室等处，里边尚未竣工。第二层楼上，即体育房，装着十二个篮子；中间有帆布一卷悬梁上，如女生上体操时可放下，隔为两间，毫不妨碍。地板系以七分宽七寸长的木板砌成，清洁，而且不易滑倒。时适普通科练习队球，参观约三十分钟始至馆前草地，看体育科垒球，系麦克乐先生教授。孟芳图书馆尚未竣工，我们参观的阅书室比较他处已很大，分中西两部，每一部有管理一人；迨孟芳图书馆竣工后，即将此阅书室迁入而加添书籍，稍事扩充，其规模当可与清华颉颃。

农业试验场在校外，由后门可达；约有十顷余，建费共需六千；分畜牧、园林两部，树木荫森，畦田青碧，大有农家风。中有菊厅一所，内有中西餐及各种水果、冰淇淋等食物，专为学生消遣宴客。管账系一女子，此事殊觉有趣而且清闲。旁有小公园，草花遍植，荷香迎人，有小山，有清溪，有荷亭，有极短之小桥；应有尽有，精小别致，结构佳妙之处尤多。由草径过去约百步，有兽医院，有农具陈列所，有牛舍鸡舍猪舍；因时间匆匆，故未能尽行参观。

东大每月经费五十万，学生共六百余人，女生四十四人，特别生二十九人。校务纯属公开，由学校评议会、组织行政委员会负责。学制为选科制，规定学分最多每学期二十——二十二，其中自由可以增减，够一百六十分为毕业，不计年限。学校中考试注重平时自修和笔记。学生自治会，皆关于学生生活方面的事情。集会有英文、国文、文艺、图画、体育、音乐研究会。

东大以学系作主体，暂设下列各系：

（1）国文系，（2）英文系，（3）哲学系，（4）历史系，（5）地学系，（6）法政经济系，（7）数学系（附天文），（8）物理系，（9）化学系，（10）生物系，（11）心理系，（12）教育系，（13）体育系，（14）农业系，（15）园艺系，（16）畜牧系，（17）病虫系，（18）农业化学系，（19）机械工程系，（20）会计系，（21）银行系，（22）工商管理系。每系有研究室。

以有关系的学系，分别性质，先行组成下列各科：

（一）文理科，（二）教育科，（三）农科，（四）工科，（五）商科（在上海）。另外有推广部如下：

（一）校内特别生，（二）通信教授，（三）暑期学校。

走马观花，其大略情形如上述；至其内容组织详则和学生校内生活，不是在几个钟头里所能看到的。

二　南京高师的附中和附小

参观完了东大遂到附中，经过了许多室：化学室、研究室、会议室、出版室、生物标本用品预备室和附中银行，就到初级中学二年级去参观。这一点钟是公民；功课也不引人的兴趣，而且又是饭后第一时，所以我们一组人进去，倒惊了不少学生的睡！教室内光线充足，窗外风景，有青山草田，很能引起学生一种自然美的诱导。初级三年级国文，见在板壁上写着"鲁有秋胡……"的一段故事，教师在讲台上口讲手画得津津有味，所以学生在下面，都欣然听着，课堂中的空气，当时能引起人的精神。我们约参观了有十几分钟。图画教室，装置异常合适，用途亦很大；满壁画图，可惜无暇细看。图书室很普通，有各种杂志和报纸。

高级中学二班，初级有三级，一，二，三，共六班，此外尚有两班四年级生。经费每月四千，学生三百六十人。学生精神比武高附中活泼，设备亦比武高稍为完全，这是极显明容易看到的。

附小离高师很近，所以我们就走过去；这个学校，我在北京常听说是小学中最好最新的一处。我今天来，比较的兴味很浓厚；不但我一人，我们同学心理都是这样。大门是一个旧式的黑漆门，到门房，艾一情先生拿了一张学校的片子给他，让他传去；这个门房很骄傲的样子，把我们打量一下才进去，这一进去，准有十几分钟才出来，说："等一等。"我们这时光站都站累了，就坐在檐下待着，猛抬头见中门上有一大匾，上边有八个红字："随地涕吐，罚倒痰盂。"待了又有十分钟，才出来一位先生，很不高兴的样子——或是我们扰了他的午眠？走出来勉强地招呼了一下，我们才进去，这时光我们的兴趣，已打消在那二十分钟的等候里边了。

中门里有学生名牌，白色在校，黑色不在校。右边挂着的是"薛容七郇罄"。这是有别人见薛容有错处不守规则的时候，可以找七级的教师郇罄教训他。中间放着一个竹屏，上头有白纸条"此屏已坏，如有人动，请其赔偿"。罚倒痰盂，赔偿竹屏，都是铁面严厉的布告！

藤工场有各种精巧之小筐小篮，皆为学生的成绩；我们参观的时候，他们正在上课。有极小的图书馆、博物馆。壁有木板，写着国内要闻数则。

维城院（昔日女高教务长所捐），中有清洁处（为儿童洗面擦面处）、议事厅、新图书馆等；院中有白兔两只，旁边蹲着两个小朋友，在那里抚它们的毛。院中分级，现已下课，故不克参观教授。

杜威院（为杜威博士所捐修），院中有游戏室、音乐室、作业室。地板异常光彩，儿童进去，都要换鞋；所以我们只可在外边瞻望。出了杜威院，那位领导的先生说："重要的地方都完了，还要看就请自便吧！"说完扬长而去。我们对于这学校的内容组织，既无从打听，除了仅知道学生有五百人外，一概都茫然！只好自己找路出来，我们同学都觉着可笑！这学校招待参观的规则我们莫看见，不知道这种先等二十分失陪二十分，是该校的招待定例呢，还是参观的太多厌烦了呢，还是那位先生莫有睡醒呢？这几个问题，在我脑中，现在还萦绕着。那位先生的官僚气概那样足，如果要是该校的重要人物，岂不是把教育官僚化了吗？

三　江苏省立第四师范及其附小

六月一号的九时，我们乘着车去四师参观，一路所经的街市，据云在南京为最热闹，如吉祥街等。到了四师，在门上有"英灵蔚起""正谊明道"的匾，写得异常挺秀，此外尚有横额为"十年树木长风烟"，此校舍为从前的钟山画院改建，故尚有旧址存在。我们先到应接室，图画满壁，美丽耀目，玻璃橱内有竹工和国文成绩等陈列。

课务为选科制，分三科，选科范围较大，分国文、英文、技能。学校组织分教育、事务、训育，每年训育考察，有训育会议。学级编制，师范五班，预科一班，学生二百四十人，教员五十人。每月经费四万九千。薪俸重要者一元半，次要者一元。

一年级文字学，系南京文字学家王栋培先生教授。二年级数学教员为余先生，系国会议员，讲解明了，磊落有名士风，无官僚气。理化器械尚敷用，博物教室、标本室、研究室皆在一起，甚方便。标本多系学生自己采集。

校舍中有湖甚清。湖前有话雨轩，极苍老有古风。此校校舍环境既多古风，故学生精神，比较为不活泼，而对于研究功课比较苦学。

出了师范的门，就是小学的校舍，距离很近；校地很大，而且遍植花草，清气宜人；院中有滑下台，小朋友们都活泼泼地在那上边滑下，顽憨可爱！

参观教授，都是教生学习，态度一望就能看出；高级二年上博物，教生的年龄，和学生差不多，活泼一堂，每个儿童的脸上，都映着红霞，现出微微的笑容！高三上国文，教生的态度极不自然，看见我们进去，更觉不安，在板壁上写字都写不来。我们都觉着抱歉，即刻就退出去。初级二年级，教生实习国文，态度异常诚恳，把自己的精神完全注在学生身上，启发儿童的心理和识见，常如一朵花一样的在心里展开。他在一问一答之中，都含着几分诚意，而在面孔上现出笑容，使学生的心神，也完全贯注在教师的精神内，发出一种特别的彩色。他们所作的功课，是给慎级的同级写信，教师问学生一句，就写到板壁上，成了一封很简单的信。

初级三年级算术，教生同学生的精神很统一，他们共同的作业在极静的空气里；我们进去未免有点惊破他们的空气。总之在这小学里，完全是参观教授，而且很令人满意。小学除武昌高师附小，此比较为最好，学生比武昌活泼；而训育上比较稍逊武高附小。

四 江苏第一女师范及其附小

女学校里特别有一种色彩，是优美的表现，一进门就感到种和暖幽美的空气！我们在应接室里稍待了一会儿，出来位图书馆管理员（女）带着我们参观。

学级分九班，中学三班，本科四班，预科一班，幼稚师范一班，学生约有四百余人，每年经费五万余。参观中三的体操、垒球，教师系体育师范毕业，精神活泼，姿态优美；故学生极有规律而姿势正确。

参观成绩室，书画甚佳，笔势挺秀；有绣屏数幅，远山含翠，绿树荫浓，手工很精巧。有一对绣花枕头，亦极尽巧工。标本器械室，设备在初级师范尚属敷用；特别有烹饪室，结构甚完美、简单。国画教室极优美，清雅之气，扑人眉宇。娱乐室有各种中西乐具陈列。此外尚有家事实习室，结构精美，布置井然，有桌椅床铺、镜台围屏。我们去参观的时光，有几位女同学在那里看书，桌上的鲜花，娇艳解语，作为读书的伴侣，极有趣。学校布置点缀既尽幽美，学生态度又极其活泼，由竹篱花间，偶闻歌声抑扬，纱幕低垂，琴声嘹亮，拨动了我游子的心弦！适在午餐，未得参观教授殊憾！

附小距离师范甚近，幼稚师范和蒙养园因时间匆促，未能去参观，可惜！小学一进门就看见许多牌子，上边写着"上海路""吴淞区"，一月以后，变换一次，凡一路中各区颜色皆相同，同他路是异色的；每区内再分某某级。学生共三百四十人，经费每年一万。有作业室、游戏室、读书室，教室内有儿童用书橱。高级学生去参观试验飞机，初级因该校将开游艺会，去讲演厅表演。我们因来得非时，送返华洋旅馆。晚，陶知行妹妹请我们去赴茶话会。

五　金陵大学

校舍建筑规模略同协和医学。分农、商（上海）、文、理、蚕、林、医、师范等科；学生，大学约三百余人，小学、幼稚合计将千人；每年经费四十万。参观理化用品标本及研究室之多，约有七八处，分高级同低级。有气压机可供全校之用。有炉，利用木屑，烧至六百度，将木屑中的汁泄出，由汽变水，分析后遂成酒精同油，以此可以研究木屑中的含有物。化学教员预备室中之药品，已可抵平学校一校之用；化学教室中，有雨水管、井水管、煤气管，每二人用一桌，每桌必有此三管。学生如借用东西，即一玻璃管必记账，每学期结算一次。此外参观的，有工业化验室、棉花研究室、电汽化验室、化学分析肥料豆科室、生物公共卫生科。有一个英国人，给我们讲昆虫学与病理学的关系，蚊同飞虫的害人。

图书馆的墙，都砌的是明太祖的城墙上的砖，有洪武二十五年的碑文和大秦景教流行中国碑，关壮缪的神像。所藏中西书籍很富。大礼堂比协和大，为镜框式的舞台形，可容一千人。

已散课，故未能参观教授；天阴欲雨，未能尽兴，匆匆返旅舍。

作于一九二三年九月三日

南京的颜面

荆有麟

到南京，差不多有五年之久了，但自己对南京的理解程度却很少，这自然是南京的伟大处，同时也是自己的渺小；否则，那样长久的时间了，为什么还不认识南京呢？自己于惭愧之余，便不能不努力访问一番，——虽然所得到的，也还只是南京的颜面。

假如你是坐了京沪车或津浦车，甚或由汉口坐了轮船也一样，反正一走出南京的车站或码头，便有几十个以至几百个衣服烂污、形状奇怪的青年男子，将你团团围住。不要说抢夺你的行李，拉扯你的衣袖，自然使你胆寒；就是将你包围时那来势之猛，气焰之盛，除非你有张飞之声或武松之拳，喊一声，打一拳，能杀开出路来，否则，你想"退避三舍"，也不会自由啊！

只要你不是弱不胜衣的千金小姐，你尽可恩威并用地拿出一点手段，保护你的行李与衣衫，这一关，大概总可敷衍过去；有时遗失一两件零星包裹，那是出门人的应有损失，你只能自认倒霉，谁教你生在这礼仪之邦的中国呢？于是你坐上车子赶快离开下关向城里跑，但是呀，要不是什么机关里的长或员，有官衔片子的话，那你是得弄一个徽章挂在胸前，以表示你也曾经做过官，或者在旁的地方做过官，那你就可安安稳稳地进了城；否则，你的行李，是得一件一件放在地下给军警们翻看，——哪怕是风天与雨天。

一进城，你切不要吃惊，广阔的荒野，横在你眼前；极臭的大粪味儿，会从路旁的菜园里走向你的周围。你以为你是到了深山僻乡么？不，红红绿绿的洋房，也慢慢会跨过你的眼帘，跑向后边去，平坦的柏油马路，也会一段一段将你载至目的地。这样，你脑筋中，回忆着往古，吟味着现代，你慢慢地，慢慢地走进了旅社。

住旅社，第一个难题，就是找保：哪怕你是从外蒙古或者川边来，保人总是非找不可的。你要在南京没有熟人而又聪明的话，你随便写一个在某机关做事人的名字，旅社绝不会派人去调查的。但你却千万不能说你没熟人，找不到保，那警察就会立刻找你打麻烦，认你是旁的地方的逃犯，或者是负有秘密使命来京图谋不轨，不是被关进监狱，便是受立刻出境的处分，这就是保人的用处。

保人是填写了，住在南京的旅社里了，倘若是冬天，你买点炭烘烘火，这是不成问题的；充其量，茶房不过揩你的油或者代你少买一点。但要是夏天呢，那你就得更大方，预备把血肉都不要放在心里。因为南京旅社里，有一种"南京虫"，是专门吃人的，无论是桌子上，椅子上，都是它们的势力圈。床上，地板上，那更是它们的发源地，你要是不大量，休想在南京过一天安然的生活，因为走遍南京的旅社，没有一家不是"南京虫"的势力范围。

住的问题，暂时好过，吃的问题，却不容你马虎。比如：南京人淘米、洗菜，是与刷马桶、洗衣裳都在一个死池塘里，你说你嫌不卫生，不吃吧，人家南京人多年了就是那样过活的，你一个外江佬，当然不配改革人家的习惯，无法，你只能拿你自己的生命作儿戏，马马虎虎地吃下去。但这吃，也很不容易：饭馆是贵得和珠宝店一样，教你望而生畏；其余，就是临街的小饭铺，人家将食物蔬菜，一律都放在大街上，让风土扫荡。有时，当然也会有什么苍蝇蚊虫之类先尝味，这种饭食，倒是便宜些，你去吧，进了那种地方，你可不要呕吐才好。

你若闲着没事，不妨到街上逛逛，每一座洋房的旁边或附近，好像是规定似的，总有一些茅草屋。洋房里的主人翁，出入是汽车，不用说，很阔气了；而他的芳邻，却不是拉车的，就是种菜或者做小生意。以我想：大概十个茅草屋人家的一月劳动，不能够一座洋房内的主人的一日夜开销，因为很有些洋房内弄"中""发""白"，往往几小时的输赢，就在几百元以至几千元以上呢。

坐在房里没事，看看报纸吧。南京报纸也不少，新闻自然是千篇一律，连编辑的形式，好像都不敢有所独创，一味墨守旧法；至副刊报屁股之类，则更是奇怪，多是以低级趣味为主，登些似新非新，似旧非旧的莫名其妙的文章，闹得在南京长住的人，反都去订阅上海或者天津、北平的报纸。据说，南京报纸，现在没有销到两万份以上的，虽然南京人口是有六十五万二千九百四十八人。

报纸不好看，我们看看杂志吧。说也可怜，南京杂志本就少，然而，少之中，能维持到一年以上的，还没有几个，多半都是

"昙花一现"，就夭折了的。闹得想看杂志的，还是得搜寻上海、北平一带的出版物。

于是乎再找找图书馆，这更可怜，夫子庙民教馆图书馆，已经就觉得笑话了，但公开的图书馆，据说这还是第一家呢。我不懂，南京有人花钱办电影院，开大饭店，却没有人花钱建筑图书馆。南京人肚子里都需要些什么东西，是很了然了。

南京既不容我们当书呆子，我们也落得玩一下。可是，天哪！你想着三天三夜，在南京都想不出玩的地方同方法。夫子庙一带的女子清唱，那是只能供给另一目的的人去游玩；大世界、民业公司的旧戏，根本就不成东西；至于几家电影院，都互争着演什么啼笑姻缘；梅花歌舞团，自然也引不起看的兴趣。另外，不是就没地方了吗？我们当然不能如有些学生一样，坐在女子理发馆同女技师打哈哈。那么！再做什么？

可是，南京究竟是革过命的"首都"，特点自然还很多。比如：马路上的乞丐之多，夫子庙的摆卦摊之多，茶馆里提鸟笼之多，街道上的垃圾之多，在在都足以表示南京之伟大；而况还有机关里的汽车，里边坐着花枝招展的女郎，驰骋于中山路上，那气派，更是十足的威严，教一个初到南京的人看了，一定觉得"首都"女权之发展，机关里的要人，全都是女子，岂不懿欤？

不过，话又说回来了，南京因为太伟大了，所以样样就都伟大：像佣工介绍所，全市就有七十四处，而此七十四处，每天上午，你去在街上跑，家家都是坐得满满的，由五六个以至二三十个不等。南京找事人之多，亦可看见一斑。但这些，还是只想做佣工，像那些想在南京候补的，恐怕至少也有两三万，因为南京旅馆业之多，是很惊人的；而这些旅馆业，又靠的是候补官吏以谋生的，其人数，当然很可观了。于是乎，虽在办公时间，南京马路上，总荡满了闲人。

在旅社住厌了，自然想找房子住，但这却比登天还难，你跑上三天两天，有时是连房子的影儿都看不到，偶尔碰巧找到了，行租呀，押租呀，铺保呀，还得你是有家眷，否则，房东们是都不欢喜光棍的。

住家了，以为该安安宁宁过几天日子，但是不然，警察来调查了、登记了，挑水的、倒马子的、送煤的、电灯公司的，随时都有与你打交涉的可能，即使你有钱，几句应酬的闲话，也得要说啊！

晚饭后，是被人称为散步的时间的，但在南京，除非你自己家里有花园，旁的地方，是不容你散步的。公园是老远的处在城内或城偏角，马路是没有人行道，那么，想散步的，只能在房里打转了。不然，你就跑到街上，同汽车、洋车、马车竞争去！可是，性命交关。

有几家电料行与大商店，都在门口安着广播电台的播音筒，以招徕顾客，这自然是很进步的广告了。但在街上听播音的，却大抵是没有钱买东西的行人；而真要买东西的人，倒反往往因了门口人太多，走向别家去了，这才叫得不偿失。

南京最热闹的地方，莫过于茶馆，——尤其在早晨，几乎各家茶馆，都是挤得满满的，有的论时局，有的谈物价，还有的，是专门计划一切阴谋，所以茶馆客人的打架，是日必数起。若要问起缘由来，除过金钱女人外，往往很有些半文不值的。如两个争论曹操的兵，到底是八十三万，还是一百一十一万，也会凭空吵起打起的。

一个邻人的老太婆死了，她的儿子，因为手里还有几文钱，便在家大做水陆道场，请了二三十个和尚，在家诵经，为他老太太赎罪。整整做了四十九天，闹得我们做邻居的人都不能睡安稳觉。

南京城内的交通，有火车，有公共汽车，有野鸡汽车，有马车，有洋车，但在南京的人，没有一个人不感到南京交通的不方便。这大约就是所谓交通不通吧？

京居随感

谢保康

在京与阿弟共居一室，室辟为二，一卧室，一书室兼膳堂及会客之用也。室外有树有花草颇适人，若常坐室中可以忘处身于名利争逐之地。邻近有宪兵队，天未明，便发号起身上操，一套歌声和训话叫声，扰人清梦。你如果是一个时代乐观者，倒可以闻鸡起舞，以兵当鸡，有何不可。惜我净夜喜坐灯下作幻想，不贪睡，天黎明，正好睡，虽鸡叫兵催，我不起也。居处又邻丁家桥，不时闻火车苟延残息声。小火车在新都会，柏油路汽车飞驰中，已成历史上过去之物，想当时端方造此铁道，原是好奇有趣，每与僚属游宴其中，丁家桥上一鱼翅，鼓楼上一燕菜，风情逸致；此时达官，飞机军舰，人事迁移，情致愈胜，端方居泉下有知，不知如何羡慕法也。

偶见女子有面熟者，一注视亦便忘去。大凡女子姣好者，皆具有姿色与媚态之妙，此种色与媚，实禀于天地之至灵，俱者不必尽肖，但能禀者则一。故一女子素不相识，审美之本能在我，

060

见之如素稔，即此之故。归来欲思索此女子，从何处何人印象所得，昏昏，便醋然入梦，魂游之所至，如在乡间童时留恋处，如在海外山水清幽处，如与阿母读书，如与西洋女子谈情，如与印度士人谈人生观。及醒，追溯梦境，了不可得，即昨日所见女子如何容貌，亦不复记忆。此种境地，了无牵恋，既不拘束，又不著相，如证上乘法，游极乐国土，最为难得，幸读者体会得之。

阿弟在京供职有年，在薄俸的苦生活中，颇知居家节俭，已一洗当时共读《儒林外史》，中酸儒毒，欲效名士满不在乎派头，每购米一斗，即置一洋铁箱中，及夜入睡前，必启视一过；又如购物雇车，比我精明多矣。雇一女佣，安徽某县人，诚实可喜，出外购物，一文不苟，实则达官校长辈尚有沾润之好，此离乡背夫抛子之苦佣女，即对我等来一下小小竹杠，我等亦默受也。闲来辄对她下"智识测验"，如在电影院中便猜张妈可知替我等铺床，及打地铺；又如将晚饭，她可知将书桌前电灯移往饭桌前去也。每次测验，使人失望，但其人之诚与傻亦越使人爱敬矣。

京中中山大路柏油平滑，但只许汽车风驰，而不许人力车奔走，因人力车另有两旁高低不平之石子路。则汽车风驰，有杀人之能，人力车奔走，有颠簸之苦。居京怕出门即为此，即汽车后面扬起的灰尘亦难受，在家闲坐，偶闻邻居小京官妻子，搭足官太太架子骂用人婢子声难受。此外如鸡鸣寺钟声，一带城垣柳色和后湖的微风初月，便如身入昔时乌衣巷矣。

豁蒙楼暮色

储安平

今天身子稍为健了些，清早在院子里散步，看见柳条都发青了。只两天没有走下床，外面的世界便变得那么快吗？新绿这色调我是十分爱的，但我又觉得这颜色太刻薄。一个中学生顶愉快的是礼拜六的晚上，一个孩子顶活泼的是过节过年的那一天；可是对于一个饱经忧患的人，他永远是希望生存在百草尚未上绿那样的早春之季的吧，这样想着的我，却非人情地绷起一种暮春之感，仍然踱回到自己的房里。

我到南京已有一个多月，仅仅看见三天有太阳。今天天气还是那样的像一个吝啬的房东太太的脸，像一个高官府上的门房先生的眼珠子；总之，使你见了要苦笑不止。

饭后在床上假寐，听窗外淅沥之歌。睡了三个钟头，犹未成眠。沉入于一切杂感之我，于是披了衣服起来，撑着雨伞走出寓所。常常在许多地方，会因为看见自己的形单影只而引起若干孤独之感的吧，但索性抱着一种悠闲的心情，一个人在外面踱踱，倒又觉得无上高雅。怀着这样一种超然的心情，随便上崇山峻岭，江河大流，荒落坟郊，或士女错综的都市公园里，都能得到一种冲淡之趣。我向台城走去，沿路风雨交集，还疏疏落落夹些雪珠。这衰弱的身子不够这样的摧残吧，但也只有风雨的狂暴可以杀威我的伤时之感。城墙由东头的山腰里铺过来，从我的脚下再伸出去，一直到北头，十分严肃。玄武湖偎着城墙，若稍带一些书卷之气看来，俨然是横条一幅。村庄如睡，树木安静，湖水没有言语。纵然有雨点在逗，但在全景上，也仅仅因此加重一点灰色，如一个年轻的新寡，在严肃的城墙下，守着静穆，不敢叹息。

天十分惨淡，云是灰暗的，一层一层泛起，在远山之顶上厮磨着。紫金山一带都隐约地躲在迷雾里，仅仅看出一些轮廓。我十分喜悦这种情境。我喜悦山影在迷雾里，我喜悦月亮在迷雾里，我怕黑暗我爱薄暮。——我爱在薄暮里，像是消失了自己，像是还看见自己。

我在台城上这样闲散自在地走着。我俨然如天地万物之主，又俨然觉得天地万物间无我。既无我，也无我之叹息了吧。

这样忘形地笑着，我跨进了鸡鸣寺。

我在豀蒙楼上靠窗口坐下。这样的大雨又是这样的傍晚，我之来，真是非人情的了。我悄悄地听那壁上钟摆的嘀嗒。庙堂里的晚钟，那样沉着地破空而来，真使人听了吃惊不止，钟声在空中持久地回荡，若有无限禅机。一个因早年失身而落魄了的女子，至此会不顾一切地去跪在神座前流着泪忏悔了起来的吧！这钟声在空中之回荡，真能使人听之默念自己也是一个罪人。

这样幽然神往之我，仿佛真有出世之感。生老病死之外，再加上因近代都市文明的加速而增加的幻影消灭之悲哀，真是人生无往不苦，既要加餐，又要排泄！既要早起，又要晚睡。宇宙在白昼与黑夜之循环交替中延续下去。人们大多不愿意自己叹息吧，但无声的叹息比有声之叹息更惨。我之上台城，想略略减少我一些无声之叹息吧，但我恍惚又需要更多之无声的叹息，好用以来延续自己残破的生命：人世一切真是非理可喻。

被远山背后的反光所耀，我从幻想中再去看湖光暮色。湖面被夕光耀得加倍平软，加倍清新，同时又加重惨白。纵然天地立刻将成黑暗，但果能在黑暗前有这样一次美丽的夕光，则虽将陷入于黑暗，似亦心甘。一群不知是白鸽还是白鸥，总之是那样白得可爱的一群，在湖面上扑落飞扬，遥遥遥遥，终于又在水光天色里消灭了，仅仅留下一些残影在观者之我的脑子里。

八九年前常常跟着人家来此喝茶之我，至今还能了然想起小孩之我是如何的活泼。十年二十年后之我，再来吃茶时，也仍能一样了然想起今日之我那样冒雨而来的固执吧。这样想时，仿佛在一秒钟里已经过了十年二十年般，见到将来之我，还一样如今日之潦倒。去年春天，我有一时睡在床上，见了友人且说着"非病也，非愁也，愁病耳，病愁耳"一类的话的，这事，实俨如昨日。那时因心境坏到无可收拾，于是老在午睡里埋葬了自己的青春之我，想起无福享受春绿风光，还记得有过如下的句子：

醒后依着枕头听窗外鸟鸣
春鸟偷偷地告诉我春天的多情
照一照镜子看见脸上泛起的春红
上帝准知道我当时的心境

可是曾几何时，今日又再见柳梢染上了新绿了！少年心情最难测，近来，若有理由，若无理由，我说恍惚如有所失，仿佛连发奋亦属多事似的。

曾经在我自己的《感情的颜色与光彩》一文里说起一个人的感情有严肃与泛滥。严肃与泛滥的程度相差到可惊，这真是我之固执了。仿佛很有决心不去再浪费时间在一个演剧上，但忽然高兴在一个黄昏的工夫也竟会合着几个人连脚本都抄完且印成功了的（这样的事，在我真是常有的，曾经几次发奋，说非读熟万卷书不可的我，可是在颓唐来时，也仍然会让日子十天半个月的那样白白挨过去），这样的事，当我在第二次再发奋时，又不禁要引为可笑。没有几天前，在玮德家里和他默默对坐，两人都十分乏，反对上什么地方去跑，可是到头又都让自己将乏倦的身子抬上了豁蒙楼，在豁蒙楼上坐下，也感觉乏趣，但又无有勇气再走出来。看山也呆板，看水也呆板，一切都单调，狂饮着无一丝儿茶味之水，没有一句话可说。且看他人之高兴，及其喝茶姿势，起初倒颇感兴趣之我，忽而又觉一切人皆可怜。但也许当时更有人在以我为悯恤吧，这样想时，又意外地使自己吃惊起来。

正在那时，一个和尚捧了一盂茶走进豁蒙楼来。他在另一头靠窗坐下，和我遥遥相对。以我十分孤独，他特来伴我一坐的吧；作这样想之我，便向他招呼："今天贵寺很冷静呀。"

那个和尚若听见若未听见，隔了长久，才"唔"地吐出一次微声。

一个俗和尚呀——我心上作如是想。

但既以为贵寺今天很冷静，又何必再问；这样自索着的我，想来又觉得十分可笑。如那和尚给了我一句答话，也许我便无从再发觉自己之可笑了吧，这样，我觉得那和尚又甚有道理。

"和尚先生，这两天很凉呀。"

"唔唔。"

和尚先生还是那样地答着。和尚先生用"唔唔"来答应，是承认这两天的天气是凉吧，是承认他自己觉得这两天天气的冷吧，是承认我们这些平凡之徒应该觉得这两天天气的冷吧，或者，否定我这一句话而不欲令我难堪吧，我这一句话或是或不是吧，总之人世间一切话都可存在可不存在的吧。

如其和尚先生答"是呀"，我又会破口而说"为什么这两天还会这样冷呢，真是非人情了呀"的吧；如其和尚先生再说，"前几天太热了呀"，我又会说"为什么天时这样的不正呀"的吧，"这样的天时很易生病的呀"的吧，"穷人真是受灾了呀"的吧；以及说"近来各处都是盗匪了呀"这一类话的吧。

如其和尚先生或开初就答"还好呀"，我又会说"这样凉的天气你们都满不在意吗"的吧；或者我还会再说下去，说"你们冬天也仅着这一点衣服吗"的吧，"你们不想弄一盂酒杀杀寒气吗"这一类话的吧。

总之，那样无限地延长下去了呀。

同时，灾害也是那样无限地延长下去了呀。

这样思索之我，猛觉那个和尚很有些悟了呀。

于是我再将眼光扫到那一头去时，和尚先生已不在了哪。

天色渐渐更凄惨起来了，远山先后没入浓暗之中，仅仅水面上还腾起一种白色，但也极暮霭苍茫之至了。我沉下心来听禅堂里的钟声。我的幽魂像寄托在这钟声里，一个圈子一个圈子地波荡出去，虽然微弱到仿佛灭亡，但仍永远存在在那空间的哪。

正觉入悟时，忽听见有人喊："先生醒醒哪？"

"这儿什么地方哪？"

"是你现在所在的地方哪。"

我睁开眼睛，看见那个和尚先生带着笑站在我身边。我说："什么时候了呀？"

"是你该回去的时候了呀。"

他一路送我，禅堂里的香好凶郁哪。

走出了山门，大好江山，如一片锦绣，全铺展在我的脚下了，可惜四边迷雾隐约，已不易辨识。一阵风扑面刮来，不是春风，不是夏风，这风颇有肃杀之感哪，熟睡之我，至此完全给它吹醒了。俯瞰城市，万家灯火已上。雨住了，天上漆黑。回房来，见病了数日之我忽而不见了的同住之友人，也许会焦急地向四处找寻了起来的吧。但我还是那样从容地走着，一路从山坡上下来，想着豁蒙楼上梁任公的句子，这样念道：

> 江山重叠争供眼，
> 风雨纵横乱入楼。

南京的古董迷

方令孺

　　有一班住在南京稍久的人，看见这里变成日见繁荣的都市，心上很觉得不安，谁都在心坎上留着一个昔日荒凉的古城的影子，像怀念一个老友似的，看见一切都在渐渐变更了，心里就起了一股怨气，真像对一个老朋友说：你"不念携手好，弃我如遗迹"一样的悲伤。每逢走出家门总找那些没有开辟的小路走，眯着眼笑，说：这还是十年前的古城呢。因此××庙的附近常常看见这些先生们的影子。××庙原来也有些与从前不同了，但不同的只是庙前的一条河，画船少了，笙歌歇了，再没有满楼红袖招人。至于那些古旧的茶寮，香味扑鼻的炒货店，随地招揽生意的花摊，仍都充满了乡下城里各种偷闲的人，还有从几座高楼上送下胡琴檀板伴着凄凉慷慨的歌声，听的人简直疑心他们个个都是江南李龟年，因此生出无限的兴感，都和在浓茶烧饼的香味中细细咀嚼着吞下。最吸引这班先生的是一些古董铺，对于那些斑斓破碎的旧瓦缶旧陶器尤觉珍贵非常。

"先生，这是新近才掘出来的，"古董店老板拿着一个四耳瓶说，"瞧这瓶口上只有点儿破缺，釉子可多么细润，真是宋朝的东西，您拿去吧，价钱也不会错，您瞧着给吧。"这种瓶起初确不很贵，有时只花一块钱就可买得，买的人也就对此发生兴趣，古董铺也就可以为之招摇了。

在许多斑斓破碎的旧瓦缶旧瓷器的中间，有时会突然发现稀有的东西，像××买得的唐雕大佛头只花数十元，于是有懊悔没有先发现的，有默默羡慕的，有带着讽刺来批评的，各种人之间有一位先生又去暗暗搜觅，果然也得了一尊较小而遒美异常的另一个佛头，于是又起了一阵比较，批评，谈论，骄傲。有的说：大佛头可比作汉魏文章，小佛头可比作六朝小品。为了争较这句话，大家又赌酒哄笑以至忘记了这个新的都市了。

不知道从什么地方来了一批宋瓷碗，有人说是江南铁路造路时在城外附近掘出一个碗库，里面重重叠叠不知道有几千个：上一层压碎了，下一层还是这样完好如新。碗的式样是底小口大，确系宋碗形式，又颜色除彩花，净白，鹅黄以外，有一种青色；按北宋柴窑有几句名言就是"青如天，明如镜，薄如纸，声如磬"，拿这种青色碗与这名言对照，的确是这样轻薄透明，而且轻轻一敲就发生如古庙钟声一样幽远好听的声音。头一个发现的人还是什么收藏家，把这种碗照样置版，并附了一篇考据的长文登在某大学刊物上。一时惊为稀有之奇珍。从此在积雪的狭巷里，在深暗的古董铺中，不断有这班先生的踪迹了。大家互相介绍，互相争取，一时热闹，不可以言喻。

有一回有四个人到古董店去找碗。老板拿出两个小巧的绿色凸梅花的小碗。这四个人中间谁先抢到谁就死捏着不放，那一个没有抢到的就向他说：你前天不是已经买到一件好东西了吗？这个应当让给我。但是先拿的人还是死捏着不放松，谁肯让？这个求让不得的人就飞跑到另一个人身边，乘其不在意的时候，把他正拿在手里观摩的碗，猛然抢来，买下了。古董铺老板见这种情形，怎么不把价提得异常高呢？

一年过去了，不知有多少人都买这种碗，就是后来被选择剩下的，也有人全包了去，素来不玩古董的人，也要买几个，作为奇货可居。后来古董店还是源源不断的有得来，这可怪了，那定是什么神库吧，怎么这样像奇迹一般的取之无尽呢。于是怀疑，考查，研究都来了。结果所谓柴窑，所谓宋瓷，都是仿古假造的。到底是从什么地方，是什么人假造，也还没有一个确实证据。从前所争买这些的先生们只有彼此相顾哑然。究竟谁上了谁的当呢？只有各自咨嗟，各自隐恨而已。到底得大佛头的先生心中有所慰藉，不是为了搜觅宋瓷也不会得着那个大佛头。另一位先生也倒不灰心，索性把兴趣集中到陶器上，所以一直到现在还是没有一天不看见他徘徊于古董铺里，搬些破碎的、完整的、圆的、扁的、长的、短的瓦当、土罐回到家中。现在已有几百件，楼上楼下桌椅几凳上无处不是，怕将来要专造一座仓库来收藏吧。现在这位先生正预备写一本陶器源流史，我们且企予望之。

南京的黑市

刘士穆

上过南京的人，也许会听说过"黑市"的。不过，像这种地方，他也许以为不屑一到的：因为这儿差不多像北平的天桥，来往的多半是些下流阶级，买卖的无非是些破烂东西，谈不到什么可玩可吃；而尤其讨厌的，就是要上黑市去的话，一定得起个绝早，最好是天刚亮的时候。这时，牺牲早晨清梦，尤其是在寒冷的冬天，到这种场所去逛，似乎是有点不值得。

在白天里，这条高井街——黑市的所在地——真的是再也平凡不过的，也许还有一点冷清；没有大的店铺，也没有整齐壮观的住宅，顶多几家破旧肮脏的旧货铺，几家小而平常的杂货店而已。而这儿来往的人物，尤以王府巷一带，多半是"侉子"——一种自山东河南以及苏皖北部迁来的贫民。不然，做小贩的教门，再不然，织绒织锦的"机房"，公馆也有一两家，可是这种公馆也不过是平常的人家罢了。

南起王府巷，北迄崔八巷，西至宫后山，东临高井，这周围不到一里的区域，即平常所谓的"侉子窝"。据说，这儿原先是一块李鸿章家的空地。这班自北地迁来的难民，陆续集中在此，如今久已草屋鳞比，虽不敢说上千户，至少也有好几百户。

他们平常的行业约分四类：第一类，收买旧货，或者捡拾旧货的。前者例如"挑高箩"（以现钱收买），"换碗"，"换糖"（以瓷器或麦芽糖换取等），后者多半垃圾堆上捡人家倒出来的破布及烂铜废锡。第二类就是补碗补锅之类靠手艺吃饭的。第三类是靠气力吃饭的小工洋车夫。第四类：做没本钱交易的乞丐及小偷。顶妙的就是他们从不在人家当差，当老妈子，或者替人家打杂，做些"倒马桶"之类的事的。另外，他们中间也有烟馆、茶馆、私塾、米面铺、水灶、烧饼店之类的，供给他们日常生活的需要。

他们日常的生活，当然很苦，一天两餐，好一点不过是些粗粝的面食，有时就是自人家讨来的酸腐的饭菜，他们有些食物，像炖狗肉炸蝗虫之类，在我们是绝对不敢尝试的。有时他们的境况似乎好一点，可是从不积蓄，不是"赌"，就是"吃"，或者"喝"，结果依然故我；在平时"赌""吃"也许好一点，可是酒是要喝的：一包花生米，或者一块臭鱼，几个铜子的一碗烧酒，一口喝尽，简直比抽一支纸烟还来得便当。顶可怕的就是他们喝醉后打架，动刀动枪，头破血流，是很稀松平常的。

在这样一群人中，当然不乏所谓"宵小之流"的；据说黑市的起源，就由于这种"宵小"；他们利用天尚未明的时候，出脱他们来路不明的货物。于是收买来的或者捡来的旧货，也借这机会出售，后来又加入有许多专卖骗人的玩意或者违禁品；同时一般旧货商以及买便宜货的人们纷至沓来，于是黑市就成了无分冬夏每日举行的一种特别市集了。

　　黑市上真够热闹的，尤以五六点钟的时候，那时人特别的多。街边两旁一个接一个地，尽是地摊，街心给挤得窄窄的，各式各种的人熙攘往来，嘈杂极了；几家茶馆，白天里也许是不做生意的，这时是"高朋满座"；夹在人群中有叫卖各种饮食的，什么豆腐涝，煮山芋，稀饭，洋糖发糕，烧饼油条，包子饺子，应有尽有，还有许多"侉子"们爱吃的东西，叫你简直说不出名目来。

　　黑市上什么稀奇古怪的东西，都有的卖的。如果你是老资格的旧货商，买卖是很简单的一件事。一笔交易，三言两语就可决定，不过你得懂得他们的"黑话"，譬如"枝花"就是"十"，"土百波"就是"二百五"，诸如此类。如果你没有这本领，或者你干脆就是初次来逛逛的，你可要当心，千万不要胡乱问价，一问价就得还价，要价两元的货物也许出价两毛就会卖给你的，结果，无论你要不要，你非买去不可。至于东西买回家是否能用，就看你的运气了。此外假钱钞在在都可以叫你吃苦说不出，普通有一种钱桌专管兑换，比较可靠，可是揩油之多，直叫你咋舌的。掉枪花之类的骗局也有，不过究竟少一点。

　　尽管如此，黑市上的热闹，并不曾减去分毫，吃亏的固是常事，讨便宜的也多，尤以在时光不宁静的时候。例如民国十六年，国民革命军初定南京的时候（即"宁案"之后），黑市之热闹，无以复加。什么打字机，铜铁床，沙发，写字台，抽水马桶，浴盆，书籍，以及一切外国人家里可以见到的东西，无不在黑市上出现。胆量大的人，身边带了几十元，往往买了价值几百元的东西回来，一台打字机，一副刀叉，只值几块钱。到了后来，好的东西渐渐地少了，而且也贵了起来，不过仍旧有许多值得买的东西。即在平时，便宜货也多，不过要相当的眼色，例如破铜烂铁堆里，可以发现一对书夹，花几个铜圆买回来，油漆一下，或者电镀一下，并不逊似新的。现在我还有许多东西，是这样买来，然后再出新的。

我时常觉得黑市是很有意思的地方，这也许因为我自幼生长在黑市左近的缘故，如今虽已离家两三年，有时不免会想起黑市及其间来往的"侉子"。不幸得很，听说当局对于黑市取缔得非常厉害，恐怕现在已不似往日繁盛热闹的景况了。

二月五日北平

南京的媒行

受　仲

　　这大概是乡下地方应有的现象：苦中作乐的新年新岁，一天天的远；春荒的声浪，却愈来愈近！这种惊怖的声浪，逼得乡下的人们成群结队涌到都会里来。在这些人群中，娘儿姐儿们自然占着一个重要的部分。她们都是老妈子或小二子（注：南京称小大姐为"小二子"）的候补者。虽然不一定能够候补得上，但是她们的心目中仿佛都存着"尝试"二字。这是一种不能避免的矛盾，她们也许比你和我认识得更要透彻！

　　"媒行"就是她们眼巴巴地所盼望着的佣工介绍所。

　　南京踞长江的下流，过去就有"下江"之称，和那以安徽为主要部分的"上江"相对照。又有人说，"两江"是作江南和江北解。别管它吧，反正照东西的方向讲，它是下江；南北呢，它是江南；现在又一变而为首都了。无论和南京对岸的江北，或在那上游的安徽，有好些苦命的人儿一向是企望到它那里来吃饭。

　　供给和需求都具备了，于是乎作中间人的媒行有开张的必要。

媒行的分布，有两个条件：第一，菜市；第二，虽不是菜市，而人家多，或到菜市所必经过的街巷。每一处菜市，至少有一家媒行；每一条热闹街也是如此。

媒行设备的简单，和上海的荐头行不相上下；所不同的，大概就是没有人在那儿碰和罢了。新开起来的，不是不常有，同行中或亲友照例送一轴"开张骏发"的红轴幛，不过即使没有这样的祝词，难道货色就不会增加，买卖就不会有吗？乡下的庄稼收不好是年年都有的事，开媒行的倒不会找不着钱，只求销得了货。要讲他们的成本，真是轻微极了：除了一间门面的租金和什么登记费外，便没有别的常用开支了。对于上媒行的人的身上丝毫没有破费的义务，一点解渴的茶，也看他高兴罢了。对那出不脱的货色呢，总是"好吧，明天再来"。其实呢，你不来，他也未见稀罕你，充其量无非让你空坐坐。要是卖出去，老板自然有好处的。做老板的，倒具有一片好心肠，就是唯恐你遇不着雇主。遇着雇主了，又唯恐生意讲不成。一个人被推到人家里去了，三天之后，那老板和气地走上门来了。这时候，做太太的也许会熬一下价钱："要做就是三块钱一月！"那做老妈子的或许希望得四块，有些犹豫。但是那老板总能够做好做坏地给他们打扰："马虎点吧，做得好太太自然会加你的。"在做太太的态度不十分坚决的时候，他也并不是不替对方争些利益："我说你太太是明白的，她这老妈子人倒是靠得住的，太太也不在乎，再加她点吧！"于是乎议价的问题，算是决定下来了，保单也填写好了，说："……单子上写好的还跑得脱吗？……没事！……没事！……有什么事我负责！"最后，他照例要向工主和佣工各方面索取每月工钱百分之二十五的报酬（这是一般的佣工的报酬例，至于雇用奶妈，则各为百分之五十）。比方三块五，他就应得一块七角五，工主和佣工各出一半。那两手空空来做老妈子的，哪里预先拿得出这七毛多钱，不免要央求太太代垫；所以到做满一个月后，那一个月的血汗钱已经减少了一部分了。这有什么法儿想，权当打折扣吧，至于介绍费到手以后，他虽然不积极地希望人家解雇，但是，果能如此，他又何尝不欢迎，因为又可以增加他企图介绍费的机会了。

坐媒行的谁不希望快些儿"上人家"，不过本人自己做不了主，老板不"送"，没有办法。送的条件，首先是拣那生得俊的，其次是年纪轻的，其次是衣服穿得清洁点的，再其次是和老板有些熟识或同乡的关系。事实上，这"一俊，二年轻，三清洁"的原则，却是颠扑不破的，非对于社会具有深切的认识者哪能体会得到。遇着太太们自个儿来要人，大家便认为"毛遂自荐"的机会到了：张大奶提起高喉咙来喊"我去！"，王大姐也叫"我去！"，连赵小三子也跟着这样嚷。同声一鸣，反而把太太闹昏了，索性另外走一家；况且，人类的心理，总觉得物以多为贱，太太又哪能例外。这个事实，并不是不常有的。

过年的习惯，都会上固然不免，乡下人又哪里免得了。所以在冬季——尤其是挨近年边——媒行却实不很挤；年岁好的时候，甚至于值得眼光高些的工主去挑拣的就很少。但是，快乐的年，是留不住的，初五一过，就要给未来的生活问题打算了。在过去一年的收成好的，还可以在家里头等过了农忙再作计较。否则看着就没有吃的了，农村虽好，非久作勾留之地，"算罢，出去帮人去"！所以在媒行里边，不必问去年的年成的好坏，只晓观察哪一方来投奔的娘儿们多，就可以断定哪一方必定是饥荒的了。据说，今年由上江下来的贫苦群众特别多，尤其是和州、含山、巢县一带。原因是产米区域的安徽，去年就连杂粮也没有收的：现在已经在那儿闹春荒了。

"一肩行李，餐风宿露"——这是文人们用来形容那长途上的征客的笔调，也就够凄楚了。不过比起这般乡下娘儿们来，又阔绰多了。她们一身以外没有多余的衣服，是企望着得了工钱再想办法；她们也没有铺盖，因为一上了工就可以用主人家的；她们已经是没有饭吃没有钱使才出来谋生，所以到了南京，身上无非是剩下来几个铜子吧！

媒行是恕不招待住宿的，所以睡觉一事，还成了一个大问题。"小客店"这三个字，是她们梦想不到，而又不敢想的。亲戚人家吧，又成问题，因为和她们是亲戚的，根本就不成为"人家"，充其量是"现役"的老妈子。反正是亲戚，反正是老邻舍，几天的事，去挤挤也好，就是睡一夜地板也可以将就的，只要主人家不说话。遇着一时谋不着事，天天去挤，就是亲戚也免不了要厌烦，于是又设法另找一个地头去睡两天。对那厌烦她的人，还是不敢做出一分不乐意的样子，留着被另一方面厌了时再来打搅一两夜的地步。睡呢，无非被挤的人受些委屈；至于食的问题，就更严重了。就是亲戚，肚子里哪能不扭着"我是吃人家的饭，不怕太太说话吗？"这么一股气劲，也从各方面暗示出来。要是处在一位不很好说话的太太的手下，那老妈子还得知趣些，掏出自己的腰包来给乡亲果腹，这时她所要暗示给对方知道的话，更比前者严厉一点了："我一个月也只赚三块五块钱，统拿供给吃了，我的一家子在乡下还吃什么？"在那被暗示的一方面，受些不好看的脸色和待遇是不要紧的，但求对方不明白说出，明白说出，也得赔笑忍受，但求发作得不厉害。厉害发作一层，倒可以放一小部分心。因为对方难免不想到将来彼此有个交往回换的时候。她也许知道，她拿颜色给她的乡亲看和拿话给乡亲听，都不是很冠冕的事，但她也是出于不得已哪！总之，无论是本人，无论在被打搅者，唯一的希望，自然是快些上工。

在这供过于求的当儿，上工一层，是难尽如人意的。媒行天天人满，然而到媒行来要人的，反而不见得踊跃。于是乎急于找着人家的娘儿们，私下议论，都是说："只要上得去，少拿点钱也好。"更有的说："不拿钱也行，只要吃几天白饭再说！"这种不平之鸣，并不是听不见。她们到南京，除了给住家佣工以外，就没有第二条出路。在那没有人可以暂时依靠的，结果唯有开始流浪乞食的生涯。这话听去好像说得过火了点，其实这样的情形，我在最近就发现了好几起；她们都是三三两两地在一块，据说都是巢湖一带来的。

总括一句，这些问题，不是挂着"佣工介绍所"一块招牌的媒行所能解决得了的！

一九三五年三月六日于南京

南京的歪风

范长江

在南京住了一个月，这是紧张的夏天。六月，大自然界虽然大体上平静，六月下旬曾经到过福建的飓风，只有它的边缘震荡过南京的上空，没有给南京人留下翻天覆地的印迹；可是，从政治的南京来说，几股大歪风却从南京吹到四方。

到南京第一个印象是当局的"骄风"。"唯我独尊""盛气凌人"等"气概"，使过惯了解放区平等自由民主生活的人，感到很不舒服，感到屈辱。因为我们是以平等待人的，国民党的代表到我们解放区，我们是以上宾之礼相待的。给他们以物资上的优厚待遇，人情上以必要的照顾，工作上以应有的便利。然而，我们的代表团在南京住的房子，不如国民党七十四军一个营部，交通工具只给了一部吉普车，民主同盟的办事处房子更少。谈判也不很好用协商的办法，动辄单独下命令，不是互尊互让，而是要我们"最后觉悟"。不允许人家出报纸杂志，封了人家嘴巴，还说人家"造谣"。迷信美国武器，动辄就要"戡乱"。

第二股大歪风是"奴风"。把美国人奉为太上皇，美国顾问薪水比百把个中国公务员的还高。见了中国人也以说英语为荣，内河航行权自己奉赠，海关又交给洋人管理，让美军无条约根据地驻在中国领海、领空，任意横行。更出人意料的是，对于中国内政问题，要把"最后决定权"交给美国人。这不仅出之于口，而竟正式出之外交文件。中共和各界人士都不同意时，竟再三用备忘录来催促，要中共赶快承认。这断送主权的办法最后遭到大家反对后，国民党的报纸上竟拿"马帅"来吓人，说马帅都已同意的事，中共竟敢反对，好像"大逆不道"。

第三是"打风"。"六·二三"下关惨案就是代表。上海有一家报纸说"打风还都"，真是一针见血。打手们越来越有进步，几百个人可以围殴十几个手无寸铁的老人与妇女，连打至四次之多，自由打人可达五小时之久，可见"勇气"与"组织"均很可观。手法上也高明多了，打手们可以自称"苏北难民"，打了也可以不负责。打人的调查研究也有进步，打《大公报》高集先生的人说："我晓得你是《大公报》记者，你在重庆的言论就是吊儿郎当。"意思是早就该打。而打《新民报》浦熙修先生的打手说："你民国二十六年进《新民报》时，我就认得你浦小姐了。"可见他十年前已经在下关做难民，苏北未建立民主政权时，他已经预做"难民"以便打人了。六月二十五日，上海人民代表在南京的记者招待会上，打手们也布置得很好，总算葛延芳老先生等修养好，没有打起来。"难民们"本来还决定在六月二十六日大游行，声言还要打几家报馆和中共与民盟的机关，后来各方坚决反对，他们在"发狠"的引诱下，也只集合了百把人，才算决定延期游行。

南京的歪风正吹得起劲，从华盛顿那边也吹来了不正常的气流，它更加重了南京的歪风。这些歪风不制止，中国要遭大殃；纠正这些歪风，主要只有依靠解放区。因此，保卫和建设解放区，成为目前全国最首要的工作。（七月二日自南京发）

白门买书记

纪果庵

益都李南涧、江阴缪荃孙前后作《琉璃厂书肆记》，今日读之，犹不胜低回向往。然人事无常，缪氏为后记时，李氏所举数十家，固久已不存。辛亥后，缪氏自沪再抵旧京，则前所自记，亦复寥若晨星。三十年来，烽燧叠起，岂唯乾嘉之风流邈若山河，即同光之小康，亦等之梦幻！缪氏所记诸肆，唯来薰阁、松筠阁等巍然尚存，直隶书局、翰文斋则苟延残喘，后之视今，犹今之视昔，讵不重可念耶！

金陵非文物之区，自经丧乱，更精华消尽；徒见诗人咏讽六朝，绻怀风雅，实则秦淮污浊，清凉废墟，莫愁寥落，玄湖凋零！售书之肆，唯以旧货居奇，市侩结习，与五洋米面之肆将毋同，若南涧所亟亟称道之五柳老陶、延庆老韦、文粹老谢，徒供人憧憬耳。书肆旧多在状元境，白下琐言云：书坊皆在状元境，比屋而居，有二十余家，大半皆江右人，虽通行坊本，然琳琅满架，亦殊可观，廿余年来，为浙人开设绸庄，书坊悉变市肆，不过一二存者，可见世之逐末者多矣！盖深致慨叹，顾甘君之书距今又五十年，状元之境，乃自绸庄沦为三四等旅舍，夜灯初明，鸠槃荼满街罗列，大有海上四马路之观，典籍每与脂粉并陈，岂名士果多风流乎！不过目下较具规模之坊肆，仍以发祥该"境"为伙，如朱雀路之保文，太平路之萃文，其佼佼者也。

余在袜陵买书，始于寄寓中山北路某公寓时，冷寂无事，以阅旧货摊为事。残缺不全之《雍熙乐府》，任氏《散曲丛刊》，皆以一元大武得之，雨窗欹枕，大足排遣乡愁。及后友人告以书肆多在夫子庙贡院街，始知有问经堂诸肆，忆其时以七元买《〈渔洋精华录〉笺注》，二元买《瓯北诗话》，虽版非精好，而装订雅洁，颇不可厌，今日已非数十番金不能办，二三年间，物价鹘兔，一何可惊。厥后滥竽庠序，六十日郎曹生活告一段落，还我初服，乃得日与卷帙为伍。时校中命余代图书馆搜罗典籍，盖劫后各校书无一存者。书肆中人云，丁丑戊寅之际，书皆以担计，热水皂以之为薪，凡三阅月，祖龙一炬，殆不逾此。所幸近代印刷，一书化身亿万，此虽不存，彼尚有余，不致如汉初传经诸老之拮据，兹为大幸。余阅肆自朱雀路始，其地有桥有水，复有巷名乌衣，读刘禹锡诗，真若身入王谢堂前矣。路之北，东向，曰翰文斋，其榜书胡小石教授所为也，肆主扬州产，钱姓，昆季四人，以售书骎骎致富，然侩气殊浓，每有善本，秘不示人，实则今之所谓善本，即向之通行本而已，复印既难，遂以腐臭为神奇。余曾以三十金买初版《愙斋集古录》，友人皆曰甚廉。迩年坊市，皆以金石为最可宝，次则掌故方志，次则影印碑帖画册，若集部诸刊，冷僻者多，不易销售，然近顷欲觅一《艺风堂文集》，亦戛戛其难。昨见某友于市上大觅牧斋《有学集》，竟至不能得。就余所知，此书在旧京，固触目而是，今如此，恐沪上以书为货，垄而有之之风已衍蔓至此，不觉扼腕三叹。翰文寄售影印初月楼、汲古阁各丛书，初价并不昂，如津逮、借月山房诸刊，才六七十，比已昂至四五百元一帙，可骇也。京中有"黑市"，丑寅间列货，莫愁路一带，百物骈陈，质明而散。相传明祖既贵，旧部濠泗强梁，既不能沐猴而冠，乃辟为此市，俾妙手空空，亦各得其所，姑妄听之。然变后斯市，固大有是风，书肆中人，往往怀金而往，争欲于此得奇珍，翰文亦其一。余于其店买《甲寅》周刊合订本两册，共三十期，较论移时，终预十五金始可，实则在黑市不过五元，然一念老虎部长之锋芒，觉亦尚值得，归而与《鲁迅全集》合参之，竟不觉如置身民国十五六年间思想界活跃非常之时期焉。

翰文稍南曰保文，初在状元境，廿五年后始移此。主人张姓，冀之衡水人。衡水荒僻小县，而多以书籍笔墨为业，今旧京琉璃厂诸肆，强半衡水也。故老云，厂肆在同光前，以豫贾西商为主，庚子后衡水渐多。松筠阁刘姓，始列肆于厂，今则目为门面，绵亘十数楹，巍峙于南新华街，卅年来，在书业中屈一指矣。保文总店设歇浦三马路，主人某，曾受业于旧东翰数之韩心源，韩则宝文斋徐苍崖之徒，颇为缪荃孙称道者，故某氏版本之学，独步一时，又与刘翰怡、刘晦之、董绶经诸公接，所见愈广，沪之市书者，每倩其鉴定。后经翁家刻及影印诸精本，坊间已不易睹者，求之该肆，往往而有；老而无子，南京分肆则付诸其戚经营，即张姓也。其人尚精干，唯芙蓉癖，遂鲜振作；一徒彭姓者，忠恳人也，吾颇喜与之谈，道掌故娓娓如数家常，亦四十许矣。廿九年秋，出嘉靖《唐诗纪事》，行款疏落，字作松雪体，纸白如雪，索二百四十金，余以价昂却之，后闻归陈人鹤先生，陈氏南京收书，不惜高值，故所藏独多。自三十年春，北贾麇集白城，均以陈氏为对象，彼辈利用汇水南北不同，不惜重费于苏杭宁绍各处搜刮劫后余灰，北来之书，又非以联券折合不可，其值遂甚昂云。保文售予之巨帙，有《通志堂经解》（广东刊）、《知不足斋丛书》（最足本）、《适园丛书》、《清儒学案》（天津徐氏刊）、《四部备要》、《四部丛刊初二三编》、《百衲本廿四史》、《碑传集》及续补、《湖海诗传》、《湖海文传》等，皆学人之糇粮，典籍之管键，总计全价犹不及五千元，以云今日殆十之与一。唯去春曾购定中华书局本《图书集成》一部，价九百元，后不知何故，竟毁成约，于是翰文乘之，以《集成》局本原价八百元之全书，勒索至九百余元，不得已买之，当时殊引为憾，及今思之，只觉其廉耳。今暑气候炎歊，为数十年所仅见，每于夕阳既下，徜徉朱雀道上，以散郁陶，则苦茶一瓯，与肆中人上下今古，亦得消闲之趣。一日，忽见上虞罗氏书甚夥，询之则自大连寄至者，若《殷虚书契前后编》《三代吉金文存》《楚雨楼丛书》等，皆学人视为珍奇，不易弋获者，而其价动逾千百，亦非寒士所能问津。余于甲骨无趣味，而颇喜金石，到京以来，收得不多，唯有某君出售《周金文存》全书，索价每册只二元，诧为奇贱，亟以廿四番金市之，实来京一快事。《三代吉金》，印刷精美，断制谨严，较之刘氏《小校经阁金石文字》《善斋吉金录》等有上下床之别。容希白氏《商周彝器通考》言之详矣，去岁尾予代某校托松筠阁自平寄一部，二十册，价八百金，北流陈柱尊先生见而欲得，又嫌其值之昂，今保文之书竟高至千二百金。予友余君，亦有金石癖，既以重值买其《殷虚书契》以去，又取此书，玩赏数日而归之，盖囊中羞涩，力有不胜。余拟以分期缴款方式收买，甫生此议，已被某中丞捆载而去，悔无及矣。小品书籍之略可言者，徐釚《本事诗》，初印本也，有叶德辉收藏章，余以二十元得之；《天咫偶闻》，知堂老人所最喜也，以四金得之；《董刻梅村家藏稿》，二十八金，影印《西厢记》，二十金，罗氏影印《草窗诗集》十金，皆非甚昂，记以备忘。嘉业堂藏本及印行各书，余代某校收买者，则有《小校经阁金石文字》、《善斋吉金录》、《宋会要》（嘉业本，北平图书馆印）、《雪桥诗话》等。

保文南有国粹书局，乱前颇有藏书，毁于兵燹，今虽复兴，而书价奇昂。余喜搜罗地方掌故之书，如《天咫偶闻》《郎潜纪闻》《日下旧闻》《啸亭杂录》《檐曝杂记》《春冰室野乘》诸书，皆日常用以遣睡者。举目河山，不胜今昔，三千里外，尤绕梦魂，某晚于此店解《后旧都文物略》一帙，乃秦德纯长北平市时所辑，虽搜访未备，而印刷殊精，在今日已难能，不意索价至八十金，以爱不能释，终破悭囊付以七十五金，自是不甚过其肆。闻友人云，该肆总店在申，居积殊赢，京肆生涯初不措意，则无怪其拒人于国门之外也。

与保文相对者，有艺文，乱后始设，凌杂不堪，主人以贩书南昌为事，初尚有盈，今则数月无耗。其肆无佳品，唯曾售余中华本《饮冰室全集》一部，乃任公集之最全本，按其价四十元八折，今商务中华之书，靡不增至十倍，此可谓奇遇。艺文之邻，有南京书馆，专售商务出版品，其主人前商务宁局伙友也。战后商务新刊不易抵京，赖此店即中央书报发行所为之支撑。余所购者，如《缀遗斋彝器考释》，原价三十五元，后改为七十，市售则加三倍，购时真有切齿腐心之思，然甫三月，余已有倍蓰之利可图，今日之事，又岂人意所能逆料哉！他若《〈越缦堂日记〉续编》、《愙斋集古录》连剩稿、影印《营造法式》、大典本《水经注》及各种法帖画册墨迹，罔不以加三加四之值购得，而与《缀遗》之事如出一辙云。

自朱雀路过白下路而北，旧名花牌楼（明蓝国公府大门，建筑富丽，后虽以罪毁，仍存是名）。今日太平路，乃战前新书业荟聚之区，中华商务之赭垣黔壁，触目生愁；自物资困窘，纸贵如金，营出版业者，谁复肯收买稿件，刊行新籍，且撰著者风流云散，即欲从事铅椠，亦有大雅不作之叹。职是之故，新刊图籍，价目日新月异，黠者咸划去书籍版权页之价目，而随意易以欲得之数，使购者参酌无从，啼笑皆非。太平路最南路东曰萃文，肇兴于状元境，亦老肆也，藏书颇有佳本，惜不甚示人；其陈于门面橱窗者，举为下乘，余买书于此店甚多，都不复记忆。去冬岁暮，天末游子，方有莼鲈之思，忽其主事者袁某人，曰有袁氏仿裴刻《文选》一部，精好如新，适余于数日前在莫愁路冷摊得同书首二卷残本两册，一存目录及李善表，一存卷一班赋，而书顶有广运之宝，方山（薛应旂）、董其昌、王世贞诸印，既以常识审之，证为赝鼎，又以其不全也，置之尘封中而已。今闻有全书，不禁怦然心动，乃索至八百元，犹假岁尾需款为辞，介之某校，出至六百，袁坚持非七百不可，北中某估，与余稔，曰，可市之，不吃亏也。余摒挡米盐度岁之资而强留之，始知为张氏爱日吟庐故物，凡三十一册，每册二卷，目录一卷，虽经装裱，纸墨尚新，因念明刊佳椠，近亦不可多得，如此书战前不过二百元，绝非可宝，今则诧为罕遘。后此书终以原价为平估窜去，至今惜之。他若明刻文章正宗之类，平平无奇，而索值极高，殊可恚恨。余曾入其内室，则见明复宋小字本《御览》，商务初印《古逸》及《续古逸》丛书，皆精佳，唯一时无出手之意，遂不能与之谈。尤可笑者，某日天雪，以清末劣刊《金瓶梅》来，索至二百金，余察其离奇古怪之图画，讹夺百出之字体，咄而返之。昨读周越然先生在《中华日报》所记买此书之故实，不觉亦哑然有同感也。萃文之北曰庆福，肆尤古，主人深居不肯出，虽知藏书不少，而未能问津。今秋陈斠玄教授全部藏书出售，此肆独获其精者，秘不告人，留待善值，欺人孺子，诚恶侩矣。庆福对面曰文库，林姓，扬州产，乱后营此小肆，以出租小说糊口，亦稍稍买旧刊及西书，曾以三十元买《热河志》而以五百金鬻之，堪称能手。余见其肆多有国立北平图书馆西文藏书，殆变中南徙流落于此者，滋可叹息！

状元境仅存之书坊，自东而西，曰幼海，曰文海，皆扬州籍。幼海索价，胡天胡地，莫测指归，又恒开恒闭，在存亡之间；文海地势较冲要，客岁余买其龙蟠里图书馆藏本不少；龙蟠里者，陶文毅公办惜阴书院之地，前临乌龙潭，右倚清凉山，管异之所记钵山，即此，故又称钵山精舍，端午桥在两江任时，买丁氏八千卷楼旧藏，遂扩为江南图书馆，藏书为东南冠。商务印《四部丛刊》，佳本多取诸此，既成而隐其图记藏者，至今馆人诟焉。战前由柳诒徵翁主持，编刊目录，影印刊孤本，盛极一时，自经丧乱，悉付劫灰，尚不如中央研究院诸书，得假他人之手，略存尸骸。其善本或散入坊肆。余前曾得有伊墨卿《留春草堂诗钞》，小字明复宋本《玉台新咏》，皆嘉惠堂故物。文海所售者，如明本《警语类抄》，字体精美，足资赏玩，《弇山堂别集》，有丁松亲笔校记，朱黑烂然，致足宝贵，皆怂恿某校存之，盖公家藏弆，终较闷之私人邸宅为佳也。此店又多太平史料之书，抄本更多，唯影印忠王供词，余托其寻索，迄未报命。善文书店，在中间路南，主人殷姓，保文堂旧徒，乱后自营门市，余于廿八年秋，以三元贱值买广东刊巾箱本《七修类稿》于此，后更买其《清史稿》，当时为所给，价百五十金，其后始知市值不过百廿，然今则非五百不可，向恨蒙瞳，今诧胜缘焉。又从其买英文书若干册，旧师郭彬龢所藏，估故不识，每册索一元，皆专研希罗古文学者。此等事盖可遇而不可求，非可以常理论者。善文西曰会文，韩姓，亦新设，其人谨愿，书价和平，余每月必买少许，而不甚易得之书，往往彼能求获，如《日下旧闻考》，为研旧京掌故必备之籍，燕估犹多难色，去冬韩由扬州买来，价不过二百八十金，为某校所买。清末名臣奏议及方志诸书，出于此者甚不少。余所得书之更可念者，如《越缦堂诗集》，陶濬宣旧藏也；《十驾斋养新录》，薛时雨故物也。书固不精，前贤手泽可贵耳。《越风》《喻林一叶》两书，在故都价甚大，而此肆则不甚矜惜，得以微值收之。韩为人市侩气较小，亦使人乐就之一因。状元境旧肆，如天禄山房，聚文书店，今皆不存，唯集古一肆，伶俜路北，尘封黯壁，长日无人，徒增观感。萃古山房，原亦在此，且书版甚多，事变前龙蟠里所得段氏《说文》手稿信札等，皆此肆所售，乱后生活无着，书版多充薪炭，或以微值鬻人，今其老店主每谈及此，辄唏嘘不止。顷另设门市于贡院西街，门可罗雀，闻已应陈人鹤先生之召，为钉书工。余最喜听其谈南京书林故事，有开元宫女之思焉。贡院西街在夫子庙，书坊历历，唯问经堂最大，主人扬州陆姓，干练有为，贩书南北，结纳朱门，以乱前萃文书店之伙友，一变而为南京书业之巨擘。其人不计小利，而每于大处落墨，又中西新旧杂蓄，故门市最热闹。余买书甚多，不能详记。春间彼自江北返，得《越缦堂日记》全帙，向余索新币三百金，旧币四百五十金。余适有某刊稿费未用，力疾买之，而俄顷新旧之比已二与一，余则用新币也。虽然，不稍悔，盖余最喜阅读日记笔记，平日搜罗，不遗余力。《翁文恭日记》，曾有海上某友人转让，索百八十金，以其昂，漫应之，而不日售出，遂悔不能及，今遇此好书，岂可失之交臂耶！周越然先生云：一遇好书，即时买下，万勿犹疑，否则反惹售者故增其值，即上当亦不失为经验。余颇心折此言，且早已实行者。昨余又过其肆，则陆某向余大辩其书价钱之廉，并愿以新币四百五十金挖去，余笑而置之。然此事不成，则又以《三古图》一部蛊余，上有伪造文选楼及琅寰仙馆珍藏图章，望而知为赝鼎，索三百金，清印明刻本，市上恒见物也，余亦一笑置之。

买书不能专走坊肆，街头冷摊、巷曲小店、私人之落魄者，佣保寒贱之以窃掠待价而沽者，皆不可放过。莫愁路之黑市，前既言之矣，二三年前，犹可得佳品，近日则绝无。路侧，有曰志源书店者，鲁人陈某所设，其人初不知书，以收破碎零物为业（京语曰"挑高箩"，以其担箩沿街唤买，如北京所云之"打小鼓的"然）。略识之无，同贩中之得书者，辄就请益，见书既多，遂专以收书为事，由担而肆，罗列满架，凡小贩之有书者，咸售于此，故往往佳著精椠。余所得有最初印本《攈古录》文，裁钉印刷，皆上上，而价只五十金；刘氏《奇觚室吉金文述》，虽翻印数次，而坊间仍无书，亦于是买得；方氏《通雅》，虽不精，只十元；鲍氏观古阁藏龙门造像拓本数册，陈伯萍藏汉魏碑帖多种，咸自此散出。最近陈氏家人更以所弃扇面百余件附售，余过而观，有包世臣、李文田、王先谦、王莲生诸名家手迹，弥可宝贵。索五百金，余方议价间，已为识者窜去，颇自悔恨。唯收得旧拓片数十纸，每纸不逾数角，内有匋斋、宝铁斋旧物二，尚足自慰。又见其乱书中有戴传贤书扇，并张道藩君所藏 Kampf 素描集等，昔为沧海，今日桑田，大有《〈金石录〉后序》之悲矣。

豆菜桥边一肆，亦以收旧物而设门市者。其人张姓，嗜饮，性畸。逢其醉，无论何物，皆以"不卖"忤人，否则随意付钱，可得隽品。所收书画良多，珂罗版碑帖尤多，以不善经营，数在其肆外告曰："本店无意继续，愿顶者可来接洽。"于是由书肆变而为售酒之店，昨过其地，则酒店又闭，想瓮中所储，不足厌刘伶之欲，此公亦荷插行矣乎？

凡余所记，拉杂之至，又无名本秘笈，唯是世变所屈，存此未尝不可备异时谈资，谅大雅或不以琐猥见訾欤？

壬午重九于金陵冶山下

注：李南涧《琉璃厂书肆记》："……书肆中之晓事者，唯五柳之陶，文粹之谢及韦也。韦，湖州人，陶、谢皆苏州人。……吾友周书昌，尝见吴才《老韵补》，为他人买去，怏怏不快。老韦云，《召子湘韵略》已尽采之，书昌取视之，果然。老韦又尝劝书昌读魏鹤山《古今考》，以为宋人深于经学，无过鹤山，惜其罕行于世，世多不知采用，书昌亦心折其言。韦年七十余矣，面瘦如柴，竟日奔走朝绅之门，朝绅好书者，韦一见谂其好何等书，或经济或辞章或掌故，能多投其所好，得重值，而少减辄不肯售，人亦多恨之。……"

又缪氏后记李雨亭、徐苍崖，亦斐娓有致："李雨亭与徐苍崖，在厂肆为前辈，所谓宋椠元椠，见而即识，蜀版闽版，到眼不欺，是陶五柳、钱听默一流。尝一日手《国策》与余阅曰：此宋版否？余爱其古雅而微嫌纸不旧，渠笑曰：此所谓捺印士礼居本也，黄刻每页有刊工名字，捺去之未印入，以惑人，通志堂、经典释文《三礼图》亦有如此者，装潢索善价，以备配礼送大老，慎弗为所惑也。"

南京的马

柳雨生

　　自从机械文明的生活一天比一天发达以来，人类和大自然的接触却一天比一天减少了，同样的人类和其他生物的关系，也不像从前那样的密切了。譬如说耕田，在农业生产并不发达的地方，当然是用牛来耕种的，但是在机械文明发达到极点的国家，为了要获得大量的生产，为了要节省时间和增加效率，集体农场的制度产生了，同时，用机器代替人力和其他的牲畜的耕种的方法也实行了。这样一来，人和牛之间向来存在的密切的关系不由得渐渐地动摇起来。这自然是不可避免的事情。

　　譬如，交通的利器，在这种状态之下，当然也是以增加速度和减轻力的消耗作为先决的条件。马车是向来被认为比较笨重的工具的，近十几年来摩托车充满了国内的各大都市，马车的载客的功效，自然相形见绌，差不多已经到了被淘汰的地步了。

　　十九年前我在上海居住的时候，乘坐马车的人们虽然已经不多了，但是仍然可以有机会看到。我记得在北四川路横浜桥堍附近，就有一两家马房，养的多是羸弱的老马，稻草也堆得满地都是，时常发出一种腐烂而潮湿的气息。车子也是很陈旧的，但是似乎并不是露天式的，两边都有门，门的上部是漆着白油的百叶窗，都已经发灰色了。当时的马车的租钱并不很贵，由横浜桥到爱文义路西段，这样遥远的路途，也不过两块钱的光景，现在回忆起来，不免萦念着一股"今昔之感"的意味吧！

但是在今日的南京，马车的用途却变得非常的广大了。我虽然没有能够计算今日南京所有的马车和马匹的数目，但是我却猜想这个统计的确实数目一定是相当可观的。汽油的来源困难了，汽车的使用自然减少了许多。把原有的汽车改装木炭行驶吧，一来因为改装费用的巨大，再则，近来木炭的价钱也较前涨了不少了。普通说起来，南京的市民自然只有步行和乘人力车这两条路可走。这自然是很确实的，可是，南京又是这样的阔大而宽旷的城市，步行真是太耗费时间了。乘人力车呢，虽然不仅是"偶一为之"，简直是家常便饭了。但是，有时从朋友家里出来，黑压压的夜里十点多钟，坐在车上经过半村半郭式的马路，听着两旁野丛里的蛙声的幽鸣，仰望星斗满天，自己的车子在半泥泞的碎石路上蠕动着，眼看到车夫的吃力的苦状，一面感觉到自己的渺小，一面也要同情到车夫的劳苦和我的悠适地坐在上面的不近人道了。补救的方法很难想出，也并不是要改坐马车，但是马车在这里自然有它的很大的用途，远超乎其他的交通工具之上。十几年来逐渐减少的代步工具，仍然恢复了他的势力和威风了。

每天每逢"坎……坎"的笨重的声音从泥泞的碎石路上经过，"的……的"的清脆的马蹄声和"嘶……嘶"的喘息的声音混杂在一起，我就觉得我的心里好像黏上了一层沉重的厚铅似的，许久不能够化掉。这是南京所特有的敞篷的马车啊！每天在下关车站附近，几百辆的敞篷马车在等候着迎接新来的旅客了。除了乘客之外，并且也要装载庞大的、笨厚的行李箱子，一辆马车的载重的量数是惊人的，一匹劳苦的马的任重致远的力量，也自然是很惊人的了。

我并不痛恨乘坐马车的客人，但是我老是觉得南京的马真是格外痛苦的。它比其他地方的马匹都要不幸了。它一天的工作时间究竟是多么长久呢？它所吃的稻草和粮秣究竟够不够呢？你不是常常听到它们的长嘶和哮喘的声音，时常从冷静的空巷里发出来么？

我昨天正午又乘了一次马车，和两位朋友同坐的。我们的车子虽然很轻，但是密密的雨点不住地降着，车檐也跟着流着一注一注的雨水，阴黯的天气，连远处的一排泥冈的绿丛都有点儿模糊了。可是，沉重的马蹄却片刻不歇地向前拖着我们这辆破旧的车子，连车夫一共是四个人。也许它还觉得这一带路程是平坦轻松的，但是我望着两尺以下的泥泞的土路，我觉得自己又陷入困惑的环境中了。

窥窗山是画

张恨水

南京是个城市山林，所以袁子才有"爱住金陵为六朝"的句子。若说住金陵为的是六朝那种江南靡靡不振的风气，那我们自然是未敢苟同；但说此地龙盘虎踞之下，还依然秀丽可爱，却实在还不愧是世界上一个名都。就我所写的两都本身而言（这里不涉及政治问题），北平以人为胜，金陵以天然胜；北平以壮丽胜，金陵以纤秀胜，各有千秋。在北平楼居，打开窗子来，是一带远山，几行疏柳，这种现象，除了繁华市区中心，为他家楼门所阻碍（南京尤甚），其余地点，均无例外。我住在南京城北，城北是旷地较多的所在，虽然所居是上海弄堂式的洋楼，却喜我书房的两层楼窗之外，并无任何遮盖。近处有几口池塘，围着塘岸，都有极大的垂柳，把我所讨厌看到的那些江南旧式黑瓦屋脊，全掩饰了。杨柳头上便是东方的钟山，处处的在白云下面横拖了一道青影。紫金山那峰顶，是这一列青影的最高处，正伸了头向我窗子里窥探。我每当工作疲倦了，手里捧着一杯新泡的茶，靠着窗口站着，闲闲地远望，很可以轻松一阵，恢复精神的健康。

南京城里北一段，本是丘陵地带，东角由鸡鸣寺顺了玄武湖北上，经过太平门直到下关。西边又由挹江门南下，迤逦成了清凉山、小藏山。所以由新街口以北，是完全环抱在丘陵里的一块盆地。在中山北路来往的人，他们为了新建筑所迷惑，已不见这地形了。我有两个朋友住在新住宅区迤北，中山北路偏西，房子面对着清凉古道，北靠了清凉山的北麓，乃是建筑巨浪所未吞噬及未洋化的一角落，而又保留着六朝佳丽面目的。我去过几回，我羡慕他们，真能享受到南京的好处，只可惜它房子本身却也是欧化了而已。这里是个不高的土山，草木葱茏，须穿过木槿花作篱笆，鹅卵石地面的一条人行道。路外是小溪，是菜园，是竹林，随时可以听到鸟叫，最妙的，就是他们家三面开窗，两面对远山，一面靠近山。近山的竹树和藤萝，把他们屋子都映绿了。远山却是不分晴雨，都隐约在面前树林上。那主人夸耀着说："我屋子里不用挂山水画，而且是活的画，随时有云和月点缀了成别一种姿势。"这话实在也不假。我曾计划着苦卖三年的文字，在这里盖一所北平式的房屋，快活下半辈子，不想终于是一个梦。

在"八·一三"后，南京已完全笼罩在战争气氛下，我还到这里来过一趟。由黄叶小树林子下穿出，走着那一条石缝里长出青草的人行长道，路边菜圃短篱上，扁豆花和牵牛花或白或红或蓝，幽静地开着。路头丛树下，有一所过路亭，附着一座小庙，红门板也静静地掩闭在树荫下，路上除了我和同伴，一直向前，卧着一条卵石路，并无行人。我正诧异着感不到火药气，亭子里出来一个摩登少妇，手牵了一个小孩，凝望着树头上的远山（她自然是疏散到此的）。原来半小时前，敌机二十余架，正自那个方向袭来呢。一直到现在，我想到清凉古道上朋友之家，我就想到那个不调和的人和地。窗外的远山呀！你现在是谁家的画？

白门之杨柳

张恨水

在中国辞章家熟用的名词里有"白门柳"这个名称。杨柳这样东西，在中国虽是大片土地里有它存在的，可是对于这样东西，却特地联系着成一个专用名词，那实在有点缘故。据我个人在南京得来的经验，是南京的山水风月，杨柳陪衬了它不少的姿态。同时，历代的建筑，离不开杨柳，历代的文献，也离不开杨柳。杨柳和南京，越久越亲密。甚至一代兴亡，都可以在杨柳上去体会。所以《桃花扇》上第一折《听稗》劈头就说："无人处又添几树杨柳。"

南京的杨柳，既大且多，而姿势又各穷其态，在南京曾经住过一个时期的主儿，必能相信我不是夸张。在南京城里，或者还看不到杨柳的众生相，你如果走过南京的四郊，就会觉得扬子江边的杨柳，大群配着江水芦洲，有一种浩荡的雄风；秦淮水上的杨柳两行，配着长堤板桥，有一种绵缈的幽思。而水郭渔村，不成行伍的杨柳，或聚或散，或多或少，远看像一堆翠峰，近看像无数绿幛，鸡鸣犬吠，炊烟夕照，都在这里起落，随时随地是诗意。山地是不适于杨柳的，而南京的山多数是丘陵，又总是带着池沼溪涧，在这里平桥流水之间，长上几株大小杨柳，风景非常的柔媚。这样，就是江南江水了。不但此也，古庙也好，破屋也好，冷巷也好，有那么两三株高大的杨柳，情调就不平凡，这情形也就只有南京极普遍。

杨柳自是点缀春天的植物，其实秋天里在西风下飘零着黄叶，冬天里在冰雪中摇撼枯条，也自有它的情思。而在南京对于杨柳赞美，毋宁说是夏天。屋子门口，有两株高大的杨柳，绿荫就遮了整个院落。它特别的不挡风，风由拖着长绿条子的活缝里过来，吹拂到人身上，有一种说不出来的舒适。晚上一轮白月涌上了绿树梢头，照着杨柳堆上的绿浪，在风里摇动，好像无数的绿毛怪兽在跳舞。这还是就家中仅有的杨柳说。如走上一条古老的旧街，鹅卵石的路面，两旁矮矮的土墙店铺，远远的在街头拥上一株古柳，高入云霄，这街头上行人车马稀少，一片蝉声下，撒着一片淡淡的绿荫，这就感到一番古城的幽思。

在南京度过夏天的人，都游过玄武湖。一出了玄武门，就会感到走入了一个清凉世界。而这份清凉，不是面前的湖水和远峙的山峰给予的。正是你一出城门，就踏上一道古柳长干堤；柳树顶尽管撑上天，它下垂的柳枝，却是拖靠了地，拂在水面，拂在行人身上。永远透不进日光的绿浪子，四处吹来着水面清风，这里面就不知有夏。我曾在南京西郊上新河，经过半个夏天，我就有一个何必庐山之感。这里唯一给予人清凉的思物，就是杨柳。出汉西门，在一块平原上四周展望，人围在绿城里，这绿城是什么？就是江边的柳林，镇外的柳林。尤其在月下，这四处的柳林，很像无数小山。我住家所在，门前一道子江，水波不兴，江边一排大柳林，大柳林下，青苔铺路就是我家的竹篱柴门，门里一个院落，又是两株大柳树。屋后一口塘，半亩菜，又是三棵大柳树。左右邻居，不用说，杨柳和池塘。这一幢三进平房整天都在绿荫里，决没有热到百度（华氏）的气候。我于这半个夏季里，乃知白门杨柳之多，而又多得多么可爱。

日暮过秦淮

张恨水

在秋初我就说秋初。这个时候的南京，马路上的法国梧桐和洋槐，正撑着一柄绿油油的高伞。你如是住在城北住宅区，推开窗户，望见疏落的竹林，在广阔的草地里抹上一片残阳，六点钟将到，半空已没有火焰。走出大门，左右邻居已开始在马路树荫下溜着水泥路面活动。住宅中间，还不免夹着小花园和菜圃，瓜架上垂着一个个大的黄瓜，秋虫在那里弹着夜之前奏，欢迎着行人。穿上一件薄薄的绸衫，拿了一柄折扇，顺路踏上中山北路，漆着鱼白色的流线型公共汽车，在树荫下光滑的路上停着。你不用排班，更不用争先恐后，可以摇着你手上那柄折扇，缓缓地上车，车中很少没有座位。座椅铺着橡皮椅垫，下面长弹簧，舒适而干净，不少于你家的沙发。花上一角大洋，你是到扬子江边去兜风呢，还是到秦淮河畔去听曲呢？你爱上哪儿就上哪儿。

我不讳言，十次出门有九次是奔城南，也不光为了报社在那儿，新街口有冷气设备的电影院，花牌楼堆着鲜红滴翠的水果公司，那都够吸引人。尤其是秦淮河畔的夫子庙，我的朋友，几乎是"每日更忙须一至，夜深还自点灯来"，总会有机会让你在这里会面。碰头的地点，大概常是馆子里的河厅。有时是新闻圈外的人作主，有时我们也自行聚餐。你别以为这是浪费，在老万全喝啤酒吃的地道南京菜，七八个人不过每人两元的份子。酒醉饭饱，躺在河厅栏杆边的藤椅上，喝着茶嗑着瓜子，迎水风之徐徐，望银河之耿耿，桃叶渡不一定就是古时的桃叶渡，也就够轻松一下子的了。

我们别假惺惺装道学，十个上夫子庙的人，至少有七八个与歌女为友，不过很少人自写供状罢了。南京的歌女，是挂上一块艺人的牌子的，她们当然懂得什么是宣传。所以新闻记者的约会，她们是"惠然肯来"。电炬通明，电扇摇摇之下，她们穿着落红纱衫子，带着一阵浓厚的花香，笑着粉红的脸子，三三两两，加入我们的酒座。我们多半极熟，随便谈着话，还是"舄履交错"。尽管良心在说，难道真打算做个《桃花扇》里人？但是我没有逃席。

九点多钟了，大家出了酒馆，红蓝的霓虹灯光下走上夫子庙前这条街，听着两边的高楼上，弦索鼓板喧闹着歌女的清唱；看到夜咖啡座的门前，一对对的男女出入，脸上涌出没有灵魂的笑，陶醉在温柔乡里，我们敏感的新闻记者，自也有些不怎么舒适似的。然而我们也不免有时走进大鼓书场，听几段大鼓，或在附近露天花园，打上一盘弹子，一混就是十二点钟。原样的公共汽车，已在站上等候，点着雪亮的车灯，又把你送回城北。那时凉风习习，清露满空，绸衫子已挡不住凉，人像在洗冷水澡。住宅区四周的秋虫，在灯光不及处一齐喧鸣，欢迎你在树的阴影下敲着家门。这样的生活，自然没有炎热，也有点像走进了板桥杂记。于今回想起来，不能不说一声罪过。自然别人的生活，比这过得更舒适的，而又不忏悔，我们也无法勉强他。

秋意侵城北

张恨水

中秋快来了，在北平老早给我们一个报信的，是泥塑兔儿爷，而在南京呢？却是大香斗。虽然大香斗摆列在香烛店柜台上，不如兔儿爷摆在每条胡同儿的零食摊上那样有趣，但在我们看到大香斗之后，似乎就有一种"烟士披里纯"钻进文字匠人的脑子。中国的节令，没有再比中秋更富于诗意的。它给人以欢乐，它给人以幽思，它给人以感慨，甚至它给人以悲哀。所以看到大香斗之后，因着各人的环境之不同，也就会各有各的感想。

天气是凉了，长江大轮的大餐间，把在庐山避暑的先生太太小姐们，一批一批地载回南京。首先是电影院表示欢迎之忱，在报上登着放映广告；其次是水果公司，将北方的山梨，良乡栗，天津葡萄，南方的新会柚子，台湾香蕉，怀远石榴，五颜六色，陈列在铺面平架上。自然，这些玩意儿，上海更多更好，可是在上海里表现着，在空气里缺少那么一点儿悠闲滋味。譬如，太平路花牌楼是最热闹地区了，但你经过那里，你也不会感到动乱，街两旁的法国梧桐和刺槐，零落地飘着秋叶儿，人行路上，有树荫而树荫不浓，我们披一件旧绸衫，穿一双软底鞋，顺着水泥路面溜达。在清亮而柔和的阳光下，街上虽有几个汽车跑来跑去，没有灰土，也没有多大声音，在街这边瞧见街那边的朋友，招招手就可以同行在一处，只有北平的王府井大街，成都的春熙路可相仿佛。上海的霞飞路也会给人一点秋意的，然而洋气太重。

我必须歌颂南京城北，它空旷而萧疏，生定了是合于秋意的。过了鼓楼中山北路，两行半黄半绿的树影划破了广大的平畴，两旁有三三五五的整齐房屋，有三三五五的竹林，有三三五五的野塘，也有不成片段的菜圃和草地。东面一列城墙，围抱了旧台城鸡鸣寺，簇拥着一丛树林和一角鼓楼小影，偶然会有一声奇钟的响声，当空传来。钟山的高峰，远远在天脚下，俯瞰着这一片城池。在城里看到不多的山，这是江南少有的景致。（重庆的山近了，又太多了，不知怎么着，没有诗意。）城墙是大美观玩意儿，而台城这一段墙，却在外（后湖）看也好，在里看也好，难道我有一点偏见吗？

三牌楼一带，当然是一般人最熟识的地方，而那附近就保存不少老南京意味。湖北路北段，一条小马路，在竹林里面穿过来，绕一个弯儿到丁家桥，俨然在郊外到了一个市镇。记不得是哪个方向，那里有家茶馆，门口三株大柳树高入云霄，门临着一片敞地，半片竹林。我和她散步有点倦，就常在这里歇腿，泡一壶清茶（安徽毛尖），清坐一会儿，然后在附近切两角钱盐水鸭子，包五分钱椒盐花生米，向门口烧饼桶上买两三个朝排子烧饼，饱啖一顿才买一把桂花，在一段青草沿边的水泥马路上，顺了槐柳树影，踏着落叶回家。

顽萝幽古巷

张恨水

我在南京时，住在城北。因为城北的疏旷、干燥、爽达，比较适于我的性情。虽然有些地方过分的欧化（其实是上海化），为了是城市山林的环境，尚无大碍。我们有一部分朋友，却是爱城南住城南的。还记得有两次，慧剑兄在《朝副》上，发表过门东门西专刊，字里行间，憧憬着过去的旧街旧巷，大有诗意。因此，我也常为着这点诗意，特地去拜访城南朋友。还有两次，发了傻劲，请道地南京文人张苹庐兄导引，我游城南冷街两整天。我觉得不是雨淋泥滑，在秋高气爽之下，那些冷巷的确也能给予我们一种文艺性的欣赏。

我必须声明，这欣赏绝不是六代豪华遗迹，也不是六朝烟水气。它是荒落、冷静、萧疏、古老、冲淡、纤小、悠闲。许许多多，与物质文明巨浪吞蚀了的大半个南京处处对照，对照得让人感到十分有趣。我们越过秦淮河，把那些王谢燕子所迷恋的桃叶渡乌衣巷，抛在顶后面（那里已是一团糟，辞章里再不能用任何一个美丽的字样去形容了）。虽在青天白日之下，整条的巷子，会看不到十个以上的行人（这是绝对的），房子还保守了朱明的建筑制度，矮矮的砖墙，黑黑的瓦脊，一字门楼儿半掩半开着，夹巷对峙。巷子里有些更矮更小的屋子，那或者是小油盐杂货店，或者是卖热水的老虎灶，那是这种地方唯一动乱着而有功利性斗争的所在。但恰巧巷口上就有一所关着大门的古庙，淡红色的墙头，伸出不多枝叶的老树干，冲淡了这功利气氛。

这里的巷子，老是那么窄小，一辆黄包车，就塞满了三分之二的宽度，可是它又很长，在巷这头不会看到巷那头。大都是鹅卵石铺了地面，中间一条青石板行人路，便利着穿布鞋的中国人。更往南一路，人家是更见疏落，处处有倒塌了屋基的敞地，那里乱长着一片青草。可是它繁华过的，也许是明朝士大夫宅第，也许是太平天国的王府。在这废基后面，兀立着一棵古槐，上面有三五只鸦雀噪叫着，更显得这里有点兴亡意味。

有一次我去白鹭洲，走错了方向，踏上了向西门的一条古巷。两旁只有四五个紧闭了的一字门，乱砖砌的墙，夹了这巷子微弯着。两面墙头上密密层层的盖住了苍绿叶子的藤蔓，在巷头上相接触。藤萝的杆子，其粗如臂，可知道它老而顽固。那藤蔓又不整齐，沿了墙长长短短向下垂着，阻碍着行人衣帽。大概是这里很少行人的缘故，到墙脚下的青苔向上铺展，直绿到墙半腰。有些墙下，长着整丛的野草，却与行人路上石板缝里的青草相连。这样，这巷子更显得幽深了，这里虽没有一棵树、一枝花及任何风景陪衬，但我在这里徘徊了二十分钟。

入雾嗟明主

张恨水

在二十五年前，我每次到南京，朋友们就怂恿着去瞻仰明故宫。只是那时的行程，都是到上海或去北京，行旅匆匆，不过在下关勾留一二日，没有工夫跑到这很远地方去。加之我听到人说，那里仅仅是一片废墟，什么也看不到，尽管我青年时代是个被平平仄仄迷惑了的中毒书生，穷和忙哪许可我去替古人掉泪。

二十四年，我由北平迁家南京，住在唱经楼，到明故宫相当的近，加之那是中央医院所在地，自己害病，家里人生病，就时常去到明故宫的面前来。这真是一个名儿了，马蹄栏杆里，一片平地，直到远远的枣树角，有一城墙和树木挡住了视线。平地中央，还有一个倒坍了的宫门，像城门洞子，作了故宫的标志。水泥面的飞机场，机场是停着大号的邮航机，比翼双栖的和那一角宫门，作了一个划时代的对照。朱元璋登基，在南京大兴土木，建筑宫阙的时候，他决不会有这样一个梦。

明故宫的北端，是中山东路，往中山陵游览区，是必经之地，

110

所以晴天、雨淋、月下、雪地，我都来过。印象是深的，应该是雨天，我那因抗战环境而夭折了的第二个男孩小庆儿在中央医院治过伤寒病。我遏止不住我的舐犊深情，百忙中抽空上医院看他两次。是深秋了，满城下着如烟的重阳风雨，那时，我行头还多，穿着橡皮雨衣，缩着肩膀，两手插在雨衣袋里，脚下蹬着胶鞋，踏了中山东路的水泥路面，急步前行。路边梧桐叶上的积水蚕豆般大，打在我帽子上，有时雨就带下一片落叶，向我扑打。明故宫那片敞地，埋在烟雨阵里，模糊不清。雨卷了烟头子，成了寒流，向我脸上吹，我有个感想，因为像是一个不吉之兆，赶快地奔医院。

看到了孩子，结果体温大减，神智很清。我很高兴离了医院，我有心领略雨景了。那片敞地，始终在雨阵里；那角宫门，有一个隐隐的长圆影，立在地平上，门洞上，原光有几棵小树，像村妇戴着菜花，蓬乱不成章法。然而这时好看了，它在风丝雨片里，它有点妩媚，衬着这宫门并不单调。远处一片小林，半环高城，那又是一个令人迷恋的风光。再看西南角南京的千门万户，是别一个区域了。明太祖皇帝，他没想到剩下这劫余的宫门，供我雨中赏鉴。人不谓是痴汉吗？身外之物，谁保持过了百年？费尽心血，过分地囤积干什么？就是我也有点痴，冒雨看孩子的病，不管我自己。于今孩子死了五年了，我哀怜他，而我还觉我痴。

当年雨中雄峙三层高楼的中央医院，不知现在如何？又是重阳风雨了！

江冷楼前水

张恨水

　　在南京城里住家的人，若是不出远门的话，很可能终年不到下关一次。虽然穿城而过，公共汽车不过半小时，但南京人对下关并不感到趣味。其实下关江边的风景，登楼远眺，四季都好。读过《古文观止》那篇《阅江楼记》的人，可以揣想一二。可惜当年建筑南京市的人，全是在水泥路面、钢骨洋楼上着眼，没有一个想到花很少一点钱，再建一座阅江楼。我有那傻劲，常是一个人坐公共汽车出城，走到江边去散步。就是这个岁暮天寒的日子，我也不例外。自然，我并不会老站在江岸上喝西北风。下关很有些安徽商人，我随便找着一两位，就拉了他们到江边茶楼上去喝茶。有两三家茶楼，还相当干净。冬日，临江的一排玻璃楼窗全都关闭了，找一副临窗的座位坐下，泡一壶毛尖，来一碗干丝，摆上两碟五香花生米，隔了窗子，看看东西两头水天一色，北方吹着浪，一个个地掀起白头的浪花，却也眼界空阔得很。你不必望正对面浦口的新建筑，上下游水天缥缈之下，一大片芦洲，

112

芦洲后面，青隐隐的树林头上，有些江北远山的黑影。我们心头就不免想起苏东坡的词："一江南北，消磨多少豪杰"或者朱竹垞的词："六代豪华春去了，只剩鱼竿。"

说到江，我最喜欢荒江。江不是湖海那样浩瀚无边，妙的是空阔之下，总有个两岸。当此冬日，水是浅了，处处露出赭色的芦洲。岸上的渔村，在那垂着千百条枯枝的老柳下，断断续续，支着竹篱茅舍。岸上三四只小渔舟，在风浪里摇撼着，高空撑出了渔网，凄凉得真有点画意。自然，这渔村子里人的生活，让我过半日也有点受不了，他们哪里知道什么画意？可是，我这里并不谈改善渔村人民的生活，只好忍心丢下不说。在南京，出了挹江门，沿江上行，走过怡和洋行旧址不远，就可以看见这荒江景象。假使太阳很好，风又不大，顺了一截江堤走，在半小时内，在那枯柳树林下，你会忘了这是最繁荣都市的边缘。

坐在下关江边茶楼上，这荒寒景象是没有的。不过，这一条江水，浩浩荡荡地西来东去横在眼面前，看了之后，很可以启发人一点遐思。若是面前江上，舟楫有十分钟的停止，你可看到那雪样白的江鸥在水上三五成群地打胡旋。你心再定一点，也可再听到那风浪打着江岸石上，"啪哒啪哒"作响。我是不会喝酒，我若喝酒，觉得比在夫子庙看"秦淮黑"，是足浮一大白的。

清凉古道

张恨水

　　有人这样估计：东亚的大都市，如上海、汉口、天津、北平、香港、广州、南京、东京、大阪、名古屋、神户，恐怕都要在这次太平洋战争里毁灭。这不是杞忧，趋势难免如此，这就让我们想到这多灾多难的南京，每遇二三百年就要遭回浩劫，真可慨叹。

　　我居住在南京的时候，常喜欢一个人跑到废墟变成菜园竹林的所在，探寻遗迹。最让人不胜徘徊的，要算是汉中门到仪凤门去的那条清凉古道。这条路经过清凉山下，长约十五华里，始终是静悄悄地躺在人迹稀疏、市尘不到的地方。路两旁有的是乱草遮盖的黄土小山，有的是零落的一丛小树林，还有一片菜园，夹在几丛竹林之间。有几户人家住着矮小得可怜的房舍，这些人家用乱砖堆砌着墙，不抹一点石灰和黄土，充分表现了一种残破的样子。薄薄的瓦盖着屋顶，手可摸到屋檐。屋角上有一口没有圈的井，一棵没有树叶的老树，挂了些枯藤，陪衬出极端的萧条景象，这就想不到是繁华的首都所在了。三牌楼附近，是较为繁华的一段，街道的后面，簇拥了二三十株大柳树，一条小小的溪水，将新的都市和废墟分开来。在清凉古道上，可以听到中山北路的车马奔驰声，想不到一望之遥，是那样热闹。同时，在中山北路坐着别克小坐车的人，他也不会想到，菜圃树林那边，是一片荒凉世界。

是一个冬天，太阳黄黄的，没有风。我为花瓶子里的蜡梅、天竹修整完了，曾向这清凉古道走去。鹅卵石铺着的人行古道，两边都是菜圃和浅水池塘，夹着路的是小树和短篱笆，十足的乡村风光。路上有三五个挑鲜菜的农民经过，有一阵菜香迎人。后面稍远，一个白胡老人，骑着一头灰色的小毛驴，"得得"而来，驴颈子上一串兜铃响着。他们过去了，又一切归于岑寂。向南行，到了一丛落了叶的小树林旁，在路边有二三户农家的矮矮的房屋，半掩了门。有个老太婆，坐在屋檐下晒太阳。我想，这是南京的奇迹呵！走过这户，是土山横断了去路，裂口上有个没顶的城门洞的遗址。山岩上有块石碑，大书三个楷书字："虎踞关"，石碑下有两棵高与人齐的小树，是这里唯一的点缀。我站在这里，真有点怔怔然了。

在明人的笔记上，常看到"虎踞关"这个名字，似乎是当年南都一个南北通衢的锁钥。可以料想到当年这里行人车马的拥挤，也可以遥思到两旁商店的繁华，于今却是被人遗忘的一个角落了。南京另一角落的景象，实在是不能估计的血和泪，而六朝金粉就往往把这血泪冲淡了。

回到开首那几句话，东亚大都市，有许多处要被毁灭，这次在抗战时期，南京遭受日寇的侵占与洗劫，也不知昔日繁华的南京，又有哪几条大街变成清凉古道了。

碗底有沧桑

张恨水

"上夫子庙吃茶"（读作错平声），这是南京人趣味之一。谈起真正的吃茶趣味，要早，真要夫子庙畔，还要指定是奇芳阁、六朝居这四五家茶楼。你若是个要睡早觉的人，被朋友们拉上夫子庙去吃回茶，你真会感到得不偿失。可是有人去惯了，每早不去吃二三十分钟茶，这一天也不会舒服。这就是我上篇《风檐尝烤肉》的话，这就是趣味吗？

这里单说奇芳阁吧，那是我常去的地方，我也只有这里最熟。这一家茶楼，面对了秦淮河（不管秦淮碧或黑，反正字面是美的），隔壁是夫子庙前广场，是个热闹中心点。无论你去得多么早，这茶楼上下，已是人声哄哄，高朋满座。我大概到的时候，是八点钟前，七点钟后，那一二班吃茶的人，已经过瘾走了。这里面有公务员与商人，并未因此而误他的工作，这是南京人吃茶的可取点。我去时当然不止一个人踏着那涂满了"脚底下泥"的大板梯上那片敞楼，在桌子缝里转个弯，奔上西角楼的突出处，

116

面对楼下的夫子庙坐下。始而因朋友关系，无所谓来这里，去过三次，就硬是非这里不坐。四方一张桌子，漆是剥落了，甚至中间还有一条缝呢。桌子有的是茶碗碟子、瓜子壳、花生皮、烟卷头、茶叶渣，那没关系。过来一位茶博士，风卷残云，把这些东西搬了走，肩上抽下一条抹布，立刻将桌面扫荡干净。他左手抱了一叠茶碗，还连盖带茶托，右手提了把大锡壶来。碗分散在各人前，开水冲下碗去，一阵热气，送进一阵茶香，立刻将碗盖上，这是趣味的开始。桌子周围有的是长板凳方几子，随便拖了来坐，就是很少靠背椅，躺椅是绝对没有。这是老板整你，让你不能太舒服而忘返了。你若是个老主顾，茶博士把你每天所喝的那把壶送过来，另找一个杯子，这壶完全是你所有。不论是素的、彩花的、瓜式的、马蹄式的，甚至缺了口用铜包着的，绝对不卖给第二人。随着是瓜子盐花生，糖果纸烟篮，水果篮，有人纷纷地提着来揽生意。卖酱牛肉的，背着玻璃格子，还带了精致的小菜刀与小砧板。"来六个铜板的。"座上有人说。他把小砧板放在桌上，和你切了若干片，用纸片托着，撒上些花椒盐。此外，有我们永远不照顾的报贩子，自会送来几份报。有我们永远不照顾的眼镜贩或带子贩钢笔贩，他们冷眼地擦身过去。于是桌上放满了花生瓜子纸烟等类了，这是趣味的继续。这里有点心牛肉锅贴、菜包子、各种汤面，茶博士一批批送来。然而说起价钱，你会不相信，每大碗面，七分而已。还有小干丝，只五分钱。熟的茶房，肯跑一趟路，替你买两角钱的烧鸭，用小锅再煮一煮。这是什么天堂生活！

我不能再写了，多写只是添我伤感。我们每次可以在这里会到所要会的朋友，并可以在这里商决许多事业问题，所耗费的时间是半小时上下，金钱一元上下，这比万元请客一次，其情况怎样呢？在后方遇到南京朋友，也会拉上小茶馆吃那毫无陪衬的沱茶，可是一谈起夫子庙，看着茶碗，大家就黯然了。

听说奇芳阁烧掉之后，又重建了。老朋友说："回到南京的第二天早上，我们就在那里会面吧！""好的！"可是分散日子太久，有些老朋友已经永远不能见面了。

翁仲揖驴前

张恨水

在重庆住了七年，大抵夏末秋初，不是亢旱一个时期，就是阴雨一个时期，或者像打摆子一样，两期都有。亢旱暑热得奇怪，阴雨是箱子由里向外长霉，不下于江南的黄梅时节。这让我们回想到江南的秋高气爽，提笔有点悠然神往。

一叶知秋，梧桐是最先怕西风的树。当南京马路两旁的梧桐，叶子变成苍绿色的时候，西风摇撼着树，瑟瑟有声。大日光下，一片小扇面儿似的梧桐叶，会飘然落在你坐的人力车上。抬头看看，那正是初期作家最爱形容的风景，"蔚蓝的天空"。天脚下，闲闲地点缀几片白云。太阳晒在头上不热，风吹在身上又不凉，这就很能引起人的郊游之思。

在中山东路，花两角大洋，可以搭上橡皮坐垫的游览车。车子出中山门，先顺京沪国道，在水泥路面滑上孝陵街，然后兜半个圈子，经伟大的体育场，在小山岗上，在小谷里，到达谭基口，中山陵的东端。下了公共汽车，先有一阵草里的秋虫声欢迎着游客。虽然是郊外，路面修理得那样光滑而整洁，好像有灰布盖着的，在重庆城里决挑选不出来这样的一段路。顺路走向中山陵下，在树荫下豁然开朗，白石面的广场，树立着白色的牌坊。向北看十余丈宽的场面，无数的玉石台阶，层层而起，雄丽整洁，直伸入半云。最上层蓝色琉璃瓦的寝殿屋角一方翘起，寝殿后的紫金山，穿着毛茸茸的苍绿秋袍，巍峨天际，在三方拥抱了这寝殿，永护着中山先生在天之灵。在南方的小山岗，一层一层地铺排着。若是走在这台阶半中间向下俯瞰，便觉着有万象朝宗之况。描写中山陵的文章太多了，这里座谈无须多说。谒陵以后，你若是嫌山苍深处的谭基园林反而游人太多，可以去那游人较少的明孝陵。碰巧在公路之外，遇到几个赶牲口的，骑上小毛驴，踏着深草荒径，望了绿森森树林外一堵红墙走去。你在天高日晶之下，北仰高峰，南望平陵，鞭外的松涛，蹄下的草色，自然有一种苍苍莽莽的幽思。这里也无须去形容李陵风景。孝陵外，野茶馆里，面对了山野，喝上了一壶茶，吃几个茶叶蛋，消磨了半天。在一抹斜阳之外，骑驴回去，走上荒草疏林，路边一对一对的大翁仲，拱着大袖子，抱了石笏，对你拱立。他不会说话，但在他的面容上，石痕斑驳，已告诉你五百年前，他已饱经沧桑了。假如你是个诗人，是个画家，是个文人，这一次你就不会白跑。

金陵记游

第三辑

燕子矶岩山十二洞游记

单　鹤

春回芳草，晴添千里春痕；春透幽花，香送一园春色。韶光明媚，清风和煦，玉楼人醉，金勒马嘶。桃院流觞，李青莲天伦乐叙；兰亭修禊，王右军逸兴遄飞。此亦雅人深致，文士风流。单鹤素抱游癖，不让古人。作客天涯，又值胜地。龙蟠虎踞，雄关多纪功勒石之碑；剩水残山，胜地有金粉烟花之迹。虽细雨清明，红杏少村家之酒，而冷烟寒食，黄粱成客子之吟。于是投班超之笔，穿灵运之屐，结侣伴，携诗笺，驾言出游，以写我忧。收河山景色，志留鸿爪，备他日卧游云尔。

黄莺呖呖，唤醒南柯。旭日东升，透入窗纱。即披衣离床，盥洗朝餐。乃裹糇粮，同志十余。联肩首途，得厨子为识途老马。出神策门，树末云蒸。顷迷翠黛，山头烟合。忽掩青螺，桃花含笑。柳条舞媚，林莺出谷。园蝶逾墙，一若欢迎吾侪之至者。

计行二十里，过观音门，燕子矶特入眼帘，巍然临江流。摄衣直登，踞于怪石。旁观长江，蜿蜒千里，如白练新濯，映日成虹。帆樯点点，出没若鸥凫。前瞻八卦洲，兀立江中，屈曲苍茫，膏腴肥美。禾黍离离，风云变化。沙鹭飞翔，相效于左右。俯首静听，石罅与风水相吞吐。涵澹澎湃，窾坎镗鞳，洋洋乎燕子矶之大观也。

自此折而下，至永济寺。欹身从洞上自在天。虚朗清凉，飘飘乎如遗世独立，羽化登仙。右为梳妆台，相传马娘娘梳鬟于此，后为洪、杨毁去。明星荧荧，绿云扰扰，固一风流旖旎之所也。而今则破瓦颓垣，无复存矣。于岩石罅隙中，垂铁链数尺，刘青田曾系舟于此。前数百年，江流旁麓，今则离百步之遥。沧海桑田，白杨衰草，令人增感矣。自此西行，访上台洞，奇石森然。窍穴透邃，中有洞，通崖顶，惜为乞丐栖宿。石壁污秽，阒闷沮洳，不克勾留游踪。旋至二台洞，缘崖结楼，门对长江，洞中有洞，可通镇江。传有道士杨理宽曾穿行。余侪秉烛进，因石门阻住出。自此再西行，至三台洞。洞通紫金山，泉水淙淙，会于石池。清涟甘露，为金陵第一。旁有洞，颜曰"小有天"。授云梯升，见旭光一线，上透绝顶。上为玉皇阁，有古洞天。中有联语曰"矶旁燕飞。胜地具三台碧幛。""殿前鹄立。仰天瞻一朵红云。"上更有小阁。背山面水，月户云窗。登其上，如云汉乘槎。俯首远瞩，见农夫戽水，高唱田歌；牧童骑牛，横吹短笛。陇亩野趣，令人悠然神往。流连片刻，下与道士寒暄而行。

沿麓行，思别访他洞。而唯见一奥，雨石相夹，如合掌而空其中。私忖岩山十二洞脍炙人口，而不得其津。岂洞口桃花封护耶。询之农夫，告曰：唯三洞为最胜，余无足述云。遂得尽兴行。榴树葳蕤，参差披拂，微风绕之。左引右挹，绵绵缗缗。峰岭鹜视，岑嶽峻峭，如斧凿剑削。石罅丛树上刺，如弥陀散发，作膜拜状。行行重行行，过幕府山，为控制长江重镇，有炮台建于其上。西行二里许，经宝塔桥，桥畔有公司，广厦万间，畜牛羊等以制罐头食物。牛乳牛油，获利数百万。垄断者何人，乃碧眼黄儿也。我中国人有大利而不知求，哀哉。时近五点钟，至下关。对面为狮子山。苍翠玉立，林樾蔽天，有建瓴之势。近驻细柳之营。从此文人侠士，不得入墙观瞻，一探阅江遗址。因乘马而回。时已日薄西山矣。

丙辰三月十四日记于旅次。

栖霞山游记

黄炎培

栖霞山，故名摄山，其麓有栖霞寺。南唐隐士曰栖霞，修道于此，故名。今以寺名名山焉。自孤树村下车步行，直抵山下。同行者叔进、易园、叔畲、子佽、伯章、志廉、天洲外，又有徐君子美，与余而九，江君之仆一，绕山行三四里至寺。

栖霞山属大茅山脉，作山字形。寺当其中条之麓。今存瓦屋五楹而已。寺东向，门嵌入壁际，作东南向。和尚殆亦信堪舆家言，取东南方生气欤。佛座旁张僧人规约，用民国年月，而其前尚供皇帝万岁牌。山北条之麓，有明徵君碑亭。碑完好，索拓本不可得。明徵君者，南齐明僧绍隐居此山。寺后有塔，石壁上下凿佛像数百，五六尊七八尊为一龛，面目无相类者，高手也。最奇者，曰达摩洞。凿白石达摩像在绝壁间。求一见，大不易。和尚饷余辈以面。既饱，各折木为杖。鼓勇上。自达摩洞对面绝壁攀藤葛，猱行，方得一瞻礼。亟摄其影。叔进行最猛，忽不见伯章。稔其年者曰，听之。春秋五十矣，忍相强耶？有水一泓，曰"功

125

德泉"。其上为桃花涧，为紫峰阁。清高宗南巡尝五至此。有句
"画屏云罨紫峰阁""乳窦春淙白鹿泉"犹张寺壁间。再上得一岭，
佛像益多，不可数。碑工李祯祥殷勤为导。且自和尚假得栖霞山
志，指而示之：若为千佛岭，若为纱帽峰。纱帽峰者，块石突耸。
平其顶，可立十人。其名与是山殊不称。奇其容，咸自后绕以上。
或坐或立，或斜倚合摄一影。见者将疑何处石工补此像。须眉如
生，而面目无一相类，将叹其技为高绝矣。私心窃以伯章不来，
后吾辈成佛为憾。再前行过清高宗行宫故址，仅于丰草间见石础
二三。时山势益高，寺也，佛也，涧也，俯视皆不可见。偶举首，
近山岭处危坐一佛，秃其顶。讶此佛何独尊。熟视之，则赫然童
君伯章也。皆大笑。戏之曰：童先生犹有童心。既登绝顶，摄一
影以志。时群山皆在脚下。长江若卧蚓，汽车过，若行磬之蚁。
童君指且告，若为八卦洲，若为黄天荡，若为划子口。易园曰，
是谓登高能赋，举物能名。下自中条之左，来时其右也。所过曰
叠浪岩，曰珍珠泉。土人掘地取煤，断石为礴，利皆细甚。和尚
雇人毁石为灰，售以取息。叩其佣值，日钱三百。有为人担泥筑
堤者，叩其值岁三十千。

　　车站之左，有结茅卖茶者。既下山，促膝团坐以待车来。依
表车当以五时来，乃日落昏黄不至。村人一一散归。有操湖南音
者，诈为寻兄失路，就余辈乞钱。铁道警察复助之乞。目灼灼，
视其意绝叵测。时黑夜荒村，食宿俱绝，同人不胜寒心。九时，
车乃至。归。不及入城，皆宿下关。

金陵一周记

张梅庵

吾于史见司马子长之文，沛然荡然而有奇气。于书得孟氏之言曰："吾善养吾浩然之气。"顾一则足迹遍天下，一则只身走齐鲁间凡数十年。于焉知沛然浩然者，盖有得乎游焉。顾氏亭林，晚近之大儒也。而西攀巴蜀，南浮湘沅，北走龙门，东穷吴楚。得以悟后海先河，为山覆篑，退而著书。天下之利病，有如指掌。然则士之欲穷搜博览，得山川之助，亦岂埋首白屋，呫唔呫哔，执一经一卷斤斤然所可求者耶。余性嗜游。每友人自外归者，辄穷诘其地之风土胜迹以为乐。若夫名区仙境，得文人之歌咏，入丹青之描绘者，尤神往意夺，形诸梦寐。甲寅秋，金陵举行省立学校联合运动会。我校赴会者，除参观团外共四十人。余亦附骥尾以行。金陵，六朝帝皇之州也。所谓石头虎踞，钟阜龙蟠，白下秋风，秦淮夜月者，亦曾于诗中闻之，于画中见之，于梦寐中魂往而神游之矣。今乃溯江以上，一瞻福地，揖名山大湖以诉十年渴望相思之苦。湖山有灵，亦默然诏我以六代之遗踪，示我以天府之秘蕴。兹游之乐，其有极耶。往返凡七日，其接于目而印诸脑，触乎外而感乎心者，辄记之以留鸿爪，名曰《金陵一周记》。并冠数言如此。

余等此去，合两团体而为一。一参观团，一运动团。参观团之路线，由通而宁而苏而无锡而沪。运动团则一往一返而已。行装每二人共一卧具。备网篮以藏用物及衣服，四人共之，便携带也。余等将于此以练习远足之精神，只附校仆一人。校亦欲借以增余等旅行之常识，故一切旅资之支配，行囊之照料，悉委之于生徒。于是乃选精密审慎者四人为会计员，体力强健而应事敏捷者四人为庶务员，以处理之。部署定，乃于九月十二日上午七时启行。

先是十一日为星期四。上午雨，众咸失望。下午稍放晴，而阴云黯然，犹有雨意。至晚忽豁然开朗，特天气较冷耳。是夜余等自修课停，各从事于个人之预备。其为共同所必需者，则旅行用之日记簿及铅笔等是也。余更借水瓶一，小提包一，用以防渴及储食物。此行作远游，为生平所未遭际，不得不作最精密最完全之预备也。是夜忙碌异常，疲倦不胜。以明日将早起也，余乃先期睡，然辗转不成寐。未几睡去，夜半，忽闻一阵朔风，挟数点雨扑窗，作剥啄声。孤桐拂槛，黑影来往，瞥然若巨鬼之攫人。余矍然起，侧耳久之。知果雨，并知为疏雨。檐溜不响也。心稍安。后强睡去。

十二日五时三刻，即起身引领望天际。湿云不归，细雨未歇。枝头含雨珠点点，风来吹坠。渐沥响败叶中，知夜半后又雨。且雨必大，而为时甚暂也。同学咸对天作怨言，久之雨止，淡日时从云罅中漏出，知天有晴意矣。各欣然就早餐。餐毕，已六时一

刻。天大晴，行议遂决。雇车凡六十余辆，分载行囊，余等各校
服，二人共一车。载人者与载物者间以行，便照顾也。临行，同
学咸絮絮嘱余等多致美石归（指雨花石）。余等笑颔之。乃命车
鱼贯行，过江山门（本城南门）。由新马路而西，九点一刻至芦
泾港。港距城可十余里，轮船至此小泊，一商港也。有数客寓，
以便旅客。余等乃入寓休息。询逆旅主人，知上水为江孚轮，须
十二时始至。于是余等或坐饮，或散步江滨。余与二三知友循江
岸行。茫然万顷，一望黄烟，无际涯也。远望白狼峰，蠢然若笔，
立于江心。烟岚缥缈，仿佛小姑。间有远帆数片，江鸟两三，掠
过其下，而出没其左右者。余载行载顾，颇快胸意。沿岸方筑榤
累石，以防坍毁。盖吾通西门外，距江最近处，鸟道仅里许。历
年坍毁，损失无算，不预为防范，城郭且有沦胥之叹也。筑榤保
坍之议，提倡多时。前清末年，曾请江督借款兴办，卒未有效。
今议虽寝，而各港之建筑堤岸，则已有告成者。盖切肤之痛，纵
使呼吁无门，亦必作割肉医疮之计也。休息凡二小时，唯见长江
向天际流耳。未几，遥瞩水天相接处，一黑点露水面。隐约间有
烟数缕缭绕其上。众咸曰："至矣至矣。"立而待之，船身毕露。
有顷，汽笛作呜呜呜，响彻长空。一瞥间停轮矣，余等乘小划泊
其下。既入，客极多，拥挤不堪，几无安着处。乃住楼上两胡同
中。幸空气得流通，且免鸡鸭之臭，差堪小坐。两点五分过张家
港，四时过江阴，六时过泰兴，闷坐此狭巷中，已历六小时。饥
肠且辘辘鸣矣。饭色黑如泥，粒粒可更仆数。三啜之不克下咽也。
迫于饥，不尽半器而罢。

　　既饭，乃步船外。凭栏四望，浊浪排空，江风如剪，远帆作
黑紫色，静浮江上。昔赵瓯北诗云"远帆疑不动"，此语实写，非

虚拟也。循廊而行至船前部，则大餐间之所在也。各房精致非常，陈设华丽。再前则外人居焉，精洁纯净，与客舱有霄壤之别。两边各以巨索作界，以禁闲人。余等观望徘徊，亦不敢越雷池一步也。冷风袭人，凛乎不可久留。复入内，以铜圆两枚购明信片一张，寄校中诸友。九点钟，睡魔至矣。顾地隘人稠，实无酣睡处，乃倚行囊假寐，旋即熟睡。忽为一大声惊醒，见同学咸急趋廊外。时江声如奔雷。出询同学，则曰："趋看金、焦山也。"余心定不复思睡。远望灯火，点点如串珠。然众咸指为镇江。十时半过金焦山脚，两壁高峙，昏黑不辨真相，唯苍茫无极，雄踞江中，屹然若对揖，若连锁。而江风浩荡，怒涛欲飞，白银一片，倒泻而出。轮船至此，与浪花相激冲。万马奔腾，使人魄夺也。十一时抵镇江。万声如沸，人乱于麻，小商杂贩，往来若流水。余觉饥甚，购茶蛋数枚。同学亦各备食物。轮停约二小时。凭栏眺望，夜景良佳，未几，遂各择地睡。然易醒难入梦也。

十三日上午五时半，抵下关。六时各负行囊登陆，至火车站。则头次火车已开行。乃散步站外。见商民寥寥，架草为屋。盖层楼广厦，毁于兵燹。战后余生，半多穷困也。一望原野，草枯不青。黔庐赭宇，宛然具在。慨疮痍之难复，痛离乱之相寻。久之，火车至。余等交发物件后，即乘车赴丁家桥。

余等此去，寓省议会，距丁家桥咫尺耳。汽笛一声，风驰雷逐。窗外树木，旋转如飞，模糊不可逼视。忽轰隆有声，暗黑无睹。众皆失色惊呼。一瞬间则又万象昭然，明朗如故矣。同学某君告我以穴城而过之故，余奇之。盖异其城门深度之大也。然余闻京汉铁路穴武胜关而过，凿山以行。则火车入穴时，当别有奇景矣。闲话未竟，车已停，余等乃下。校役先往唤脚夫十余人，陆续运行囊至省议会。巍乎壮哉，省议会之建筑也，崇楼伟丽，得未曾见。门外辟地作圆圈形，杂莳花卉，往来者绕行两边，隔花可语也。既入，宿于旁厅休息室楼房。上有电灯装置，颇奇巧。室东辟巨窗二。窗启可立而望。钟山风景，如玩之几席之上。九时半早膳，食尽数器。畴昔饥欲死，今且饱欲死矣。膳毕，互约午后出游。余觉疲甚，遂卧。酣然一梦，直至四时始醒。出游者半已回寓。余就会所旁，观览风景。西去数百步之遥，即劝业会场。地址颇大。惜崇楼巨馆，几无遗迹。水亭与纪念塔尚存，然弃置不修，将就倾圮。说者谓将为故宫之第二，是言不诬也。忆昔靡百万之金钱，劳数千人之血汗，穷全国之所蕴藏，供一朝之观览，徒以耸骇听闻，震眩世俗。而于实际之研究，则未闻有所发见。而工、而农、而商、而士大夫，且相与辍业以嬉，举国若狂，一穷耳目之胜，呜呼，是废业也，非劝业也；是赛奇会也，非劝业会也。良可慨矣。尝谓我国人最喜仿外人之所为，且多学其形式，而弃其实质。故凡彼之所恃以富恃以强者，我一效之，适足以促其亡而自召其祸，固非独劝业会为然也。六时回寓，夜膳后，扬州第五师范到。约一连人，有分队长等名。纯取军营制，动作皆以号。六时一刻夜膳。

十四日为星期日。四时半即醒。天未大明，混茫无际。探首窗外，不见钟阜。既而东方现鱼肚色，隐然见峰顶淡黑如云。少焉日出，红霞披天，紫岩相映，而峰头毕显矣。顶下白云环绕，时断时续，划山为二截，如白虹之盘空，堪称奇景。五时半起身。早膳罢后，众议须观察运动场，以明日将开会也。于是乘人力车至第一工校。校址在复成桥北，垂杨匝地，临水负山。景物清幽，如入图画。惜校无楼房，便少点缀耳。运动场在校后，即该校之体操场也。无浅草，多沙砾。布置极简单。

十时一刻回寓。午膳后，约同学六人游明孝陵。乘车驰朝阳门外。一望荒凉，不堪入目。枯坟累累，动以数百计。间有丰碑高树，上载年月及死亡人数或马数者。盖多系革命阵亡之兵士，而红十字会为之掩埋者也。嗟乎！白杨黄土，人招野外之魂；青冢荒山，日落江南之路。腥风血雨，原草不春；怨魄幽灵，泪碑犹湿。沧桑人事，痛后思维；凭吊唏嘘，盖亦足怆然动情矣。自此一路，断砖残瓦、崩石颓垣，连绵断续，一望数里。游其地者，如入罗马古城也。有工人数百，搬运砖石，询之知备建筑之用。再入数里，则皇城至矣。黝然一门，深可二丈，半遭拆毁，非复旧观。上有巡按使命令，禁止拆毁，保存古迹。故此门犹巍然独在，恍如灵光之殿。女墙多付阙如，野草丛生，蔓延其上。黄赭相间，不一其色。虽历遭风雨之剥蚀，兵火之蹂躏，而其建筑之巩固，雕饰之精工，则犹不可掩。然则追溯数百年以前，其灿然烂然者，当可想见矣。造孝陵凡三憩，足疲不能前。至则已三下钟矣。缭垣四绕，荆棘披离。甬道尽处为一亭，有碑高一丈余，文曰"治隆唐宋"。为康熙亲笔，书法颇劲遒。其后更有短碑，嵌于壁中。为乾隆南巡时所立。文多恣肆讥讽之辞，当时气焰之盛，可见一斑。然而百年兴废，天命无常。两朝遗踪，曷堪重说。越亭而过，蔓草披覆，仅余蹊径。间有断瓦数片，隐于草中。游者争拾之。越隧道，晦暗如暮夜。试一作声，冷气森然，随闻响应。登其巅远瞩四极，据紫金而控鸡鸣，倚石城而望北极。烟霞隐现，气象万千。连山绵亘，有若卧龙。所谓天子气，所谓龙虎势者，其在斯耶。古墙欲坠，惊沙时飞，鼠迹狐踪，随处皆是。浏览一遍，相率乃下。其陵在山之半麓，兴败不欲登。有外人数辈，挟枪猎其上。枪声起处，山鸟拍拍惊飞。相顾为乐。而夕阳西沉矣，钟山反照，一片暮紫。归心乃勃发不可遏，沿原道回。山麓有酒家，兼售茶，称"钟山第二泉"，不知所谓。饮之亦复甘洌适口。遂乘人力车回，城中灯火荧然，炊烟四起。至都督府搭火车至丁家桥。抵寓已五时一刻。夜膳毕，各述游踪，互询所见，颇饶趣味。有游后湖者，多谓不足观。余等初拟往游，至此议乃罢。

十五日天晴，四时一刻起身。以今日为开会日也。早膳毕，即赴会。运动项目繁多，不胜记述。上将军署禁卫军之枪刺术及柔术，足称特色。吾校张君跳栏赛跑得第二，各鼓掌迎。张君不喜运动，而特长于运动，临场试演，居然出人头地。五时散会，余等即回寓。是日午膳，各给馒首以食。身体虽疲劳，精神则大快，即饥亦不以为苦也。晚膳饭量颇增。既罢，聚谈日间事，庄谐杂进，津津乐道，几于不能成寐。然以明日又将开会，各强睡去。余历一点钟余，始睡熟。

十六日阴。上午雨。先是夜间觉奇冷，蒙被以卧，不知雨也。天稍明，闻同学相语曰：天雨矣，将奈何。余惊起视之，果雨，五时起身。运动停否，尚未得知。久之乃有通告至，略谓天雨，本日运动暂停。是日闻开职员会，提议之事未悉。九点钟后雨歇，天有晴意。同学各游兴勃发，特恨地湿耳。午膳后，天果晴。各陆续出游，余与徐君乘车往北极阁。山不高而峻。登其上，一城历历如指掌。忆昔革命时代北极阁之战事，历有所闻。及今观之，始知为兵家必争之地也。上多军士坟，年月人数，有碑可稽，阅之神伤。有军营扎其巅，未便造极，旋即下山。复乘车由中正街往雨花台。雨花台，童山也，无森林。壮悔堂有诗曰"古木犹饶龙虎势"，直不知所指矣。山多美石，余与徐君拾之，美不胜收。时有童子三五，人挟小篮，捧一水盂，中置小石十余枚或数枚不等，五色斑丽，清水涵之，尤觉可爱。沿山呼卖，争趋游人。余购十余枚。童子告余曰，美石不易得，必俟夏雨一至，浮泥冲去，始能鉴别也。余嘉其言而爱其活泼，倍价与之。台前多军士之葬所，残碑断碣，良足怆怀。时天暮且将雨，急驱车归。到寓已五时半。

十七日为星期三，余等来此五日矣。是日天晴，朔风大作，冷气袭人，几于股栗。五时到会，人数较前日为少。地湿不便坐立。午时饥寒交迫，令人难耐。运动项目较前尤为繁多，而精神亦倍壮。五时半散会，奏乐一遍，三呼万岁，各依次退。而赫赫之联合运动会，于此闭幕矣。到寓睡甚早，以休息精神。

十八日为休息日。天大晴。四年级诸君四时半即起，各束装整囊，将由宁之苏沪，从事参观也。余等送之。客中送客，黯然销魂。余等嘱其抵无锡后，多致泥人归。诸君亦笑颔之。既去，余等觉寂寞异常。早膳后约同学三人，重游故宫，观血迹亭也。亭在五凤桥北。五凤桥为五石桥，并跨于小沟上。水深绿，溷浊不堪。或谓即御沟也。过桥则亭在焉。亭已毁，血石犹存。石上殷红点点，酷类血迹，唯不成字形耳。或谓系石纹，若血迹，定遭剥蚀，早无痕迹矣。余谓不然。夫精诚所感，可以动天。稽之往古，彼六月飞霜，三年不雨，岂偶然哉。生公说法，可使顽石点头，岂大义凛然如孝孺者，不可使顽石留血耶。或又谓石系假造，非真石。余又不谓然。彼愤然就义时，在殿前也。则溅血之石，必为殿石无疑。今石之边缘，盘龙作花，雕刻颇精，证之《胡文忠公血迹亭记》，固又明明为殿旁石也。嗟嗟！大义凛然，昭昭千古。后人不忍石之弃于蔓草荒烟，为亭以存之，宜也，而今亭毁于兵矣。人心菲薄，思古无情，耗矣兹石，谁复存之。行见深卧荆棘，为樵夫牧儿所践踏，凄风苦雨所浸淫，数百年后，更从何处得此斑斑者耶。是则尤所彷徨瞻顾而不忍去也。自此由旧同学某君导往第一工学小憩，旋即乘车抵莫愁湖。湖在水西门外，游者甚众，皆学生也。余四人随之入。房屋不多，颇精雅。其内则多水亭。中有小池，水不澄清，斯可惜耳。由此登胜棋楼，入曾公阁。阁中有曾文正公小像。盖曾公在金陵时，曾重修莫愁湖。一时文士作诗咏之者甚多。今亭榭犹新，楼台无恙。后之来游者，借以挹山光而领湖色，受赐多矣。记其两廊柱联一首云："憾江上石头，抵不住迁流尘梦。柳枝何处，桃叶无踪。转羡他名将美人，燕息能留千古迹。""问湖边月色，照过来多少年华。玉树歌余，金莲舞后，收拾只残山剩水。莺花犹是六朝春。"写作俱佳，可垂不朽。余等瞻仰之余，不胜景慕。以旷世儒将与绝代美人并说千秋，同高百代。阁外湖山，为之生色不少。某何人斯，其能于名区胜境留一名一字以附骥尾。阁中小联有云："问他日莫愁湖上，可有千秋图画，绘我须眉。"是言实得我心之先。最后有水亭，甚轩敞。凭栏一望，波平于镜，山远如烟。水色岚光，落人襟袖。所谓画舫游船，渺不得见。盖游湖者多在夏日。宝马轻车，络绎不绝。想彼半湖烟水，十顷荷花，木兰双桨，桃根桃叶之歌；玉笛一支，采莲采菱之曲。人颜如玉，水腻于油。载酒赋诗，良云乐事。今则秋风方劲，湖正多愁。数行雁影，一岸芦花。美景良辰，我来已过。尤西堂西湖泣柳："恨不相逢未嫁时。"此时此情，又不啻为我言之矣。时已午，复由某君请至第一工学午膳。午后至夫子庙购旧书若干部。得《瓯北诗话》旧本，珍逾拱璧。盖余酷嗜赵瓯北诗，而又耳食其诗话久矣。夫子庙书肆最多，阮囊羞涩，不能多致古籍。然每过书肆，必翻阅一遍，聊偿吾愿。所谓"过门大嚼，虽不得肉，良亦快心之意"云尔。五时至寓，即预备行囊，明日将附轮返通也。

游灵谷寺记

觉 余

金陵为古帝王之州。予自去冬奉部令归省见习，恒欲纵情周游临近之古迹，及夫水陆要塞，以扩增识见。惟身隶戎行，往往未便自由行动，深为抱憾。同志黄君剑白，何君仁年，相与集议，每于休假日，举旅行一次。余乐而赞成之。是年四月铣日（十六号），为第三次之旅行，定灵谷寺为目的地。该寺距朝阳十余里，六朝之遗迹也。系梁天监十三年，为志公建塔于钟山玩珠峰。宋代更名太平兴国寺。明初就其址为孝陵，别建寺于东北隅，即今地也。当时明祖曾赐大灵谷寺记。予等是日午前九时，由营起行。步三里许，出朝阳门。则见春光明媚，野草齐绿。渐远路亦渐歧。循北行可直达明陵。余等由大道东行，经东西两山头之鞍部。过坡，即抵灵谷寺之头山门。惜山门已荡焉无存，唯有石磴直向北指。北望山中，林竹萧森，随风摇曳，似亦频点其首，招余等以近前。乃前行里许，更折而东，瞥见小桥。桥侧有溪，溪底早干无水。又行数武，始见灵谷第一禅林之匾，横嵌于红墙上，乃相

137

率拾级而登。有所谓无梁殿者，址尚在，仅墙迹可指耳。噫！琳
宫绀宇，都付与断井颓垣。良可慨矣。殿前有普济圣师志公道场。
进门，钟声铿然振耳，令人意念都消。正殿三楹，颇宏畅可观。
前有大雄宝殿，题额系前清翰林徐元福任淮阳道时所书。正中供
金身菩萨像。两旁沿壁，遍塑罗汉，气象庄严。惟妙惟肖一僧跌
坐其间，引木撞钟，低眉不语。问之似聋非聋，大有佛弗人也之
慨，若个僧其真能证道者软。绕殿而东，即龙王殿。清曾国藩督
两江时，因久旱求雨应谶，遂捐资创建斯殿。殿东为客厅，陈设
甚雅。楹联中堂，皆一时名家笔迹。中一联有"炉火红深，懒残
煨芋；窗阴绿满，怀素书蕉"，系断指生所书，为余最喜爱。断指
生系滁上人，以善书十七帖著名。手指均断，书写时必带铜制假
指。盖闻诸住持净光和尚款余等茶点时，为余等道及者。净光，
俗家，籍镇郡。年约四十。虽方外人，而于国事颇慨乎其言，且
以对德问题询余。间亦谈及佛经，曰佛即是心，心能觉者，即是
佛。纵谈无倦，娓娓可听。约一时许，兴辞，出龙王殿。更进而
北行。绕过无量殿，殿后有飞来剪。俗说是剪之下有两铁柱，直
达江边，为旧时镇蛟之器。该剪系铁制，深埋土中，世称三绝。
碑亦在是处，碑上刊大士相及赞：

> 水中之月，了不可取。□空其心，寥廓无主。锦□鸟
> 爪，独行绝侣。刀齐尺梁，扇迷陈语。丹青圣容，何往何所。
> （"取"下"鸟"上两字模糊，难认，想系"灵空"与"锦
> 鳞"也。）

文为李太白所赞，字系颜真卿所书，唯据净光云，元明以来，

翻拓者三次矣。其正北则为志公塔院,昔时志公礼佛于此。梁武帝问志公礼佛有何功德,志公答以"赤脚挑柴入市忙,归来可带五更霜。红炉暖阁添重炭,此是前身烧好香。"塔原五层,层高数丈,明末屡为兵燹所毁。重修后虽无旧观之美,而后之来游者,亦略可见此鳞爪矣。登院阶纵观山景,四顾林竹庞杂,俯视临近,则山峦环列,苍翠相接。历来知名之士,好佛之僧,咸以此为灵秀之地。咫尺西天者,意在斯乎。闻诸父老,清高宗六次巡幸,尚爱不忍去之。可想见当年胜慨矣。而今也远眺城郭,江山依旧。转寻桃花坞、景阳钟等胜迹,已名存而实亡。呜呼!古为四十景之一者,今安在哉。抚今思昔,不禁有沧海桑田之感。于是夕阳在山,而余等亦倦焉兴尽。乃绕孝陵循旧径而归,归营乃濡笔而记之。

南游杂感（五）

梁实秋

　　我到南京，会到胡梦华和一位玫瑰社的张女士，前者是我的文字交，后者是同学某君介绍的，他们都是在东南大学。我到南京的时候是下午，那天天气还好，略微有些云雾的样子。梦华领我出了寄宿舍，和一个车夫说："鸡鸣寺！怎么？你去不去？"车夫迟疑了一下，笑着说："去！"我心里兀自奇怪，我想车夫为什么笑呢？原来鸡鸣寺近在咫尺，我们坐上车两三分钟就到了，这不怪车夫笑我们，我们下了车自己也忍不住笑起来。梦华说："我恐怕你疲倦了……"

　　鸡鸣寺里有一间豁蒙楼，设有茶座，我们沿着窗边坐下了。这里有许多东大的学生，一面品茶，一面看书，似乎是非常的潇洒快意。据说这个地方是东大学生俱乐部的所在。推窗北眺，只见后湖的一片晶波闪烁，草木葱茂。石城古迹，就在寺东。

　　北极阁在寺西，雨渍尘封，斑驳不堪了，登阁远瞩，全城在望。

　　南京的名胜真多，可惜我的时间太短促了。第二天上午我们

140

游秦淮河，下午我便北返了。秦淮河的大名真可说是如雷贯耳，至少看过《儒林外史》的人应该知道。我想象中的秦淮河实在要比事实的还要好几倍，不过到了秦淮河以后，却也心满意足了。秦淮河也不过是和西直门高梁桥的河水差不多，但是神气不同。秦淮河里船也不过是和万牲园松风水月处的船差不多，但是风味大异。我不禁想起从前鼓乐喧天灯火达旦的景象，多少的王孙公子在这里沉沦迷荡！其实这里风景并不见佳，不过在城里有这样一条河，月下荡舟却也是乐事。我在北京只在马路上吃灰尘，突然到河里荡漾起来，自然觉得格外有趣。

东南大学确是有声有色的学校，当然它的设备是远不及清华，它的图书馆还不及我们的旧礼堂；但是这里的学生没有上海学生的浮华气，没有北京学生的官僚气，很似清华学生之活泼朴质。清华同学在这里充教职的共十七人，所以前些天我们前校长周寄梅到这里演说，郭校长说出这样一句介绍词："周先生是我们东南大学的太老师。"实在，东大和清华真是可以立在兄弟行的。这里的教授很能得学生的敬仰，这是胜过清华的地方。我会到的教授，只是清华老同学吴宓。我到吴先生班上听了一小时，他在讲法国文学，滔滔不断，娓娓动听，如走珠，如数家珍。我想一个学校若不罗致几个人才做教授，结果必是一个大失败。我觉得清华应该特别注意此点。梦华告诉我，他们正在要求学校把张鑫海也请去，但因经济关系不知能成功否。下午梦华送我渡江，我便一直地北上了。我很感激梦华和张女士，蒙他们殷勤的招待，并且令梦华睡了一夜的地板。

游新都后的感想

袁昌英

　　这口南风的来势，真不可当！竟把我吹送到新都去住了几天。在拜访亲友以及酬酢清谈之外，我还捉住了些时间去游览新旧名胜。秦淮河畔仍是些清瘦的垂杨与泣柳，在那里相对凄然，仿佛怨诉春风的多事，暗示生命的悲凉。那些黑瘦枯槁的船只也仍然在那里执行它们存在的使命。臭污混浊的煤炭水自然也还是孜孜流着。只有人——万物之灵的人——却另呈一番新气象：肩章灿烂的兵将，西服或长衫的先生，旗袍或短装的妇女，都在那里生气勃勃地、喜气洋洋地追扑着小巧伶俐，时而逃避、时而在握的快乐神。他们的全副精神都集中在龙井的清香、花雕的芳馥、言语的热烘、野草的青嫩、桃李的芳艳、功名事业的陶醉。那自然！人生是这些事，这些事就是人生！

　　鸡鸣寺前也一样的有两种气象：硕大宏敞的玄武湖满披着蔓延无忌的芦苇及浮萍，表露一种深沉忍毅的闷态，似乎在埋怨始造它的人的没出息，生出不肖的子孙来，让它这样老耄龙钟的身体感受荆芦野棘的欺凌；前面的崇山峻岭也是沉毅不可亲近的，在那里咬住牙根硬受着自己裸体暴露的羞辱。只有茶楼上的人却欢天喜地在那里剥瓜子，饮清茶，吞汤面——高谈阔论，嬉笑诙谐，俨然天地间的主宰是他们做定了的。

走上伟大雄壮的台城，我们的视野却顿然更变了形象。这里有的是寂静！是荒凉！是壮观！人们许是畏忌梁武帝的幽魂来缠绕的缘故吧，都不肯来与这夺魄惊心的古城相接近。然而我们民族精神的伟大更在何处这样块然流露在宇宙之间呢？喔！我们的脚踏着的是什么？岂不是千千万万、万万千千、无数量的砖石所砌成的城墙吗？试问这砖石哪一块不是人的汗血造成的？试问这绵延不断，横亘于天地间的大城，哪一寸哪一步，不是人的精血堆成的？脚，轻点放步吧，我们祖宗的血汗，你应当尊敬爱惜些。心，你只管震颤，将你激昂慷慨的节奏，来鼓醒，来追和千百年中曾在这里剧烈颤动过的心的节奏。性灵，至少在这一瞬之中，你应当与你以往的千万同胞共祝一觞不朽的生命。他们已经染指过了他们瞬息中生存的甘苦。你现在正在咀嚼着。——苦吗？甜吗？我哪里敢代你说出来。你是最害羞、最胆怯、最不肯将你的真实暴露给人的。我如果替你说出来，你一定要老羞成怒地对付我啊！——你以后更有继承者。继承者之后再又有继承者。在这无始无终、无边无际的时间中，你们各个的生命虽然明日黄花，然而合起来在这伟迹上及其他不朽的事业上你们都可得着共同的永生！清风是美酒，白光是金杯，只管尽量地多饮几杯！

对着古迹，我有的是追慕、怀忆、神驰。对着新名胜，许是与我更接近的缘故，我的情绪与精神就完全两样了。欣赏之中总不免批评神的闯入。新名胜之中，自然首推中山陵墓。因为急欲一面的情热，我和朋友竟不避新雨后泞烂的道路，驱着车，去尽兴地拜赏了一番。数里之遥，在车上，我们就眺见了前面山腰上块然几道白光在发耀，恍若浪山苍翠中忽然涌出一股白涛，皎洁辉煌的。以位置而论，中山墓自然较明孝陵高些。然而就一路上去的气魄而言，我却不敢说前者比后者雄壮些。孝陵的大处，令人精神惊撼处就是一路上排列的那些翁仲、石象、石马。在它们肃然看守之中，我们经过时，自然而然地感觉一种神秘、一种浩然的气魄。向中山墓驱进之时，我们的精神并没有感着偌大的摇撼。许是正路还未竣工，我们所经过的是侧路吧，但是一到了墓前的石阶上，往下眺望时，我们才领略了它这一望千里无涯的壮观！这个位置才真不愧代表孙先生的伟大人格、宏远意志、硕壮魄力。然而我们仍然觉得好中不足。假如这全国人所尊敬的国父的墓能建筑在更高的地点或索性在山巅上，一目无涯地望下来，那岂不更能代表他那将全人类一视同仁的气魄吗？间接的岂不更能代表我们大中华民族的伟大精神吗？一个时代的民族精神的发扬光大常是在它的纪念胜迹上面看得出来。在这上面多花几百万银钱确是值得的事！这建筑的本身虽然也有优点——如材料的良美之类——但是在形式上讲起来，不是我们理想中的国父墓。石阶太狭，趋势太陡，祭堂也不够宽宏巍峨，墓与祭堂连在一块更减少不少的气魄。我们觉得正墓如果再上一层，中间隔离一层敞地，看上去一定更雄伟些。然而这不过是私人的评断与理想。将来这个纪念胜迹完全竣工之后，我们希望它给予人的印象比我们这次所得的要深刻、要动人些。在这形象粗定之时，我们自然看不出它的全璧的优美。

男女金陵大学及江苏大学自然亦是新文化的重要部分。我们在这同一城池内参观而比较这两种性质不同的大学，觉得十分有趣，十分有益，因为它们就是西洋民族与中国民族精神的具体表现。一个巧小精干，实事求是；一个好高骛远，气魄浩然。先就建筑而论，女子金陵大学的中西合璧式的构造立在绿叶浓荫的花园茂林中，真是巍然一座宫殿，俨然一所世外桃源的仙居。它的外貌的形式美，是它那红、黑、灰各种颜色的配合的得法；是它那支干的匀称，位置的合宜；是它那中国曲线建筑的飘逸潇洒的气质战胜了西洋直线的笨重气概。男子金陵大学则大大不然。它的建筑的原则是与女子金陵大学一个样：采用中西合璧的办法；然而成绩却两造极端。女子金陵大学给我们一种唯美的、静肃的、逸致的印象。男子金陵大学，却令人看了不禁要发笑，一种不舒服、不自然的情绪冲挤到心上来。我起初还是莫解其故，及至立住足，凝神地看了个究竟，才释然而悟。啊！我捉住了它的所以然了。这里不是明明白白站着一个着西服的西洋男子，头上却戴上一顶中国式的青缎瓜皮小帽吗？一点儿不错，它令人好笑的是它那帽子与衣服格格不相入的样子。中西建筑合璧办法，用在女子金陵大学上面则高尚自然，别致幽雅，在男子金陵大学上则发生这种离奇的印象，是亦幸与不幸，工与不工之分而已啊！至于江苏大学，形势虽然浩大，地盘虽然宽阔，屋宇虽然繁多，然而却讲不上建筑上综合的调和美。这里一栋红的，那里一栋白的，在那里又一栋灰的、黑的……这里是西洋式，那里是中国式，在那里又是不中、不西式……东边一座，西北边一座，不东不西、不南不北又一座……一言以蔽之曰，零乱拉杂而已。中国人做事素来没有计划，只图远大的脾气，由此可以见其梗概了。中国土地广阔，人民繁多，然而政治分歧、秩序荡然的情景，算是被这学府的外貌象征出来了。

三大学的外貌如此，内容却不敢妄加评断。不过就我们局外人的立足点看去，也可窥见许多殊异的地方。在女子金陵大学求学的人真是前世修来合该享受几年公主的生活。它的里面的设备与陈设的富丽，就是拿欧洲什么女子大学来比，也只有过而无不及的。我们一路参观，一路耿耿于怀的是：这一班青年女子习惯了这样华侈的生活，将来回到贫困的中国社会里面，怕不容易相安，还许反因教育而惹起一生的烦苦呢。再者教会的学校都有一种共同的缺点，就是它们教出来的学生多不适于中国社会的应用。它们注重洋文化，轻视国粹；它们好像国中之国，独自为政，不管学生所学的于她们将来对于本国社会的贡献，需要不需要，适用不适用，只顾贯注地将西洋货输到她们脑子内去。我们希望教会学校多与中国社会接洽，让学生去寻找她们对于社会切身的问题去问学，不必将我们好好的青年去造成一些纯西化的只会说外国话的女子。

男子金陵大学农科的成绩却真是斐然可观。三四年来对于森林农业的研究调查的具体成绩都历历可数：对于中国花草标本的收集已经有五千种、万余张之多，树木标本亦有三千种之普，农民生活状况的调查已有十七省了，考查后写成了的报告图书亦不下十余种。尚有什么测量淮河流域的图表，什么新发明的量水机，令人看了真不能不惊叹他们师生的努力。听说江苏大学的农科也办得极精彩，极有成绩，可惜我们没有看到，不能拿来与金陵比衡一下。男子金陵大学图书馆所存的中外图书共有十万零五千多本。这总算像个样子了！听说江苏大学还不到此数。这是我们盼望当局极力注意的事。假如这样一个硕大重要的学府还让师生感觉图书不足之苦，那真是不应该之至。学府大部分的生命应该维系在图书与仪器上面。没有它们，自然学也无从学，问也无从问的了。江苏大学自然科学院新近添置了许多机器与仪器。给以相当时期的恢复与预备，前程总当是无限量的。以气魄与可能性而论，江苏大学自然远过金陵。让我们翘首仰望着它的未来的光荣吧。

旧名胜也好，新名胜也好，新文化也好，我都与你们暂时分别了。何时再来瞻仰你们的芳容，我却不敢预言的了。我现在又回到这尘埃满目、钱臭通衢的上海了。新都啊，你的油然嫩翠、到处花香的美貌此刻仍在我心眼中闪灼着，嫣笑着！你有的是动人的古迹、新鲜的空气、明静的远山、荡漾的绿湖、欢喜的鸟声、绿得沁心的园地！这是何等令人怀慕啊！

一九二八年春

金陵的古迹

石评梅

一　鸡鸣寺

由东大参观后，步行游鸡鸣寺，沿途张绿树作幕，铺苍苔作毡，慢慢地上台山（即鸡鸣山），幸而有两旁的杨槐遮赤日，山间的清风拂去炎热。到了半山已望见鸡鸣寺，隐约现于浓荫中。惠和拉着我坐在路旁的一块石上稍息。望下去，只见弯曲的成了一道翠幕张满的道。赤日由树叶的缝里露出，印在地下成了种种的花纹。在那倾斜的浓绿山下，时时能听到小鸟啁啾，和着她们娇脆的笑声，在山里回音，特别觉着响亮！我同惠和、宝珍并着肩连谈带笑地上山去，约没十分钟的时间，已到了鸡鸣寺前，一抬头就看见对面壁上，画着一幅水淹金山寺的图。寺门上有四个大红字是"皆大欢喜"。进去转了有一二个弯就到了正殿，钟声嘹亮，香烟萦绕，八大罗汉里边，只有二三个穿着新衣服——金装，其余都破衣烂裳，愁眉苦眼，有种很伤心的样子！罗汉中也同时有幸与不幸啊！

临窗为玄武湖，碧水荡漾，平静如镜，苍苔绿茵，一望皆青。远山含烟，氤氲云间，我问庙里的道士，说是"幕府山"。窗下一望，可摸着杨柳的顶头，惠风颤荡着，婀娜飘舞，像对着我们鞠躬一样！湖山青碧，景致潇洒，俯仰之间，只觉心神怡然，融化在宇宙自然之中。我们六七个人聚在一桌吃茶，卧薪伏在窗上慢慢地已睡去，我们同芗蘅谈到北京东岳庙里的鬼，说着津津有味的时候，艾一情先生说："天晚了走吧！"我们遂出了正殿。我临走的时候，向窗下一望，已披了一层烟云的雾，把湖山风景遮了起来。一路瑟瑟树声，哀婉鸟语，深黑的林内，蕴蓄着无穷的神秘和阴森。台城的左右，都是革命志士的坟墓，白杨萧森，英魂赫濯，一腔未洒完的热血，将永埋在黄土深处。

二 明陵

六月二号的清晨，我们由华洋旅馆出发，坐着马车去游明陵，一路乱石满道，破垣颓壁倾斜路旁，烬余碑瓦堆成小屋，土人聊避风雨。一种凄凉荒芜景象，令人不觉发生一种说不出的悲哀！行了有三里路，就到了朱洪武的故宫，现在改为古物陈列室。里边的东西很多，但莫有什么很珍贵的，有宋本业寺嘉定经幢，冶山明八卦石的说明：

朝天宫宋为天庆观之玄妙观，又改永寿宫；明洪武十七年，赐令百额朝贺习仪于此，自杨溥以来即为宫观，此石传有四世。又传冶山之清殿下，为明太祖真葬处，石为青石所刻，在美正学堂在东北角治操场，掘得此石。

方氏荔青轩石刻残石，凤凰台诗碣残石，六朝宫内的禁石础。凤凰台碑记，节录如下：

> 金陵凤凰台在聚宝门内花盝冈，南朝宋元嘉中有神爵至，乃置凤凰里，起台于山中……台极壮丽，凭临大江，明初江流徙去，凤去台在，此碑始出土。

此外尚有多种，不暇细看。有明隆庆井床，旧在聚宝门内五贵桥上。鸡鸣寺甘露井石，铜殿遗迹，系粤匪毁殿时所余，重十八斤，佛十七座。明报恩寺塔砖（第八层），高一尺四寸，宽一尺，为苏泥制，上镌佛像多尊。大明通行宝钞铜板。六朝法云寺铜观音像，清瑞云寺古藤狮像，此系神奇如活现，上坐佛极庄严活泼，刻工非常精细，高约四尺余。此外尚有宋朝刀剑数种，梁光宅寺铸名臣铜像。最令人注意的，就是中间所立的方孝孺血迹碑，据云天阴时血迹鲜赤晶莹，有左宗棠书《明靖难忠臣血迹碑记》。在此逗留仅二十分钟，故所得甚少。上述皆当时连看连写，惜未能多留，此团体中旅行之不便处。我出了陈列所的门，她们已都上车，芟薇仍在车旁等着我。一路青草遍径，田畦皆碧，快到明陵的时候，已看见石人石马倒倾在荒草间，绿树中已能隐约地望着红墙。我们下车走了进去，青石铺地，苍苔满径，两旁苍松古柏，奇特万状。有"治隆唐宋"大碑，尚有美英日俄法意六国保存明陵碑，中国古迹而让外人保存，亦历史怪事。正殿内有明太祖高皇帝像，下颚突出，两耳垂肩，貌极奇怪，或即所谓帝王像，应如此。入深洞，青石已剥消粉碎，洞尽处，一片倾斜山坡，遍植柏槐。登其上，风声瑟瑟，草虫唧唧，小鸟依然在碧茫中，为数百年的英魂，作哀悼之歌！

三　紫霞洞

循着孝陵的红围墙下，绕至紫金山前，我一个人离了她们，随着个引路的牧童走去。在崎岖的山石里，浓绿的树荫下，我常发生一种最神妙幽美的感觉。那草径里时有黄白蝴蝶翩跹其中，我在野草的叶上捉了一个，放在我的笔记本里夹着。我正走着山石的崎岖，厌烦极了，觉着非常干燥，忽然淙淙的流水由山涧中冲出，汇为小溪，清可见底，映着五色的小石，异常美丽。我遂在一块石头上洗我的手绢，包了一手绢的小石头。我正要往前走，肖严在后边说：“等等我。”她来了，我们俩遂随着牧童去。路经石榴院，遍植榴花，其红如染，落英满地，为此山特别装点，美丽无比。

牧童说：“看，快到了！”只见一片青翠山峰，岩如玉屏，晶莹可爱！过石桥，拾级而上，至半山已可望见寺院。犬闻足音，狂吠不已。牧童叱之，遂默然去。至紫霞道院，逢一疯道人，是由四川峨眉山游行至此，其言语有令人懂的，有令人百思不解的，其疯与否不能辨，但据牧童说：“是不可理，说起话来莫有完。”紫霞道院中有紫云洞，其深邃阴凉，令人神清。有瀑布倒挂，宛然白练，纤尘不染，其清华朗润，沁人心脾！忽有钟声，敲破山中的寂寞，搏动着游子的心弦。缥缈着的白云，也停在青峦，高山流水，兴尽于此。寻旧径，披草莱，回首一望，只见霞光万道随着暮云慢慢地沉下去了。

四　莫愁湖

进了华岩庵，已现着一种清雅风姿，游人甚多，且富雅士。楼阁虽平列无奇，但英雄事业，美人香草，在湖中图画，莲池风景内，常映着此种秀媚雄伟，令人感慨靡已！

登胜棋楼，有徐中山王的像，两旁的对联好的很多：

英雄有将相才，浩气钟两朝，可泣可歌，此身合书凌云阁；

美人无脂粉态，湖光鉴千顷，绘声绘影，斯楼不减郁金香。

风景宛当年，淮月同流商女恨；
英雄淘不尽，湖云长为美人留。

六代莺华，并作王侯清净地；
一湖烟水，荡开儿女古今愁。

同惠和又进到西院，四围楼阁，中凿莲池，但已非琼楼绮阁，状极荒凉，有亭额曰"荷花生日"。两旁的对联是：

时局类残棋，羡他草昧英雄，大地山河赢一著；
佳名传轶乘，对此荷花秋水，美人心迹更双清。

对面有楼不高而敞，额曰"月到风来"，惜隔莲池，对联未能看清楚。再上为曾公阁，横额为"江天小阁坐人豪"，中悬曾文正公遗像一幅，对联为：

玳梁燕空，玉座苔移，千古永留凭吊处；
天际遥青，城头浓翠，一樽来坐画图间。

凭窗一望，镜水平铺，荷花映日，远山含翠，荫木如森，真的古往今来，英雄美人能有几何？而更能香迹遗千古，事业安天下，则英雄美人今虽泯灭躯壳，但苟有足令人回忆的，仍然可以在宇宙中永存。余友纫秋常羡慕英雄美人，但未知英雄常困草昧，美人罕遇知音，同为天涯憾事！质之纫秋，以为如何？

壁间有联，如：

红藕花开，打桨人犹夸粉黛；
朱门草没，登楼我自吊英雄。

憾江上石头，抵不住迁流尘梦，柳枝何处，桃叶无踪，转羡他名将美人，燕息能留千古；
问湖边月色，照过了多少年华，玉树歌余，金莲舞后，收拾这残山剩水，莺花犹是六朝春。

江山再动，收拾残局，好凭湖影花光，净洗余氛见休瑑；
楼阁周遮，低回灵迹，中有美人名将，平分片席到烟波。

莫愁小像，悬徐中山王像后凭湖的楼上，轻盈妙年，俨然国色，眉黛间隐有余恨，旁有联为：

湖水纵无秋，狂客未妨浇竹叶；
美人不知处，化身犹自现莲花。

因尚有雨花台未游，故未能细睹湖光花影，殊为长恨。莫愁俗人，或以为楼阁平淡，荷池无奇，湖光山色，亦不能独擅胜概。但仁者见仁，智者见智，胸有怀抱的人登临，则大可作毕生逗留！湖光花影，血泪染江山半片；琼楼绮阁，又何莫非昙花空梦！据古证今，则此雪泥鸿爪草草游踪，安知不为后人所凭吊云。

未游秦淮河，未登清凉山。雨花台草厅数间，沙土小石，堆集成丘，除带回几粒晶洁美颜的石子外，其余金田战绩，本同胞相残，无甚可叙，省着点笔墨，去奉敬我渴望如醉的西湖吧！

一九二三年九月三日

金陵记游

钟敬文

旧时江水旧时潮，难怪行人说六朝。

飞过夕阳鸦点点，散来秋草马萧萧。

多年王气山头满，昨夜钟声梦里消。

欲问兴亡向何处，秦淮沽酒破无聊。

——梁佩兰

冻云沉重地在空间盖覆着，天色如病人般忧郁而阴黯。北风紧紧地吹刮，使寒威一刻一刻地加重起来。从上海北站开赴南京的火车，此时正载着许多籍贯不同、年龄不同、思想与遭际不同的男女搭客，在旷野里一定的轨道上向前奔驰。我便是这车里众搭客中的一个。

因为在车上的时间颇不短，并且此行是孑然孤身之故，我买的是一个二等车位。从前曾听朋友说过，沪宁路两边风景颇佳；又自己曾在摄影册上看过，也觉得还不错。这次身临其境，自然不免要凭窗眺望，以满足爱好自然的情愫。时候是隆冬了，地方虽说是在优秀的江南，但却已颇带着江北的风调。此际山野中的草色，是一例地赤褐着；树木大半也枯秃了，只有些常绿树，还在忍寒死保守着他的叶子，可是形象上已显然地表露着一种畏缩与愁惨。有几处小丘上，修长的竹子和苍劲的松柏，兀然过活在寒风冷雾中，好像毫不在意似的。我想起了古人所谓"岁寒三友"，觉得眼前没有几株吐露着幽香素色的梅树，直是一件惆怅的事！田园中有好些是栽种着菜蔬的，在冬的巨大的赤褐的地皮上，却仍生长着这些碧油油的矮小软弱的植物，把它和那些已枯秃的林木一比，不由人不想起老子一派哲学的意义了。

在舟车中，除了看望风景，若是没有朋友一道可以谈天的，那么看书是一种最重要的生活了。这回我皮箧里所带的是一册屠格涅夫的《春潮》。伏在车窗下的案上，静默着披阅了几个钟头，总算把全书从首到尾念完了。屠氏的作品，除了散文诗及一些短篇外，我只念过他的两部名著，那就是《前夜》和《荒地》。这两书实给予我极大的感动，在我的思想上已深刻地留下一些不可磨灭的痕迹，非等到我的身骸腐烂，它在我的影响怕是不容易歇绝的。《春潮》是被称为屠氏作品中极富于诗的韵味的一部名著，书中描写恋情的狂热与其转变，都是深掘到人类心坎至深处的说话。他的观察与体验的精深、明审，是如何地使人震慑于他的能力的伟大而无语可说！我觉得人们徒以其抒写上手腕的妙丽而致来了全书诗味深湛的长处赞赏它，实在有些未能尽发现其精华。

"这天好像是要下雪了。"在火车开驰了不久的当儿，便有两三位搭客，望着窗外阴沉的天容，在作这样的预料的谈话。可是，事实上雪意虽然真的很深浓，但雪却始终没有下。宇宙一切事物的运行变动，虽大抵有一定的律例，智者见微知著，可以预测其必然；但有时不规则的例外，又何能尽免呢？若我们因此便不承认一切事物因果律例的存在，那未免有些太昧于轻重大小的衡量了。我为了这件事，默默地这样冥想着。

本来是说五点钟左右到的火车，现在因为一再推延的缘故，直至夕阳已下了山，暮色深黯地笼罩着山野，所谓目的地者还遥遥地不见到来。搭客都有些拂郁而流于咒诅了。我是一个性急的人，对此自然更忍不住其愤愤的情绪。我深深地怨恨他们办事人的糊涂，——虽然我也知道他们弄到如此结果，并非是有意和我们为难。

在天已浓黑，寒雨如丝的当儿，我终于和一位在车中新认识的同乡，走上灯火煌然，车马与人物之声如潮涌水沸的下关车站了。

半缘在此间人地都生疏得很，半缘急于和别来三年的好友见面，所以在到站之后，我便决定先找甘雨①去了。两人雇了一辆很蹩脚的摩托车，凭着司车者的主意的驱使，在冷雨迷蒙中穿过了几条灯光人影憧憧的市街，接着又经过一些冷僻的马路，我们终于到达中央党部的门口了。

到机关里去找人，是一桩怪麻烦讨厌的事情；何况是生地？更何况是夜里？我勉强着询问和穿撞了一回，总算把他办公的地方找到了。但是，失望，结果竟使我捞了一个失望！用人说他吃过晚餐出去了，今晚回不回来是个未知的谜。我懊丧着几于不知所措。那用人看出了我为难的神色吧，他叫我暂到离此地不远的

---

① 甘雨即聂绀弩。

旅馆里去歇息一下，夜里或明天他们来时，待他去找我。于是，我们只好照他的说法，到鼓楼邻近的一家旅店里投宿去了。

本来暂时见不到，是没有什么大不了的事，因为迟早总须看见的。但这时不知为什么，心里却非常的懊恼。好像这样一来，此行是完全徒劳，一点意义也没有似的。人心真是一个不太好了解的怪东西！

在意兴阑珊中，取出了一本稿纸簿，想写点日记；开始了几行，却终于没趣地搁下。离开卧房，随意踱出店门外张望张望，一半是想认识这新的首都的夜况，一半自希冀着甘雨万一找了来，我们可以在那里很快乐地碰着。人间许多事情，往往是非常地凑巧的，他坐着机关的汽车，带着一位用人，果然找到我们旅店的门口来了。彼此深深地握了一回手。我心里如日暮途穷的游子找到了归宿处似的，快乐地把他延进我们的房里来了。

要使彼此便于畅谈，我和他另到楼上再开了一个房间。他说他自己这两三年比以前老得多了。我呢，据他说，比起三年前他所见到时，却反来得年轻些。他比三年前老了一点，这也许是事实；至于说我的反而年轻，我哪里肯承认呢？我常常对朋友说，我年来真老丑得太厉害了！"曾日月之几何，而面目不可复识矣！"我念着这两句滑稽而沉哀的叹词，便不能不感到凄伤。现在他反谓我年轻；若不是有意和我开玩笑，便是在呓语。可是，我虽然热烈地争辩，他总不很以为然；也只好由他去保留着自己不正确的偏见了。

我们当然免不了谈到文艺。他说我现在已颇有些成绩了，这都由于我肯努力的结果。可是，他对于我的文章，客气点说，是它自有其独特的作风，在理是应该相当尊重的。若苛刻一点说来，这种东西简直是"超时代的",——换言之,是不切合于时代的需要的。有了它,徒表示出作者的占有闲情而已。他终于是不大愿意我老向着这种死路走的。

他又说到自己对于文艺的态度。他说他自从在汕尾时忽然有感,开始做了那篇《醒后》以后,对于文艺女神,大起了狂醉的状态。去国两年中,不知写了多少诗篇;直到将返国时,还做着归来怎样去从事文艺的美梦。可是,回国以后,却把这个志向打破了!一年多以来,不但没有执笔写过这类东西,连阅读的兴趣都低减得多了。因为隐忍不住及客观的需求,时而写了些"党八股";为了读者的夸奖的缘故,倒觉得颇有从事下去的兴味。自己的心的源泉,是随着年光的进益而日呈枯竭了;而身外的环象又深切地要求着一种提醒与抨击的文字。所以就改易了旧业,而不觉它是如何值得留恋与可惜了。

我劝他不要因为从事于政论之故,便决意把文艺的写作抛荒了。文艺不光是闲人的消遣品;如果能站在某种理想上去创作,艺术的手腕又足以辅之,那么,岂必一定单刀直入的政论才是有力的武器呢?以他那曾经显示过的怒涌的诗思和豪横的笔阵,去重新传写那此刻愿意表达的事物、情志,谁能说这不是深有效力与意味的事!人不可不利用其所长,否则,在人群的进化上是一桩可叹惜的暴殄的罪过!他说很愿意采纳我的话,在最近一年内,拟写出一两部能够深重地表呈出这时代气息的作品。我祝福他做一个中国新世纪二十年代的写真者的屠格涅夫。

接着文艺之后,我们又兴高采烈地牵到恋爱的题目了。他是一个已失了爱,而又新得到它的人。他对于那过去的情人——我可爱的同乡姑娘,恳挚地怀抱着缠绵不易割舍的余恋。他说她如何美好，如何明慧，这些话每一句都是用着叹惋的口吻说的。我虽然对于他所品题、称赞的一切，未能充分地认识与首肯；但他这时高涨的情怀，我是能够了解和同情的。

我也把自己过去数月中的恋史，择要地而又有些夸饰地向他诉说着。她的身世，我的痴狂，一切如滔滔江流，从我的口里涌泻了出来。他有时沉思，有时插问。总之，从我心里热烈地跳出来的，同时也打动了他热烈的心。

夜意是深浓了。寒威跟着黑暗的伸展而严重起来。独力地维持着光明的力量的电灯，似乎也已经有些色变身抖。四围都寂静着，在空气中波荡着的，只有我们俩深醇友谊的连床絮语。

当我们从温暖的被窝里起来时，由窗外阳光的强度，知道时间已不早了。草草地梳洗完毕，我们便乘了汽车出去。

甘雨要介绍他的新恋人给我认识，并一道去逛逛。我们的车不久就在党务学校的宿舍前停住了。她的相片我是已见过了的，那种丰硕的肌肤和烂漫的神采，是一个近代健全女性的表征。此次初见到她时，我不免从眼前实在的肌体和行动上去找寻我过去想象的印证。结果，虽然不使我感到意外的惊奇，但是"她是近代的健康的女性"的一个观念，却还不至于从我脑里消灭了去。

因为她忙着预备庆祝新年的事物，没有空伴着我们闲耍；于是，依然只我们两人坐着车向鸡鸣山去了。

"鸡笼山（按：即鸡鸣山）上鸡鸣寺，绀宇凌霞鸟道长。古堞尚传齐武帝，风流空忆竟陵王。白门柳色残秋雨，玄武湖波澹夕阳。下界销沉陵谷异，枫林十庙晚苍苍。"（王士禛诗）这时坐在车上，向着这样的一个目的地奔赴，我的脑里是怎样地沸腾着思涛啊！车停了，我们满含着兴味登山了。在我这陌生而好古的游客的心眼中，此时上下四围的一草一木，片云片石，都有一种新鲜的同时又是古旧、神秘的情趣。山上颇有大树，郁然围成小丛林。可惜这时是寒冷的隆冬，树上的叶子都已零落，剩下的只有少数黄色的在北风中抖颤。我想若果在春夏中，这丛林自然要浓绿得格外教人感到繁荣的生意；可是这里并不是寻常游憩的所在，她所以成了吸引游客的胜地，一半固为了风物的关系，但古色斑斓的历史的彩色，是尤其来得有力的原因。为此，这眼前的冷落荒凉，也许更是游客所要感到谐和深湛的一种韵味。我自然不反对在西湖中用精巧的小汽船当游艇，或用公共汽车载送游客去观览灵隐。但必谓孤山的梅树太老朽了，不如换植了外国种的尤加利；从灵隐寺登韬光庵的山路过于窄小崎岖，不便攀陟，一定要改易作香港太平山一样的升降机才痛快，那我可也不敢十二分赞成的。我这样的存想，也许有人要说我矛盾、不彻底。但我觉得人类生活，多少总要带点矛盾的现象；我不敢说这是应该或必然，但的确情况是不容许否认的。

鸡鸣寺，据说是萧梁时那位好佛的梁武皇帝曾经三次舍身其中的同泰寺故址。记得一本书上看到的（很惭愧，我到寺里时没有查勘过其中可靠的碑文），这寺是明初时新建造的，那么，自然遗留不少什么可抚摩的故物了。寺里的菩萨，除正殿的观音外，其他还配了些不相干的神道。说来也怪有趣的，连送子娘娘也住在那里呢。我和甘雨在一座神像前观察了一阵。他说，中国人枉费膜拜了两千年的偶像，连这种被视为无上神灵所托寓的身骸，竟做得这样三分不像人，四分不像鬼地难看！我笑说，他们是"以意为之"的超写实的艺术派呀。于是，我们谈到雕塑的问题。他说，外国有些塑像，真做得神色飞动。像这里所见的，连浅近的形似都还差得远的东西，实在显出美术才略的低下了！我联想起自己见过的两千多年前，希腊所遗传下来的爱神等造像的石膏复制品，那种生动的躯干，灵活的表情，深深地在脑里涌现着。不禁叹赞到人类艺才的宏大了。

我们舍寺登豁蒙楼。楼在寺的最后一层的北隅。楼中陈设颇清雅，寺僧于此留客品茗。我们凭窗俯瞰玄武湖。波光片片，洲渚杂出。稍远，见诸山围列，苍碧晴岚，扑赴心眼。一种高寒旷朗的感觉，令人一切的意绪飘销。我们留恋不舍的情思，几欲与天末的寒云同其凝谧了。

离鸡鸣寺不远，在荒榛丛棘中，有一六角亭。相传其旁便是南朝的风流天子因避隋兵与美人匿迹其中的胭脂井。——即唐人诗所谓"景阳宫井更何人"的景阳宫井也。现在虽然"景阳宫瓦已成灰，狐鼠空山雉鸟媒"；但临风凭吊，当年此地金迷肉颤的歌舞，以及末路仓皇抱爱侣投入井中的悲凉情景，一一在我心中活现着。

我们在亭畔沉默地徘徊了好些时。末了，我说了一句半开玩笑半寓深意的话："如果我做了国民政府或中央党部的委员的话，我所要先提办的一件事，就是把这已填平了的胭脂井重新开浚起来，让现代一般青年男女作他们情死的场所。使麻木迁就的国民性，因此种勇敢的死恋之风的提倡，得以有力地矫正一下。其功勋是不会比现在所举办的各要政低下的！"甘雨听了，报我一个不言的微笑。未知他是赞同我的提议，抑或在笑我痴呆？

我们终于登上寺北的台城了。城虽颓旧，但昔日雄伟的气势犹存。甘雨忽念着韦庄"无情最是台城柳，依旧笼烟十里堤"的诗句。我左右探望了一阵，所谓柳树者，竟一株不可得。岂无情草木，也逃不了今古盛衰递变的气运么？兴想及此，不免有些慨然了。站在这古城上，一面可以眺望整体的玄武湖，一面可以鸟瞰金陵的全城。这时，湖中莲丛已尽，芦荻萧萧，莽苍荒寒，的确是古代的帝王都城所遗留下来应有的一种风味，以视西湖的娟逸秀媚，如处女般的姿态，可说是"异曲同工"吧。我正对着眼前云物，体味着渔洋山人"覆舟山畔古台城，故垒参差触目惊。蔓草萦烟野萧瑟，寒禽将子水纵横。……"的一首诗，甘雨催迫着我离开。我说细赏味一下再走未迟。不意这话竟引起了他的牢骚。他说，他是一位现实的庸俗主义者，对于诗人们所称赞的自然界缥缈、神秘的美，一点也感受不来。若不相信，只要查看他过去所抒写的许多诗歌和文章便明白。我不愿回答什么，只让他独自滔滔地说着罢了。

玄武湖，正在预备建造成一个首都所应有的像样的公园。原有山水、树木，虽不见怎样佳胜，但地方旷敞，洲渚错出。倘善于布置营谋，要成为一个名胜的景地是很可能的。我们离开了台城，驱车在湖上盘桓了好些时。甘雨提起他过去诗作的风格。我说，依我的口味，只喜欢他《克鲁泡特金墓上》和《撒旦颂》那些悲凉、悱恻、慷慨、豪迈的作品。他说，自己的意见倒不尽如此。他颇爱赏他自己那首技术简练的写实作品《城下后》，并谓写作时，颇受《十二个》一诗的影响。记得我前年把它寄给馥泉先生时，他也很为称赞。我虽然也能够了解那种表现法是颇新鲜而需要的，但总觉得不能及他那些情思涌荡的作品之更能感动我。这也许是成见和因袭的口味在作怪吧。

时间是在催迫着我们离开那教人眷恋的境地了。甘雨下午机关里尚有事务，所以想赶快回去。我说无论如何，秦淮河是要去看一下的。他口里虽然说她不值得一顾，但我的话是不大好意思违背的。于是，我们的车，在狭窄、肮脏得几乎等于我故乡的小市街一般的通衢奔驰过了一些时候，终于在那足以代表中国过去文化之一面的夫子庙前驻轮了。

"秦淮河，不过是一湾污浊的死水！"这种咒诅声，我早就从许多青年们的诗文中看到了。这样一条负荷着那么华丽的历史荣名的河流，在实际上只是这么一回事，心中自然要有些惋惜的意味；但我于它却总不至于像他们那么的大失所望，或甚至于报之咒骂以泄愤。当我们立在桥上的铁栏边呆看着河水的时候，甘雨忽然说："这水是翡翠色的呢。"虽然他这话里究竟是咒诅的成分多，抑赞赏的成分确不少，我们姑不必深问；但我这时的心里，却深感到它的确是一个富于诗意的品词。

这时，河上、茶楼上的弦管声和歌声，一阵阵的像梦般的吹送了过来。我即刻想到杜牧之"商女不知亡国恨，隔江犹唱后庭花"的诗句，心头凝重地压着历史的感伤情绪了。

我和甘雨又谈到古迹问题。他又说，他是个很现实的人，像这样有名无实的古迹，是不会引起什么情感的。我说，"古迹"和平常之所谓"名胜"不同。名胜，大都是因为实际上有那奇丽的山水，或巨大的建筑，一旦身临其地，不必别有所因缘，自然地能够唤起游者种种的快美之感。古迹则不然，它的激荡游客情感的力，不在境物的本身，而植根于过去的历史。假使游者是一个不熟悉于当前境物的历史的人，即使他是怎样丰富于情绪的，终无缘唤起其蓬勃的感兴。就譬如说这秦淮河吧，因为我们脑里先装有许多关于它的来源及经过的历史、故事，今朝亲到此地，见黯绿的河水，想繁华于当年，自然不免油然生感了。古人咏此地的作品，如前面所引的杜牧的"商女不知亡国恨"及王渔洋的"千载秦淮呜咽水，不应仍恨孔都官"，陈退庵的"只应水绘园中客，解说秦淮四美人"等诗篇，都不是没有历史的、故事的依据，而能够凭空发生感想的。也有些处所，既负着深浓的历史的意味，又饶于自然或人为的风物的胜概的，那自然于不曾明了这境物的历史的人，也可赐予以美感了。

我们离开桥上，在小秦淮公园里踯躅了好一会儿。因为我说了"少有风韵"的一句话，又惹起了甘雨的抗议。他说，什么叫作"风韵"，它是和"自然美"及"古迹"一样地教他不懂的。他至多只觉得好玩不好玩，却从不理会到"神韵""风韵"一类名词所代表的深微的意义。我晓得他是在有意讽我，所以只回辩了几句，就不再费词地继续说下去了。记得去年在岭南，同事式湘君，因为我口里常常说"神韵"两字，他竟把它当作我的别号一样的呼唤我；别的同事，也多有以此为嘲弄的。他们的称呼和嘲弄，自然不是什么恶意；但不很能了解或同情我的心事也是显然的。因此，我便兴想到理解的事情，即在密切的朋侪中也不是很容易的。

也是一种别饶风味的事吧，我们竟在秦淮河船的饭店中吃了一顿午餐。船店的名字已忘记，只忆得其字义并不很清雅罢了。

在夫子庙内外逛了一回，特地于杂货摊上购得一方小石；拟携归倩人雕作图章，以为这次旅行的纪念。又走进了滨河的江南官书局去，想买点线装书。可是一查目录，竟空虚得可怜。光着手走开吗？心里总有些过不去；于是，便随意购了一部《秣陵集》出来了。

甘雨暂时返他的机关去。我回到旅馆里坐了一会儿，觉这样挨下去，未免无聊而可惜；于是便决意一个人出去乱闯了。

冬的原野荒凉而严肃。看了一匹匹的驴子，使我怆然怀念着南海边沿上的故乡了。在那濒临热带的故乡，是没有这似马非马的驴子的。这里的梅花，这时尚没有芳讯，可是故乡野外的水边、篱落中，怕不知怎样地横斜而浮动着疏影暗香了。郁郁的乡愁，在我的心里团转着，我禁不住凄恍起来。

从野外回到城里，无目的地在北部一带街衢中左右穿插着。这浅浅的浮光掠影的一瞥，颇使我感到失望。近代式的严整、巨大的物质文明，自然说不上；但为历史上有声闻的帝王都城的故地，一种应有的过去文化精华的遗留，又何曾令我明显地见到呢？我所收拾得的，除了湫隘嚣尘、污浊颓败之感，此外实在说不出还有什么！虽然我的纵览的空间是这样仅限于局部，时间又这样短少，精密的观察、剖析，自然是遥说不上的；但以此例彼，总不免使我感到满望之无把握了。

冬天的白昼，是特别短促的；何况又在匆匆的客游中呢？太阳是渐渐地向着西边的天空退下了，苍然的暮色，已从另一边的空间冒过来。我慢慢走回到甘雨办公机关的外边徘徊着。在整洁、宽敞的新马路旁，对着黯绿的老树，铅灰的空色，我乐于暂时在幽默里游泳着我的幻想。正在这当儿，冷不防头上一阵阵哑哑的声音，把我从静谧的世界中唤了回来。原来千百的寒鸦，从不知何处飞集了来，盘旋地翱翔着；并且呼应着以同一的声调。我以为它们一霎时就要飞掠到别处去的，可是事实上并不如此。它们似乎越集越多，既不见即栖止在树上，又不另飞到别处去，老是在我的头上飞叫着。我真被它们的行为所惑乱了。我想到古今来许多咏及乌鸦的诗，大都把它们当作衰败、凄凉境地的点缀，或用以象征一种哀愁失意的情调；像我们大家所熟知的"月明星稀，乌鹊南飞，绕树三匝，何枝可依"，及"终古垂杨有暮鸦""寒鸦飞过日沉山"一类的诗句，都是这种的表现。在这有名的故都，见到千百纷飞的暮鸦，倒也不失一种情境和谐的诗料。可惜自己年来的诗肠太羞涩了，只好白辜负了这眼前的景物。但诗虽做不出来，这客地黄昏中飞舞在我头顶的千百成阵的乌鸦，它们印刻在我心里的影像是很深的。别的过眼的风物，容许会给时光的流洗淡了它的迹象；但这一群乌鸦，却是很不容易忘记的。这其中也许有可以清晰地寻绎出来的理由，但似乎没有细细去追讨之必要了。

我们吃过晚饭，从那个机关出来的时候，已是八点多钟了。不知是本来没有热闹的空气的，还是因为天时太寒冷了之故，在我们走向下关去的路上，行人的踪迹非常地稀落。有些地方，简直连灯光也疏淡得如荒村、旷野呢。这时，天空中虽然布着云幔，但大概是月亮的冷光太过强劲了，不然就是云幔薄得不容易全阻挡月光的透射，所以迷茫的幽光，在地面上仍然广泛地流布着。我们两人身上穿着厚厚的大衣，手里各提着一个皮包，慢慢地在荒冷的马路旁边向前走着。口里都不说话，像各有所思索。足下皮鞋的声音，清楚地送入彼此的耳里，如有纪律的音乐的节拍。我忽然俯首看见地上倒写着的我们两个修长的人影，觉得有点冷森森的，同时也以为颇富于诗味。于是不期然冲破沉寂说道："甘雨，你看，我们被绘画在地上的两个人影，可不活像废墟中人的幽灵？但这是可纪念的印象，是我们这次重逢所照拍的留在各人心底的相片！现在看去，像是没有多大意思的，将来慢慢咀嚼起来时，才感到它怪有趣呢。"他始终沉默着没有回答，只照着我的话，在地上望了一下之后，似乎浅浅地笑了一笑而已。

约莫一点钟后，我和他便乘着沪宁车，别了这金陵城，向另外一个憧憬着的境地的吴门去了。

这一次的金陵游程，在我虽然是偶然地偷空去的，可是心里却并不是没有相当的目的与兴致。除会晤久别的好友的动机外，自然还有种种的想念，如抚摸故迹、欣赏名胜、观察新都的建设事业和民气，都是心里意识着的。在时间上，我以为至少当有三四天的勾留；这样的，虽然不必定能达到预定目标的整个，但相当的满足总可能的吧。不意，甘雨急于赴苏转沪，不管我此来的目的和兴趣，硬把一个新到的游客，挽着同走上他自家所感到急切的征途。于是，我便只好抱着未尽的游兴折回来了。这是我此次旅行所感到缺憾的一点。但吴越境地，相去非遥，火车朝发可以夕至，又何忧在短期间中没有再到的机会呢？

啊，莫愁湖滨的垂柳，燕子矶下的波浪，你们请等候着吧，等候着我这一度错过了的游客的重来！那时我们晤见了，也许要比草草相逢的，更富于热情的眷注呢！

一九二九年五月二十五日

孝陵游感

艾 芜

去游明孝陵的时候，我和同伴都是赤足穿着木拖鞋的，这并不是故意要排斥绅士气，无非一时天太不作美，街上道上，都为夏天的雨水浸着了。穿鞋着袜，而要缓步当车，那是不可能的。

城外的大道两旁，漫生着年轻的松树，许是由于雨后空气澄清的缘故吧，发出的芬香，就特别浓烈些，颇能激起泼辣的生趣，加以木拖鞋在笑声中啪嗒啪嗒地响着，使人觉得这样的游历，实在太中意了。

做过牧牛儿的死者，想不会讨厌我们这些赤足的游客吧？起着这样令人微笑的念头，便走进衰残的墓地了。但乘汽车而先来了的绅士和太太们，偶然在石人石兽的过道上，或是古老殿宇的廊下，碰着我们的时候，便敛着身子避开，他们脸儿上的骄气，倒仿佛是曾经在朱皇帝的驾下当过臣仆那么似的。

墓前有台，登临上去，但见砖石缝里生着乱草，"老鸦粪沾得点点发白"，蓦地觉着了芥川龙之介的名作《罗生门》那衰凉的情形，大约也有点儿类于此吧。虽然在这里尚不至在微明的夜色中，看见了摘取死尸头发的老妪。

如今在北方教大鼓词的王君，不知在那时是受了别人的督促，还是为了要驱遣在败草残瓦间所引起的寂寞起见，便一下子激昂地唱起了原文的《马赛曲》来。歌声在台下隧道也似的石阶上回荡着时，天然增大了的音节，就将我们一行人的青年之气，猛地壮起，接着唱起别的歌曲。牧牛儿尚能占有大地河山，全无愧色，则我辈在此地的放肆高唱，当然是要毫无忌惮的了。

一九三一年

朱牧儿墓

瞿象谦

——野火频烧，护陵长楸多半焦；山羊群跑，守陵阿监几时逃？枯枝败叶当阶罩，谁祭扫？牧儿打碎龙碑帽！

云亭山人《哀江南》

当年读《桃花扇传奇》，至《哀江南》一阕，每有人事靡常之感。后来读《陶庵梦忆》的《钟山》一节云："高皇帝与刘诚意徐中山汤东瓯定寝穴，各志其处，藏袖中。三人合，穴遂定，门左，有孙权墓，请徙，太祖曰：'孙权亦是好汉子，留他守门。'……飨殿深穆，暖阁去殿三尺，黄龙幔幔之，列二交椅，褥以黄锦孔雀翎，织正面龙，甚华重。席地以毡，走其上，必去舄轻趾，稍咳，内侍辄叱曰：'莫惊驾'！"才知道在张宗子后数十年的云亭山人的"俺曾见金陵玉殿莺啼晓，秦淮水榭花开早，谁知道：容易冰消！眼看他起朱楼，眼看他宴宾客，眼看他楼塌了！"几句，有无穷的故宫禾黍，胜国衣冠之悲。

171

记得凤阳花鼓词的："说凤阳，话凤阳，凤阳原是好地方，自从出了朱皇帝，十年就有九年荒；大户人家卖田宅，小户人家卖儿郎！"可见这位牧童、和尚出身的朱元璋，剥削搜刮的手段，也够毒辣了，而且是兔子吃窝边草哩，红墙绀宇，谁说不是老百姓的膏血涂抹的？即如苏、松、嘉、湖各属的人民，当年曾经协助统治者反抗过他，——据野史载：那些老百姓害怕胡大海部队的奸淫掳掠，始出此自卫的反抗。这，如果是实在的呢，牧儿的纵兵殃民，以暴易暴的油渍是洗刷不清的。——到了他称孤道寡的时候，特别加重那几处的赋税，一直到现在，还受着他的遗毒咧。

某年，我在某校授历史，曾说："历代的开国君主，没有一个不是无赖之徒，流氓光棍。成则为王，败则为寇，王与寇，一线之差。不信，看这位地保出身的刘邦，牧童兼和尚出身的朱元璋，不是个明证吗？所以一部廿四史，是流氓殃民史，是女人的淫秽史。"那几句话，竟会惊动了一位尊经卫道的先生，背后把我痛骂了好几顿。不过，到了现在，我确认为并没有什么不对，那故宫禾黍，也是报应昭彰的活该啊。

走出孙中山墓，迤逦而至紫霞洞，想上去喝杯茶，却怕跑石级，静听些时松声，顺着已经涸了的溪涧，蹒跚地跑上荒颓的朱牧儿墓。呵，哈！留着孙权守门的大明高皇帝陛下，做梦也不会想着五六百年之后，被孙家报了仇，屈他看守中山陵的西便门吧？

风雨摧残、日就倾圮的飨殿，当然不是当年张宗子所见的那座画栋雕梁、陈设华重的飨殿；是"鸽鸽蝙粪满堂抛，枯枝败叶当阶罩"之后，又经人改建过的飨殿了。正中，挂了幅凹颚长下额的牧儿遗像，他那尊容，货真价实的八戒后嗣，我对这鬼脸有些发松。

殿后，祭坛前的石桥底下，没有流水，只乱生着荆棘丛莽，蒙茸，蓬松，像好久没有梳洗过的监犯的头发。穿过隧道，登上叠土成阜、檞树成林的牧儿埋骨地。

陵上，产一种白头翁草，花谢了，白色的冠毛特别发达，长约二三寸，临风摇荡，像白发老人晃动着脑袋似的。俗传：明亡，有人看见牧儿的鬼魂，在月下携锄栽植，鬼迹所到之处，都生着白头翁。难道牧儿的阴魂还莫有散吗？

好像是郭沫若的主张，把历史上有地位的古坟都加以发掘，取出殉葬的古物研究着，或者可以发现被埋藏的文化前进的轨迹。真的，我倒希望有人发掘牧儿墓，来知道它究竟藏些什么。

夕阳射在缭垣上，颜色有点骇人，军笳在"小站"悲鸣了。

荒颓的朱牧儿墓啊，一天天地荒下去吧。

一九三二年三月作于海门

游牛首山记

如 愚

春牛首，秋栖霞，南京人所艳称之胜境也。余旅京近七载，除栖霞曾数顾外，牛首则从未一游，每至春来，闻人提及牛首之名，辄不禁悠然神往，顾或牵于人事，或惮于路远，或以兴趣之欠浓厚，或因气候之不凑巧，以至耽延至今。

月来景色清明，人事稀疏，游兴焕发，大有苏子瞻谋妇得酒之慨。正拟一探牛首之胜，释我七年蕴结之怀，顾余家居城北而山则在南门外三十里许，往返近百里之遥，绝非人力车所能胜任。欲向友人借汽车一往，又恐为吴稚老所笑，盖稚老有示："岂必白坐他人汽车，始得谓之尽瘁党国乎！"白坐汽车尽瘁党国且不可，以之游山玩水，更呜呼可，于是行之问题，从而发生。

四月八日——乃阳历，非我佛生日也——适值星期，晨起，忽何郭诸君十余人来，约作牛首游，余闻而色喜，不及进早点，匆匆随之就道，盖诸君均汽车阶级，可以解决行之问题也。车出南门——现名中华门，循京芜汽车道前进，两旁豆花盛开，麦蕙

174

青葱，微风吹来，香气袭人，胸中尘虑，为之一消！山林旷野间，时见农夫高歌，嫠妇啜泣，徒以车行甚速，不及细辨其哀乐。乃正欣然自得，左顾右盼间，忽见前一高山，塔屋杂存，余谓郭君曰："此风景，或尚不恶。"话未毕，前面何君之车已停，但闻同行者欢呼之曰："到了！"

下车后，乡人纷来问询，是否要其引路，余因常见引路者言语粗俗，足以减少情趣，故谢绝之。乃自告奋勇，与郭蒋二君先行，约十余步，至山脚，有标语式之木牌楼一架，上书牛首山造林场并注某部长大名，实则字非所书，且名胜置此，徒使人见而不快也！山路不平，益以曲折陡峭，行走颇吃力，是日天气炎热，余衣履甚厚，故尤感劳顿。但郭蒋二君一鼓作气绝不稍停，余亦不欲示弱，相与偕行。及抵玉梅花庵，余欲入内瞻仰，且以疲乏过甚，亦欲借此小憩，乃郭蒋二君，力主先至山巅，再行徐徐而下，余正犹豫间，蒋君已拾级而上，相隔几十余丈，且在上大呼曰："快来！快来！"余不得已，复鼓勇前进。至大雄宝殿，余又拟入游，而郭蒋二君以外表剥蚀，内容可知，仍不稍留，循左旁石阶，趋塔旁，始稍止，余亦趋而往。塔，年久日深，砖石多欹毁，郭君曰："知命者不立乎岩墙之下，曷去休！"余曰："岂有不自我先，不至我后，适于此时倒塌之理！"随言随入塔中，则见光线充足，建筑玲珑，唯无梯可登，略为一憾！旋离塔，复上升，历文殊洞辟支洞诸古迹，门户全无，灰尘寸积，无一可留恋者，乃更竭全力，以达山顶。山顶平坦，广约十余亩，有土塔一，高不及丈，旁立一木枊，闻为测量之用，余等以行走过急，均感困顿，乃倚塔阴休息。

移时，精神恢复，缓步至山边，举目四望，但见烟云一片，气象万千，甫经过之京芜公路，蜿蜒于东北山麓，车马奔驰，如同孩具，阡陌相连，不啻图表。山南松林畅茂，微风一过，有声淙淙，如同流水，古人所谓松涛者，其此也耶？东南有一山，高度略逊，是上亦有一塔，与此山之塔，遥遥对峙，但不审其何名。西南则其他诸峰，仅及山膝，故能纵目远观，以窥长江，青山绿水，若隐若现，使傍晚登临，则落日上下，渔火明灭，当更有无穷雅趣也。余流连欣赏，不觉喜极长啸，始悟牛首之美，固不在其庙貌之新旧，塔式之美恶也。

正快意间，忽张君来，谓何谭诸君相候于玉梅花庵，催即上，余以游牛首仅及山腹，殊觉辜负此行，但无人为之传语，乃与张君偕返。正举步间，忽晤同学何君，谓山之北侧，有石累积，俨若牛首，乃相偕往观，果见形象类似，其鼻眼处，各有狭长小洞，中注清水，以棍试探，竟不及底，大约山之得名，即由于此。唯以其地险峻，未可久留，乃步至玉梅花庵，至则见诸友正啜茗高谈，谓如此风景，乌可一游，且以余之上下奔忙，认为失计，余知其不可晓以真情也，但微笑之而不辩！

是山俗谓牛首，而土人则坚呼为牛头，实则首即头也，土人之斤斤计较，殆含有文言白话争辩之意味欤？又相传岳武穆昔曾大破金兵于此，以地理测之，容或不虚，当此外侮日亟国势陵夷之秋，凭吊往事，殊令人感慨不置！

正午，群感饥饿，且以游兴已阑，不欲多留，乃相率下山而归。

一九三四年八月八日，于定县

176

再游新都的感想

袁昌英

六年前一阵薰暖的南风，将我吹送到新都去住了几天，结果我在《现代评论》发表一篇游新都后的感想。今年暑假又不知一阵什么风，把我飘送到那儿去住了两个多月。李仲揆先生说我"趋炎赴势"！这话果真蕴藏着一点深意。因为我到南京那天，室内寒暑表有的升到百十四度。"趋炎"两字我当然不能不承认了。至于"赴势"咧，京都是势利之地，我没由无故地跑到那儿去，谁还说不是"赴势"呢？

"趋炎"也好，"赴势"也好，半打年后的新都，究竟有些什么变动？旧名胜依然如故地凄然相对着。鸡鸣寺、雨花台、秦淮河、玄武湖仍是那副龙钟老耄的表情，对于我的重游，似乎不是特别地欢迎，眉宇间仿佛在埋怨着："六年来一趟，也还是这个样儿！不见你带些什么光荣的礼物来奉献与我们，不听得你诉说些有意义、有价值的事件，你们这六年之中所成就的——来宽慰我们的心！"我站在台城上，面对着枯槁的玄武湖——养活一条鱼的水都没有的玄武湖、憔悴的紫金山，瘠瘦的田野，我不禁怃然，不禁怆然而泣下了。在这悠悠时间中的六段节奏里——简直是激昂、愤厉，而又悲哀至于毁灭点的节奏——我及我的民族是受到了极度的，人世间再无以复加的创伤，且无以自解的耻辱。慈悲的祖土，你不能怪我没有出息。我是曾经愤怒过，拼命挣扎过的，只是到头来都是失败与悲哀而已。我的心，此刻全然祖露在你面前，你不见这两页心房，满是疮痍吗？这一大块，活似晒枯了的苦瓜皮的可怜心是为东四省热泪流枯的余迹，你欲再从上面榨出一滴水来，即用铁压来榨，怕也是枉然！这一块鲜血的，一触即见血的，是为我慈爱的老父，永辞人间的老父而结的伤疤。慈悲而伟大的祖土，只有你才能产生他！他那雄浑而又慈悲得像佛祖的心魂以及他一生所忍受所苦斗的一切，只有你身上所负的泰山与南岳略可比拟。我此刻对着你及他老人家的以往，我不能不低头、不能不痛哭、不能不疾恨令他过度苦痛的种种！为我这私有的悲哀，在人前我不能哭，在你前，我非哭不可了！你呢？你容颜上这股深郁沉愁，明明表示你也是悲哀过度的呀。当然，你亲眼见着我们这些无聊不肖的儿孙，将你那满是血液，满是生命的躯体，忍心无耻地一块块割让与异族，将你一直爱护有加的人民，残忍酷恶地用鸦片烟、吗啡、土匪、病毒、洋货等，一群群断送到黑暗无边的苦海里去，你的心何能不痛？你的泪何能不流竭？你的容颜何能不苍老？可怜的古迹，你既悲痛，我也如丧家之犬，无所依归，我们尽可抱哭一场吧！可是冷淡得可怕的时间，你如何不略一住脚，以与我们共饮一觞苦泪，以示哀感？悠久广漠的时间，你似有情，却又无情，人间的痛苦，江山的变迁，在你原不算一回事。可是我们此刻的悲哀是有要求你略止飞奔，以示哀悼的权利！

然而铁面无私的时间竟不我惜。旧时的名胜，你我的悲悼是永无止绝的；只得姑将这大抍同是天涯孤苦者的同情泪聊作一个段落吧。

经过六年满眼风沙的生活之后，又回到新都的新名胜，印象果真极佳了。陵园及谭墓的茂林修竹，暗柳明花在我干枯的心灵上，正如沙漠上的绿洲对于骆驼队一样的新鲜可爱。在这里，我感觉人生不是完全无希望的，这里一切似乎指示给我看出宇宙中原不调和的可以培植出调和来，原无秩序的可以整理出秩序来，原是丑恶的粗暴的可以蜕变出优美雄壮来！政治家若是能有治园者的手腕，我们这丑陋杂乱的社会岂不也能变为一个有秩序有调和性的优美壮健的国家吗？然而事实却不然。六年中治园者的努力竟将原是一片荒山芜田的废地，培植得琼花相对，玉树争妍，到处皆春的乐园了。六年中政治的进步在哪里？社会民生的改善在哪里？虽是不能完全曰无，可是显明的进步是不易标明出来的。结症究在何处？难道治园者的手段果然比政治家高强吗？事实是：植物易治，动物难驯——尤其是我们这种自命为万物之灵的怪动物。然而我以为还有一个至理在其中，就是：治园者以人的资格来治植物，是以异类治异类；政治家以人的资格来治人类，是乃同类相治。以高明的人类来治无知的植物，当然容易见功。以一部分高明的人类来治同样高明的人类，问题当然困难得多。试思以少数植物来治其余的植物，其事不是近于笑话吗？然而人类却安然于此事而不以为可笑，是亦笑话中之大笑话了。然而碧眼红须的动物却能组织出相当完善的社会国家，并无所谓另一种更高明的什么类来治理他们！这又是什么理由？我以为只有自治或自然的演进可以答复这疑案。再不然，那就有一种无形的力量，一种精神的压力，一个大家认为较诸自己的生命还更重要的信仰在治理他们。我们这黑发黄脸的动物，虽然自然演进的程度有相当高，却尚不知自治为何物，更无有所谓一种共同信仰或精神力量来维系他们，而要勉强求治，岂非是缘木求鱼吗？然而以陵园谭墓本身之美满而论，与它们有关系之人类是不能完全无希望的。

由陵园谭墓之美观，我竟牵想到社会国家组织的大问题，我这思路的紊乱也可谓达于极点了。现在我得捉住我这驰骋的思神来谈谈这两个名胜之优点。六年前未竣工的陵园在我心灵上所发生的印象颇有些缺憾，这次可不同得多了。因为天气炎热的关系，墓前的最高处，我始终未能上去；所以居高临下的壮观，我无从道一字。但是立在前面各处时，我已尽情感觉其豪华富丽与轩昂的气概。然而一种莫名其妙的不适惬不息地侵入我的心头。我宛然觉得不是站在自己的国度里，似乎一种异国的情调氛围绕住我。这里树木配置的匀称，花草铺陈的有致，建筑的壮丽，可谓尽人工之美了。然而这个美的节奏不能代表我们民族，不是从我们民族性灵深处发扬出来的！这个音节是喜悦的、飘然的、活跃的，不比我们在北平古建筑物前所感受的音节是沉毅的、雄浑的、深思的。仿佛一是法国音乐，一是德国古典派的音乐。我不能称彼美于此或此优于彼，只是种类之不同而已。在愁郁深思的时候，我愿立于古建筑物的前面，任我的心灵去与古人谈着以往的慷慨悲歌的盛事，谈到好处，共掉几滴伤心泪。可是舒畅心广的时节，血管里的生命盛旺时，我也高兴来这里盘桓。陵园所代表的莫非是我们尚未经验到的那种有活力、生气蓬勃而正方兴未艾的未来中华民族吗？

几何年前谭组庵先生仍留人世，而今则已是占有新都最幽妙的地方的古人了。时间，你的食量可真算不小。自古以来，在你黑暗的口内消灭的生命，究成一个什么数月字？幸而你的生产力是与食量相等，或许更大一些；不然，这地面不是要渐渐成为整片沙漠吗？其实，你的食量与生产力都一样无聊，就是你本身的存在也是大可不必！可是你，你只能在活人面前玩花头。对于孙、谭二老，我的爱父，以及恒河沙数的古人，你又能施展什么威风？时间，你不必这般压迫我，我将有一天也会不感觉你的。

但是，我虽悲痛，却不该诅咒时间。这目前的一切不是时间的赐予吗？这重重叠叠，愈入愈深，愈深愈绿的幽境，不是时间的培植，又从何而来？我在这浑厚沉壮、不露锋芒的谭墓环境内，又不得不惊叹时间与治园者的成绩。满林的硕干老树非时间的抚养不能成就。治园者能不辜负它们而能组织成这个特有所在，诚亦有几分本领。谭墓的优点在其有曲折、有含隐，威而不露、富而不丽的气概。若谓陵园象征活跃的、盛旺的、行将复兴的中华民族，谭墓可说是中华民族以往四千年光荣历史精神的具体化。

新都，你的旧名胜困于沉愁之中，你的新名胜尽量发挥光大着。可是你此刻的本身咧，却只是一个没有灵魂的城池罢了。这话似乎来得奇突。城池难道也有灵魂的吗？当然有！英国十九世纪大诗人渥寺渥斯①在伦敦的西寺桥上经过。伦敦的伟大灵魂被他诗人的灵眼发现了。他将这发现收入在一首诗内。我现在以简明的散文将诗译出如下——

　　大地再不能有别的来表现更壮美的了：
　　那人一定是性灵笨重，若他能轻易

————————

① 现通译为华兹华斯（William Wordsworth，1770—1850），英国诗人，湖畔派的代表。

走过这堂皇动人的景致：

这个城池，如蒙华服般，

此刻正披上了晨曦之美。

沉静，光赤——

均是向天袒露在田野里，

船只、尖塔、圆顶、戏院、寺庙——

一切皆是光明而灿烂，

在这丝烟不展的大空中。

太阳初升的光荣，

沉涵着山谷、岩石、山岗，

从不曾如这般绚缦。

我永未见过，感觉过

这样深沉的恬静。

河流一如欢意地轻溜着；

慈爱的上帝呀！

就是房屋也似安然清梦着；

整个的壮伟心魂，

是在宁静地休憩着。

此地渥寺渥斯所指的“整个的壮伟心魂”是伦敦全体居民所结聚的一种精神。在渥氏那天清晨看起来，伦敦的壮伟心魂正在安然沉睡着，可是它醒后之活动、行为与气概，就可由这诗外之音想见梗略了。一个城池当然有它自己的心灵。巴黎、柏林、纽约、莫斯科、北平，哪一个城不有它特别的精神与气质？换言之，哪一个城不有它的城格，正如人之各有其人格一般？新都，你除了陵园谭墓还足以自矜外，更有别的可引以自重吗？不错，你有几条马路，几座殿宫式的衙门，不少的洋式官舍与私宅。然而我每次在这些衙门、官舍与私宅前经过时，我总觉得它们多半是些没主宰的空虚的躯壳，它们实在一大部分是些魂不附体的空建筑，因为主宰它们的灵魂或许是往上海洗浴去了、理发去了、跳舞去了、看电影去了、买物事去了，与情人或妻子厮混去了，再不然，就是在北平、牯岭、外国闲逛去了！

新都，你只需举目一望，在这浑圆的大好地球上面，你能发现多少像你这般空虚的都城？你是个政治的所在地，但是政府人员多半不以你为家，即或每周或每月来看你一次，也无非是为着点卯或取薪水的缘故。新都，此岂非君之辱，君之耻吗？试问在这种散漫空虚的生活里，你如何能产生、营养、发挥一种固定的、有个性的、光荣的文化出来？你若没有这种文化，你的城格从何而来，从何而高尚？你被立为都城已经不少的时间了，然而全城不见一个可观的图书馆、一个博物馆、一个艺术院、一个音乐馆、一座国家戏院！你这种只有躯壳而不顾精神生活的存在，实在是一种莫大的没面子！新都，你如欲在这天地人间堂堂皇皇地立得住脚，白天不畏阳光的金照，夜里不忌月亮的银辉，你就非将你的心魂捉住在家不可，非创造出一种轰轰烈烈的特有文化不可。不然，你如何能代表伟大的中华民族而向世人说话呢？临别珍重，幸勿以吾言为河汉。

一九三四年

秦淮行脚

杨　桦

纪行

驮着轻薄的行装，一声汽笛，我踏上了沪宁的旅途。"再会吧！上海。"轻轻地，一声稀微的话别，我便悄悄地走了，没有哀愁，也没有太息；有的只是一些遐想，淡淡的遐想，可是也远了呵，远得教人想起了要流泪。

　　就忘了她罢！
　　七月的光波呢。

独自个儿地，靠在车窗上想着，想着五月的笑声和五月的蜜味。想着，想着，"能够回忆的人也是幸福的"。可是七月的光波呢？

七月的光波沉下浪活的行脚的时候，吉卜西人①的梦也破碎了。当梦也破了的时候，石头城便在望了。

从黑夜的行进中，古旧的城墙，像条无尽的延线似的蜿蜒着。穿过了铁色的城门，仍是自北而南地走着，过了鼓楼、新街口、太平门、朱雀桥，终于投入了秦淮的心脏歇宿了。半天的旅途上的疲倦，融合于呼呼的熟睡中。

"晚安吧！首都。"

夜秦淮

初夜，我徘徊于古城的闹市。

六朝的金粉伴着晚唐的香郁流过秦淮的月夜。客居的行脚，彳亍古旧的尘土，现世纪的风情，缭绕着晚唐的旧梦。于是我又低吟着杜牧的残句和断章……

沿着碎石子的街道上走着，我透视着这贫血症的建筑物；杂乱的市声，随着人海的波动而沸腾，这正是金陵唱晚的时分。"可乐的时候就乐它一下子吧！"这又是公子和王孙的呻吟。

随着月色的深沉，我移步于秦淮的夜渡。河上的笙歌伴着笑声和泪影，荒唐的享乐寄存于声色的画舫——以为他日的忆旧。可是歌娘的青春却随着流水远去了。

回步于夫子庙前，混杂的广场中展开了异味的夜市，愚昧的土人聚在湿暗的茶馆里毫没思索地谈论着家常，给生活压扁了的卖淫妇，徘徊于混杂的广场上，期待着夜游人的光顾，冀望以肉

---

① 现通译为吉卜赛人，是一个以游荡生活为特点的一个民族。

体来换取零余的生活。隔岸的歌台又以彩牌结束了清唱，运筹于王孙公子的歌娘权充舞姬以掘金，"晚安维也纳"的老调子复从菲列滨①的乐队的管弦上奏着，又是夜秦淮的尾声了。

蛰居

每日勤劳的休止，已是舒散的黄昏。

独个儿，静静地坐在山坡下的小楼上，望着窗外迂回的光影。

青翠的柳荫下，满野山花。古城的归鸟随着晚风旋转，又是金陵唱晚的时候了。

还有秦淮的行脚么？时已黄昏——正是初夜的前奏，唯是理性的修养已使奔放的恋情紧缩。我不再有刺激性的夜游，有的，只是陋巷的蛰居和一些淡淡的遐思罢了。

白昼和黑夜垒下重重的幻影。这于我，也许是多余的吧，如今，我还有什么忆念呢？在异乡，积下了几许哀怨？珠江的月夜和树影，黄浦滩上的踯躅，九龙半岛的季节梦……还有做活于南国的家人啊！花香，月明，一同浮在我流浪的梦里，古旧的忆念积满了尘封。

如今，我虽然也来到这个漠不相识的古城，唯是奔波的生涯已啮去了我的记忆，理性的鞭挞，管束着懒散的恋思。我可还有什么吗？没有了，什么都没有了。

一九四一年十一月作，秦淮

①现通译为菲律宾。

白门秋柳

黄　裳

　　我们到南京时是一个风沙蔽天的日子。下关车站破烂得使人黯然。站外停着许多出租汽车，我们坐了其中的一部进城去。原想借这冒牌的"华胄"的风姿可以有点方便，不料车到挹江门时仍得下车接受检查。这职务是由"宪兵"执行的，严格得很，几乎连每一个箱子的角落都翻过了。又凑巧同行的 × 太太替她的兄弟带了许多行李，甚至脸盆、洗衣板之类都不遗漏。于是这检查就成为一种繁难的试验。我们得回答"宪兵"的每一个问题，每一件东西的出卖所、价格、用途，以及其他许多莫名其妙的问题。全凭问话者的高兴。我们得编造若干小故事予以满足，直至他们感到厌倦了为止，然后就拿起了另一件东西……

　　等到全部审查竣事以后，几乎每一个箱子都盖不上盖，只好把多出的衣物向车厢的角落里一塞算数。

　　接着我们就轮到接受另一种磨难了。所有比较像样一点的旅馆都没有了房间，南京的所以如此热闹，是那两天正在开着什么会，"冠盖满京华"了的缘故。南京的街道是那么宽而平衍，我们的破车子在萧条的街道上行驶，找寻着栖身的处所，最后是在朱雀路的一家旅馆门口歇下来。

这时已经是下午五点钟光景了。

我们开了两间房间。×太太自己住一间，我和 W 合住在一个很大的房间里。这屋子里充满着冷气，房中间的一个炭火盆渺小得可怜，表面是一层烬余的灰，灰下面的暗淡的红色就像是临终者脸上的光彩。这是怎样森寒的一间屋子。

×太太洗脸以后第一件事是命令当差检视适才翻得一塌糊涂的行李，有没有遗失什么。当她拣起每一件从上海带来的东西时，脸上就发出微笑来，好像欣幸着它们的生还。我们对这工作不能有什么帮助，却欣赏了她叫来的南京的小笼包子、肴肉、咸板鸭。这些也真不愧是南京的名物，我们吃得饱饱的。看她的"复员"工作一时还没有完结的征象，就告诉她我们要到街上去看看了。

我们又站在这飞舞着风沙的城市的街头了。

多长多宽阔的路。除了北平以外，恐怕在别的地方很难看见这么宽广的街道了吧，然而又是多么空旷。对面的街上有一家书店，我们踱进去看。里边放着几本从上海来的杂志和北方来的《三六九》（戏剧刊物）。另外有一册南京本地出版的《人间味》。在屠刀下面的"文士"们似乎还很悠闲地吟咏着他们的"人间味"，这就使我想起"世间无一可食亦无一可言"的话来，这虽然是仙人的说话，也正可以显示今日的江南的无声的悲哀。在无声中，也还有这种发自墙缝间的悲哀的调子。

打开一张地图一看，才知道我们现在所在的地方离秦淮很近，就出了书店向夫子庙前走去。地图上标着贡院的地方似乎已经变为什么机关之类了，有一片围墙围着。从一条小胡同里走进去，有不少家旧书店，进去看看，实在没有什么可买。想买一部《桃花扇》，却只有石印本和铅印的一折八扣本；翻到了几本《同声》，里边有冒鹤亭、俞陛云的文章，还有着杨椒山先生墨迹的影印本，后面有着"双照楼主人"的跋文，说明着清末他被关在北京的牢狱里时，曾经整日地徘徊在杨椒山先生手植桧的下面，因为他当日所住的监房正是杨继盛劾严嵩父子后系狱的地方。想不到住在陵园里的"双照楼主人"在呐喊着"共存共荣"之余，还有时间想到这些旧事。因为这杂志是由他出资办的，所以厚厚的一本书，定价只要一元。

再走过去就是有名的夫子庙。那一座黯黑的亭子，矗立在一片喧嚣里面，远远地看过去，神龛里被香火熏得黯黑。如果这里面真是坐着孔夫子的话，那厄运似乎真也不下于在陈国蔡国的时候吧？天色已经薄暮，远远望过去，在板桥的后面，是一座席棚式的小饭馆，题着"六朝小吃馆"。好雅致的名字。

小吃馆的前面就是那条旧板桥，有一部记载明末秦淮妓女生活的书，就题作《板桥杂记》。我和W立在这渐就倾颓的旧板桥上，对着落日寒波，惆怅了许久。

桥右面有一棵只剩下几枝枯条的柳树在寒风里飘拂。旧日的河房，曾经做过妓楼的，也全凋落得不成样子了。那浸在水里的木桩，已经腐朽得将就折断。有名的画舫，寂寞地泊在河里，过去的悠长的岁月，已经剥蚀掉船身的美丽的彩色，只还剩下了宽阔的舱面和那特异的篷架，使人一看就会联想到人们泛舟时可以做的许多事情，吃酒、打牌……这种零落的画舫似乎可以使人记起明末的许多事情，如《桃花扇》中所记；其实它们至多也不过是太平军后的遗物。当南京刚刚光复以后，当时的统帅，"理学名臣"的曾国藩为繁荣这劫后城市所颁布的第一条办法，就是恢复秦淮的画舫，想从女人的身上，取回已经逝去了的繁华。知道这故事的人恐怕已经很少了。

一路走着，我们沉醉于南京的市招的名色的多样而有趣，纸店，装池店，甚至嫁妆店都在匆匆一望中使人流连；虽然市面是那么萧条，在暮色苍茫中走过市街，想想这已经沦陷了五年的城市，在满目尘沙中，很自然地想起了"黄昏胡骑尘满城"的诗句。

晚上在那间充满了冷气的大屋子里，坐下写一封信，告诉上海的朋友在我们的长途跋涉的第一段旅程中所得的印象。想起了昨夜的别宴。她们都上了妆，还赶了来，那是一个凄凉的聚会，浅浅的红唇，失去了风姿的笑靥，那一种沉重的感情，真使人觉得艰于负载了。

第二天早晨，从枕上看到窗玻璃上结着冰凌，北风一夜都没有停，炭炉里的微火，不知在什么时候早已熄了。太阳光微弱的黄焰，简直没有一点温暖。

×太太要到市场去买东西，要我们陪了去。几个人坐在一连串洋车上，从铺着石子的小巷里穿过，车子的底座上都装着响铃，在车夫如飞的脚步中叮当地响着，打碎了这古城的角落里死一样的寂静。久违了这种洋车的铃声，不想在这里还好好地保存着。

我们走过市场里的一家服装店。这一家有十几个伙计，顾客却只有我们一起，所以全部店员都跑来接待，从他们过分的殷勤中，更看出了商业的凋零。

从市场里出来，我们又浩浩荡荡地回到旅馆里。×太太又要出门访友去了，留给我们的任务是替她看守房子。她还告诫了我们关于行旅人所应注意的事，我们的任务于是就成为很必要的了。

我和 W 寂寞地在炉边向火，剥着橘子吃，把橘皮投向炽热的炭上，让它烧出一种很像鸦片的香味来。

我们却打算着怎样在这仅有的一天的勾留中，看看这座大城的几个地方。

下午四点钟左右，我和 W 到鸡鸣寺去。这是从极南到极北的一段路，在车夫的平稳的脚步中，我们坐在车上，浏览着街景，任北风从大衣领子里吹进去。南京的大陆性气候在冬天特别显著，这种气候给人的是一种冻僵的感觉，手部脸部都在北风里隐隐地痛，实在并不必要等风刮在脸上才有如割的感觉。

在北风中挨过了三刻钟，车子在一片陡坡前停下来。一片红墙蜿蜒在高处，一段曲折的台阶，衬得山门高高的，远远的。慢慢地踱上台阶，抬头看见那个竖立着的小小的匾额，"敕建古鸡鸣寺"。山门两侧的红墙上，墨书着"大千世界，不二法门"两行字。一种娟秀而又阔大的气势，很和谐地予人一种美的印象。

这是一座废寺。走上去却费了我们很长的时间。供着山神土地的殿宇里，门窗都失去了，神像也有的破碎不完，座前的石香炉里却还有不少香烬，应当是不久以前还有香客来过。我们经过每一个院落、每一条小径曲折地走上去，很可以领略这古建筑物结构的精巧。

因为是这样一个严冬的傍晚，寺里几乎没有一个人，自然更没有品茶的人了。我们走了许久寻找豁蒙楼，始终没有找到。绕过了寺后的和尚墓塔，还走进掘得深深还十分完整的堡垒，这应当是民国二十七年（1938 年）冬天战后的遗迹。这曲折的沟垒真是阴森得可怕，不时还可以发现一些兵士的遗物、稻草和标语，我们都有一种重过古战场的感觉。最后在堡垒的顶上向下看时，整个的南京城都在眼底了。眼前的一所宽广的建筑物的每一个房顶上，都飘拂着一面青天白日旗，可是上面多了个三角形的小黄条，这就是那一出丑恶的傀儡戏演出的地方。

我们拣了路上台城，疾速地走着，急遽地呼吸着干燥而寒冷的空气，肺部有着燃烧似的感觉。立在这一片六朝故垒上面，不得不油然地使你缅想着古昔。眼前是一望无际的江天，一片荒寒的白水，疏落地散布着几个小洲，在一片夕阳里，无数的水鸟飞起飞落。多荒凉的地方。这时风更紧了，呼呼地吹着，我们坐在平台上已经颓败的残垒上，打开了地图，它像一片金属叶子似的在风里振动着响。我大声地叫喊，然而耳朵里只听到虎虎的风声。

重新站起来，让劲急的北风戏弄着我们的衣襟、头发。我感到自己是一个渺小的人，站在这么一个古老而空阔的地方。

我们想起了还在下面等着的车夫，不得不离开了台城走下去。找到了车夫以后，看看地图上远在西隅的扫叶楼，觉得是要有待于他日重来了。不料车夫却答应了在日落以前赶到，就重新坐上车去。

这时已经是五点钟左右。车子在一些不知名的小巷里穿来穿去，看看那生活在卑陋的屋檐下面的人们时，不禁有着非常亲切的感情。这些靠着小本营生糊口的人们，他们的停滞在手工艺时代的技巧：装池，打铁，木作；从这些渺小的人们的手里，精致地雕琢出一些小器具。传到我们的手里时，使人不缺乏亲切之感，不是那些 Mass Production 的制成品所可及的。可是恐怕这一些仅存的技艺，也将要慢慢地消灭了。

车子离开了陋巷，又出现在一条宽阔的街上了。我打开地图看，回头告诉 W 这是随园的遗址，这是曾经藏了丁丙善本的龙蟠里。光线越来越暗，路却越来越荒凉了。在路上我们看见了不少牵了马的兵，看那黄呢军服，尖尖的帽子和圆圆的皮枪壳，以为是"皇军"的巡逻队，仔细看去，才知道也是一些"同胞"。他们用好奇的眼光看着我们这在薄暮时出城去的人，使我们也不禁惴惴然。

最后车子停在一片山坡的下面。这时虽然还没有全黑，太阳却早已落下去了。得了车夫的指示，我们跑向一个寺院的旁门。到了门口才知道门是关着的。门口贴了一个什么筹备处的条子。我们不管这一切上去敲门了，心里却猜疑着会走出怎样的一个人物，一个大兵呢，还是一个副官？半天以后才传来了悠长微弱的声音。

"谁？"门随着问开了。一个穿了黑色袈裟的中年和尚，一只手竖在胸前："二位居士的兴致真好。"

我们惊异着在落日孤城里看见了这样的人物，就告诉他我们明天就要离开南京，想用这匆促的时间看看扫叶楼的意思。

我们被导引着从一道孤悬着的楼梯走上去，走进了一间小楼。这时天色已经完全昏黑，楼里看不见一点东西。只依稀看见四壁都是白垩了的，还挂着许多木刻的楹联。W 走近去仔细看了其中一副的下款，告诉我这是江亢虎的。我说："那就不必看了吧。"

我们凭了窗槛下望一片迷蒙的莫愁湖和那一片城堞。从和尚的口里，我们听到了关于石头城的许多故事和胜棋楼也已经倾圮了的消息。他的黯淡的声音，缓慢地述说着一些兴亡的史迹，好像听见了低回地读着的一首挽歌辞。

最后他告诉了我们他的身世，是一个军人半路出家了的。他诉说着寺里的贫苦，全仗春秋两季卖茶的收入维持，而现在却是寒冬，难得看见一次游客。我们捐出了一点钱，他感激地收下了，点上了一个灯碗，引我们到他的禅房里去，在暗黄的浮光里，我们走进了一间森寒黑暗的屋子。他从零乱的壁橱里找出了一册寄售的谈金陵古迹的书相送。还有一幅他自己画的"兰草"，并不十分高明。这些我们都已经寄给上海的朋友了。

从扫叶楼出来，我们坐上原来的车子，回到夫子庙前去。车子沿了石头城的女墙跑着，很久很久，才看见稀疏的灯光。

这正巧是一个三角形，连接了这个城市的三个角落。我们毕竟又从荒凉黑暗里回到响着歌声弦管的秦淮河畔了。吃饭的地方是一家很大的馆子，一间间白漆木槅隔开了的房间多半空着。我们找了一间坐下来以后，先要了一个火盆来烤手。谈着这几小时的游踪，那个和尚，翻着他送的那一本书。我想到离沪以前所做的一点小小的工作，搜集了不少材料，写了个以南唐历史作背景的戏，因为匆促没有能上演，这时大概还压在和平村一间房子里的一堆琴谱下面吧？

吃了点黄酒，走到街上时，从雪亮的电灯光下的地摊上买了黄黄的橘子剥了吃。哪里去呢？去听听有名的秦淮的清唱吧。走上了一间楼厅，在进门的"皇军"处验了市民证，坐下来看戏了。清唱的那一种姿势使我很厌恶，想想这就是秦淮河畔，这些商女和这歌声。又想起了朋友 K 在一小张报道商情的报纸上编着的一个副刊。那正是"一·二八"以后，上海几乎是万籁无声的了，那一张小报上却还经常地有短短的杂文在发表。有一次在记载电影女明星"晋京觐见"的消息之后，附了一句"不禁有烟笼寒水月笼沙之感"，被嗅觉灵敏的吧儿闻到，K 就被挤了下来的事。坐在这悬满了"玉润珠圆"之类的锦额，映着雪亮的灯光，充满了嘈杂刺耳的弦管歌声的茶楼里，我重复着唐代诗人同样的感情。

第三天，就要离开这城市了。又是一个严寒的天气。早晨起来到邮局去发了一封航空信。看着地图，穿过许多窄得几乎容不下一辆人力车的小巷——其中有一条就是乌衣巷。这里全是一些狭小的房子，贫苦的人家。巷子的尽头，有一片池塘，旁边堆着从各处运来的垃圾。地图上却标明着"白鹭洲"，一个雅致的名字。这冬天的早晨，洲边上结了不少冰碴，有几个穿了短短的红绿棉衣的女孩子，伸着生满了冻疮的小手，突了冻红的小嘴，在唱着一些不成腔调的京戏。从那些颤抖着的生硬的巧腔，勉强的花哨里，似乎可以听见师父响亮的皮鞭子的声音。

等到这些女孩子的花腔熟练了，就让她们走到台上去，用那一种姿势表演，万一得到什么人的青睐，成了什么"总统""亲王"，那么她的"师父"或"父亲"就可以得到一笔很大的财富。这正是一种颇有希望的"行业"，多少人都投资进去，让他们的——有许多是买来的——小女儿在这寒冷的早晨到这一湾臭水前面来喊嗓子。

这就是秦淮，一个从东晋以来就出名了的出产着美丽的歌女的地方。

一九四三年十月十二日

旅京随笔

黄　裳

鸡鸣寺

编者要我写一点南京的"文化"情形，这事真困难。南京有什么"文化"呢，干脆地说一句，我找不到什么。在这"劫"余的首都，民生凋敝，文物荡然。这里有大官的汽车，歌女的惨笑，可是绝对找不出什么文化来。夫子庙成了杂耍场，这已经是"古已如斯"的事了，状元境、三山街一带，几乎成了妓女的大本营；跑旧书铺的结果是空带了两手灰尘回来。风流歇绝，我想不仅是"有心人"才会叹息的吧？

我不是复古论者，但是在这种情景之下，如果不高兴去欣赏酒吧间里美国兵的疯狂的音乐与女人们的恶劣的舞姿，而且不认那是"文化"的，就只有一条路可走，去看看这六朝旧都的古迹似乎还有点意思。然而这也不免要时常遇到"煞风景"的事，譬如我现在还穿了身"军装"，——这也没有办法，我没有余钱去治装——走来走去，低回于胜迹之侧，就不免为人所奇怪，这岂不是"雅"得有些"俗"了吗？

今天去蓝家庄去看了梁漱溟先生。他老先生的水晶眼镜，白布小褂，双梁布鞋，很使我佩服。我忽然觉得，南京的文化是在这里了。他老先生道貌岸然，使人敬畏，也许是看了我这一套 G·I·有点与特殊人物相似吧，有些保留地不大肯多说话，这也是"煞风景"之又一端，没有办法的。

从蓝家庄出来，经过考试院，看了那金碧辉煌的建筑物，只有厌恶，不，南京的文化也绝不在这种"雅"得令人肌肤起栗的地方。

到了鸡鸣寺，看了"胭脂井"，旁边一位背了枪的"同志"警告我不可久留，因为这儿已经成为"军事重地"了，防空司令部在此办公。我只有用了两年来养成的习惯，说了一句："God Damn it！"

走进鸡鸣寺中，一看"豁蒙楼"安放了几十张床铺，两只办公桌子，玻璃窗上写了"谢绝参观"的"美术字"，于是完结，这里不用英文，还是用国粹的"呜呼"吧！

只好在大殿里靠窗吃茶，有许多中学生在吃茶念书，预备升学考试，也有不少善男信女于清磬声中，膜拜求福。

凉风中望后湖的芰荷，荒芜的台城，心里平静得很。好像在脑子里开了一部电影，从孙吴开到现在，一部历史电影，还有配音，"玄武湖中玉漏催，鸡鸣埭口绣襦回"……呀，南京的劫余的文化，其在是乎。于喧声笑语之中，我也哼了几句：

> 胭井空遗六代祠，美人风雨泣燕支。
>
> 明珰留忆他生梦，笺擘犹传绝妙词。

玉树歌残春似水，景阳钟断梦成丝。

旧情更向何人说，惆怅城头落照时。

好了好了，不再多作笺注，以免无聊，现在日光向暝，满湖芰荷，别有一番零落芜秽之致，我真正十分惆怅，十分惆怅了。

九月四日鸡鸣寺

关于"泽存书库"

冶城的秋色已深，无情风雨，带来了新凉。在这已凉天气未寒时，似乎最宜于登临访胜。记者生涯是忙碌的，原无暇做此雅事，然而近来和平谈判已入牛角尖，一时恐怕也转不出来；与其整日为此无益之事多费时间，还不如来看看南京的文化，"点缀升平"来得有意思。

前天下午到宁海路十九号去看周逆佛海，吃了闭门羹，出来后就在山西路上闲蹓，偶尔走进一家旧书店，买了两本端木子畴先生旧藏手题的词集，与老板闲谈，知道山西路口的中央图书馆北城阅览处，即是以前陈逆群的"泽存书库"的遗址。心里一动，遂即走去，投刺之后，被引入一间小巧玲珑的客厅里，里边布置楚楚，沙发古画，不染纤尘。窗外小池假山，居然颇有幽趣。一会，屈万里先生出见。这是一位山东鱼台的老乡，人极朴实，是负责中央图书馆特藏组的，这一组的任务是收藏整理善本、字画、边疆语文、档案违碍书等。现在他事实上负责"北城阅览处"的善本整理事宜，将来重庆的善本下运，日本的善本索回，存于沪港的善本再来，这个"北城阅览处"将成为中央图书馆的善本丛集之处，与北方的北平图书馆将为公藏的南北双璧了。

我提出了汉奸陈群的"泽存书库"的事问他，屈先生很详细地为我说了一下这个书库的历史，颇有趣味，大可加入"书林逸话"。陈群字人鹤，是伪府中的老汉奸之一，如果照系统说来，是应当属于"前汉"的。他当过伪内政部长，伪江苏省长，这都是肥缺，刮钱不少，他大都用来买书。当南京沦陷之初，满街都是旧书，没有人敢买，也没有人买得起，这些书大抵连造还魂纸都没人要，大多烧火而已。陈群这时开始收书，于是一般书贾才将这些"废物"收集起来，稍加整理，去拿给陈群去看。

照我们在那家旧书铺中听来，书店老板提起"陈部长"来，真好像是在说开天宝遗事的样子了。那时他们三五成群，挟了书到伪部里去，陈群常亲自接见，忙时也将书留下来，这样，他在伪内政部长、伪江苏省政府任内，买书不少；等后来作了伪考试院长以后，刮钱不易，遂渐不能买书。他的"泽存书库"共分三库，他在《自剖书》中自称一百万册，实际南京有四十万册，上海苏州两地有二十八万至三十万册。是他在临命之前昏迷了呢，还是后来有了走漏，不得而知，总之百万之数是远不到的。

最难得的是他家中（南京）还有十多万册，这大抵是最精善的本子，他仰药前亲自写了数百封遗书，都编了目，又督促家人亲自动手整理家中的书籍，编目送到这里，然后才仰药自尽。遗嘱中对"泽存书库"还念念不忘，嘱管事人照旧做事，据那个旧书店老板说还将心爱的古董每人分赠一件以为遗念。总之，这一切，在汉奸中，算是作风特殊的，也可以说是一个畸人。

这批书，胜利后经行政院批交中央图书馆接收。自本年四月二十三日起开始编目整理，至今大致粗毕，大约再有十数日，即可完事呈报了。现有的书目即已有一千多张。

我顺便又问屈先生关于汪逆精卫的遗书，他说在颐和路三十四号汪宅中共有七千册左右的书，大抵是平常本子的词曲书，倒并无什么可观，至多也仅是明本而已。

我要求屈先生带我去看看书，我们走出客厅，穿出月亮门，一大间房子里，满地都是蒲包，里边满满地装了零乱的日文书，还没有整理完。

这整个的院子是圆形的，有两层楼，大约有大的藏书房二十余间，里边是一排排的木板架子，触手琳琅，缥缃满架。我们顺序开了门进去看。因为时间的关系，偶尔拿两部看看，就已经有不少善本，现在随便记一点：

一　徐乾学的《明史列传》的稿本（或是传抄本）六十五大册。

二　宋本《春秋集传》。

三　经厂本《诗经大全》，原装大册，明代的豪华装。蓝绫面依然存在。

四　宋绍圣四年（1097）福州东禅寺刻《正法念处经》，字画古拙，是北宋遗风，纸极厚重。

五　四雪草堂的《隋唐演义》。

六　弘治本（？）《琵琶记》。

七　《西厢记》（李卓吾评本，万历本，金谷园本。都有精图，还有一种满汉金碧精抄本，抄手工致之至。满文译的汉书，我还是第一次见到。）

八　万历本《三宝太监西洋记》（小说）。

陈群的收书大约很像陶兰泉的收开花纸书，即极意求好。他有殿本的《康熙字典》与《全唐文》，都是最初印本，触手若新，实在是书林尤物。此外我还看了几种高丽刊本与抄本，大册皮纸，非常可爱。因为书还没有归类，检查不便，我看了一下厚厚一叠的善本书目，宋本有：（一）《隋书》（建本，残），（二）《范文正公集》（残），（三）《苏集》，（四）《龙田水心二先生文粹》，（五）《黄帝内经素问》（杨守敬跋）。元本有：（一）《唐文粹》（全），（二）《群书钩玄》，（三）《荀子》，（四）《李太白诗》，（五）《续宋中兴编年资治通鉴》，（六）《黻藻文章百段锦》，（七）《中和集》，（八）《困学纪闻》，（九）《〈汉书·艺文志〉考证》等。

这只不过是匆匆过眼的结果，疏漏自所不免，而浅学又不能做像缪艺风所发明的那一套"黑口，双阑……"之类的提要，于学人或无用处，不过意在使大家知道在南京，还有这样一个看书的地方而已。

最后我想附说一句，陈群在收书之际，也正是上海我们教育部的委托人在收书的时候。照一些记载，这事不啻是一场争夺战；据说陈群又是不大讲究的，书送来好坏都要，然而他毕竟也收了这些。宋元本固无足观，明本倒的确是不少，而且陈群特别喜欢集部，所以别集类的秘藏尤多。屈先生告诉我说在日本的一部分中央图书馆的书中，明代史料独多，有些真是外面从未听到过的秘籍。听了这话，不禁使我为之怦然心动。真的什么时候才得生活安定，重有余暇来看书呢？在落日秋风之中，走出了"泽存书库"，我心里还是这样地想着。

九月十九日深夜

访"钵山精舍"

在石头城的角落里，清凉山旁边，有一个清代留下的古老的书院，清道光年间两江总督陶澍为了纪念晋代在石头城与苏峻作战的陶侃——那个无事时搬砖的老头儿，说是要惜分阴的——建立了"惜阴书院"。咸丰年间遭乱，毁了一大部分，后来又重修，光绪二十七年改办学校。当时钱塘八千卷楼丁丙的藏书，有继陆氏皕宋楼售与静嘉堂之后更让给日本人之议。缪荃荪大声疾呼，以为不可以，以为这是国耻，得到了当时的两江总督端午桥（方）的帮助，用了七万两银子买下了。又用了三万多两银子造了四十间藏书楼，是为江南图书馆。丁家的书一起有十二万册，更加上了武昌范氏木樨香馆及宋教仁遗书，共有十六万册。这是民国十六年（1927）的数字。

这一次战事，这里的书不曾运出去（只有一小部分由柳馆长诒徵运往江西），经过日本人的没收，运到朝天宫的故宫博物院里存藏。胜利以后清查，居然没有损失多少。其中的宋本都完全保存，元本损失了四十余种，听说是被一位小伪官拿去送礼了，陈群处也发现过一种，钵山图书馆自印的秘籍，现在只剩了三千余册（原有九万本）。所以我想去买一部阮大铖的《咏怀堂集》也没有成功。现在的志书有二三十架，三间大房子，在江南藏志者中可以算是巨擘了。还有一个特点值得提出来的，这里的主持人倒还颇有一点古风。他们重视传抄的工作，如果你拿了丹铅砚笔，带了普通的本子想去借他们的宋本来对勘或抄录的话，他们是非常高兴的。不像北平图书馆那样重门深锁，将宋本书放在玻璃箱中，只有特种学者如胡适之之流才有福气看的。大家都在喊学问是公器，可是许多人都不肯拿出藏本来给人看，以免抢去了他的教授的金饭碗，这情形，只要一看那些专作冷门学问的教授中的情形，即可明了。因为这些东西，一向不为人所注意。他们搜到了一二稀见册籍，即可雄踞砧坛大加铺陈，据为私产，殊有专利之势。一旦要钱用时，还可以高价售与图书馆，不过这一着大抵是不大用的，因为这等于卖绝了自己的生路，其悲哀犹如李后主之失去南唐，盖可原谅也。

废话少说，因为主人的好意，我也有幸登楼看了一下好书。由两位老先生（他们服务本馆已经数十年了）引导，沿了已经要颓坏的木梯上楼，开了门进去。在这空洞洞的大楼中，放了几排木书架，没有玻璃，听说这些还是几经努力方向朱家骅要来的。一架架都满满的装了书，样子比"泽存书库"拥挤得多了。据说他们原有的书橱，楠木制的旧橱，已经被当柴来烧掉了，现在还剩下一只，放在隔壁。算是纪念品。

秋阳从窗口照进来，长书桌边还放满了没有整理的书，用草绳拴着。我真为这批书痛心，用草绳拴的地方，那些宋纸都有些磨损了，这就是我们用来对待海内孤本的方法。这样一个图书馆，只有七个人负责理书，没有一部车子（车子都运兵运军火和装姨太太去了），馆方好容易从有关方面借了一部卡车，将积存他处的全部珍本扔上车去，运到龙蟠里，再卸下来，堆在地上。当天因为雇不到工人，于是这些宋元本就只能在潮湿地上睡一夜，幸而还不曾下雨。现在是用每天四千元的工资雇了工人来将这些书陆续运上楼，草绳作捆，掷在楼角，如果你去一翻的话，那全是《四库》底本，商务的《四部丛刊》《古逸丛书》的底本，毛抄黄跋。……这简直是一种"传奇"，可怜的不能使人相信的"传奇"。

居停主人殷勤地从书堆中找书来给我看。第一部找到了宋小字本《晋书》，这是商务曾经影印过的，版式甚小，厚纸，瓷青面，初到手使你不觉得这就是如何可珍的册籍，可是你一看那铁划银钩的字迹，一笔不苟的刻法，你将叹诧这比了麻沙本的字体、比了黄善夫本《史记》的字体，更可爱。我又看了宋本汉书，这是有如黄善夫刊书的字体了，墨光如漆，薄纸上有如雪状的墨痕，有如看宋人墨迹，加于读书的兴趣之外。

关于小字本《晋书》，傅增湘说过："盖北宋本也（按指自藏小字本《唐书》）字体秀劲，笔意在褚、颜之间，断为闽中所刻，与宋建本之锋棱峭厉者迥然不同。盖北宋尚存古意，不似南宋以后专以精丽为长，此时代刀法之变迁，不仅缮工之有优劣也。余旧藏百衲本《通鉴》，其小字十五六行者与此正同。他如日本官库所藏《初学记》，江南馆所藏《晋书》，其细行密楷，亦类此。"

我前面所写，意殊未尽，翻检藏记，偶得傅沅叔的一段话，抄了来说明正好。傅氏是老辈藏书家，凡老辈都喜欢考究避讳与白口黑口的一大套，而这里却能提出版刻的风气加以注意，难得之至。我虽然不能断定那本《晋书》即是北宋刻，然而它与南宋本的不同，则是不容漠识的事。

黄荛圃自称"词山曲海"，然而士礼居藏词曲为外间所见者绝少，近年来才少有发现。这里有一部元刻的《阳春白雪》，可以算是非常的珍品了。书是蝴蝶装，最可爱的是书前的一张柳如是的小像，作道家装，图作于清初，悬想当是曾经亲自看见过河东君的人物所写。三百年前秦淮河上的名妓，后人曾经为她作过"事辑"。她曾经追求过陈卧子，自称女弟，陈不敢接受；后来才转而看上了钱牧斋，在我闻室中为牧斋检书抄文，有如女秘书。

《春浮园集》中有记云："钱牧老语余言，每诗文成，举以示柳夫人，当得意处，夫人辄凝睇注视，'赏咏终日'。"原书后面有黄跋，当时未细看，回来检《士礼居藏书题跋》又不见，不知曾否提到书的来历，也许这是绛云楼中故物，小像也是原写，那么就更有意义了。

此外有王菉友《〈说文解字〉句读》的稿本，丹铅满纸，可以窥见二三百年前人著书的遗风。宋乾道本《颐堂先生文集》是商务《古逸丛书》的底本。嘉祐本《唐书》，明活字本《鹤山大全集》，宋巾箱本《欧阳文粹》。宋本《医说》，与明嘉靖翻本对读，真是有趣的事，字体、行格全同，有如临摹古帖，然而风韵相差是不能掩饰的，这里可以看出明翻宋本的可珍，更可以看出宋本的风神，如此，庶几不会从书贾手中买到"宋本"的翻刊书了吧！

宋活字本《壁水群英待问会元》九十卷，明陈白阳藏。宋朝曾经有过胶泥活字，长沙叶德辉藏有《韦苏州集》，说就是胶泥活字。这一本后边有"牌子"，罗列"丽泽堂活版印行，姑苏胡昇缮写，章凤刻，赵昂印"，可以算是中国活字版史上的里程碑了。

一部宋刻、宋纸、宋印的《云仙散录》，所用的是宋朝的公文纸，每张都盖有官印，并纪年代，有"开禧元年六月"，"嘉泰四年十二月"字样，都剜空衬纸，以便观览。

这时柳老先生翼谋进来了。戴了眼镜，穿了旧夹袍，六十八岁的高龄，说起话来还是精神贯注的。我有机缘与老先生坐谈，听他述说了九年来流离的经过，他说到激昂的时候，总是说："非人力所能为"，看了这批书又重新被整理，放在书架上，他说："书住在此楼三十余年了，八年中迁居流浪了一次，今天仍旧回来，真是神灵呵护……"这使我想起了藏书家在题跋中所常说的那一套神话，然而这却是极富于感情的。

柳老先生追述九年前逃到武汉与当局交涉运书，那时的江苏省教育厅长，柳先生说："就是周逆佛海"，给了他多少留难、漠视、规避……

胜利以后，他马上飞回来看书，与杭次长立武几次交涉，才在接收大员的机位中占了一个位子。他是非常感慨于南京接收时的紊乱的，曾几次说及。这里我想追述一件已经为图书馆界熟悉了的故事。山东陷敌时，济南的山东省立图书馆馆长王献唐作了呈文给韩复榘要求派车，韩在呈文上批了两个大字"不理"。

现在，柳先生几次请江苏省教育厅派人来馆看看，得到的结果还是"不理"。据说他们不愿来看，是不敢来，一看之下，书橱没有，人手不足……在在都要增加经费，可是省府正在关注"苏北难民"，想请"上海小姐"们给弄一笔钱，又哪里管得这些连烧火都不燃的宋元本呢？

我陪了柳老先生缓步去看了他们的藏志，看工人在运书。走下了楼，穿过"陶风楼"，柳先生告诉我，这是纪念陶侃、陶澍与陶端斋（方）的。走过庭前，双梧高耸，旧时的庭宇依然，书房如旧，柳先生指点着这些说，俞理初、胡培翚都在这儿做过山长，这些旧房中也住过不少名人，如薛时雨的姻戚、袁爽秋都是这儿出身的学生。……叩别出门，坐洋车回去，看看石头城上的一片落日，也真感到有些"古意"，也感到异常的黯然。

九月二十八日上海

附记：今年夏天，在来薰阁买到两册《阳春白雪》，即是那曾经柳如是校过的元本的抚刻本，黄跋也照样影刻了。可惜书中的校笔，与书前的河东君小像没有办法照样刊下来。

一九四七年七月二日重校记

"美人肝"

南京是所谓六朝古都，秦汉以前不谈，仅自孙吴大帝黄龙元年（229）建都开始，到现在已经是一千七百多年了。其间虽然经过多少次变革、兵火，到现在，总算仍旧是政府所在的地方。想看看南京的文化，极容易联想到古昔，事实上似乎也只有"古昔"还可看。要想找民国三十五年度的新文化，可以说并没有。除了中央研究院的房子还漂亮之外，似乎只有一二种仿效上海方型小报的豆腐干周刊了吧？说也难怪，胜利虽已一年，干戈却尚未化成玉帛，乒乓之声起于天末，又哪里有闲心逸致来讲求礼乐弦歌之事？因此，要在这方面找材料，就异常干枯，而且这仅余的一点"古昔"，也将为当局的"粉饰"而日益消亡。灵谷寺改为阵亡将士墓，豁蒙楼上住了防空的大员，"南朝四百八十寺"这一修饰会弄得古迹荡然。阮步兵的墓碑上刻了党徽，朋友说笑话，不料这位晋代的狂诗人千年之后却变成了"本党同志"，阮公地下有知，不知当怎样"咏怀"也。念郁达夫遗诗"唱破家山饰太平"，即使在多晴好的秋阳之下，也不免有些愤懑了。

提起文化，这应该是历史流传的结晶品。这中间自然包含了两种，其一是太平盛世，衣食丰足之余的余绪；另一种则是世纪末人们疯狂的享乐。前者可以举出曹雪芹的祖父曹寅。曹官江宁织造时，曾刻《楝亭十二种》，其中有《粥谱》等一二种，讲究吃而及于吃粥，可谓精致了；原书少见，读者大抵还都熟悉《红楼梦》上宝玉挨打以后吃莲叶羹的情形吧？至于后一种则可以举出较近的南明作例，一翻《板桥杂记》之类的书，总该惊异于那些"名士""美人"是怎样地在吃着，玩着，穿着。却说明朝的南京，与现在稍有不同，现在繁华中心的新街口一带，当时还是"大内"，商业集中处还在"聚宝门"（今改中华门）一带。如果想了解明代金陵的繁昌情形，我想是非在中华门内外一带多走走不可的吧？自中华门沿城西行，在现在已经十分荒落的西南隅里，正是当时的达官贵人们的园囿所在之地。仅举一例，阮大铖的"石巢园"即在此处，当时人称之为"裤子裆"，现在是"库司坊"。还有一湾小池，两片断石，正是当时咏怀堂遗址，上演《春灯》《燕子》的所在。中华门外，过长干桥，经雨花路，两旁的店铺，古色古香，还都十足地带了"旧味"，我想当是太平军后的遗迹吧，自然，时代逐渐加上去的色彩也还是有的。在这里，在仅余一楹的大报恩寺的对过有一家十分不起眼的小店——马祥兴。

店虽小却十分有名，是一家清真教门馆子。以一味"美人肝"驰誉当世。听说当汪逆兆铭开伪府于金陵时，曾经时常深更半夜以荣宝斋小笺自书"汪公馆点菜，军警一律放行"，派汽车到这里来买菜回去。这事至今在南京的小报上还津津乐道，甲申三百年祭，金陵就更有了新的马、阮，如果依照"历史循环论"讲来，也真是"并非偶然"的吧？

我与朋友也自然是想领略一下这名菜的。坐在暗黑的房子里边，踞了一张古老的座头，与堂倌商量。回答却是没有，原来所谓"美人肝"是一种鸭胰，每只鸭子只有一只胰脏，大小约一寸吧？如果要拼成一盘菜，似乎就非几十百只鸭子不办。店中经常派人在市场上面收，收得与否是没有一定的。

我们就另外请堂倌推荐两样拿手的，就又要了"凤尾虾"与"蛋烧卖"，要半斤黄酒。没有"美人肝"，究竟未免有些遗憾。

看看这家店，前面一间是柜台与锅灶所在地。后面一大间就是卖座的地方，上面搭了席棚，听说战前不是这样子，这是轰炸以后的遗址。里面用木板搭起来的一间，则是"雅座"了。与我们并排而坐的，正是一些"贩夫走卒"，短蓝衫，大肚皮，一杯一杯地喝着。再隔壁，就又有衣冠楚楚的"上流人物"，还带了"红襟翠袖"来，如果讲"民主"，这里却还有一点点。"上流人"的台面亦只不过加上一张白布单，因为他们是在请客。

一会儿，胖胖的老板用荷叶包了刚刚收到的一些鸭胰给我们看了，他的脸上充满了欣喜之情。"刚刚收到了这一些，就给你加一只美人肝吧。"我们自然欣然接受了。多美丽的质朴的"人情味"。

我的确觉得这是古昔的文化的所在了。我又想到北平的"砂锅居"与另外一家吃烧牛肉的地方。也是这么一个逼仄旧老的小房子，也是这样的三教九流拥挤一堂，一同欣赏他们的美味的方式。西欧与英国人似乎还可以欣赏这些，美国商人大抵绝对不能了解这个了。无论生意多好，"砂锅居"每天只卖半只猪，决不增加，宁愿让十一点来的顾客失望而去，明日请早。清朝的大臣们早朝退班后不及更衣，全副盛服，抬起一脚与贩夫走卒一起围炉烧牛肉吃，老板没有想到"雅座"，更不必说"女招待"了。这大约是中国人的一种特别想法吧。在南京也曾有过陈后主的"临春""结绮"，但是词人们总是慨叹于"眼看他起朱楼，眼看他宴宾客，眼看他楼坍了"。很自然地归结于"知足长乐"，"满招损，谦受益"。融合了道教分子的所谓儒家思想，就是这样。它的好坏与留给中国人民的影响不提，这是地道的中国文化的遗留的事，总是真确的吧？

看题目好像是要大谈其"食道"，不过这个我是不懂的。"美人肝"在我看来殊无异于炒鸡丝，虽然更多一点清淡味，而且它的名字又那么好。此外，我们的便饭实在只用了很少一点钱，比到什么"三六九"之类的地方还要便宜。

十月九日

浦镇十三日之勾留

孙伏园

　　我万万想不到，这一次回京时，要无端地在浦镇去住十三天。津浦路冲断是我早经知道的了，但我以为只要在南京停留两三天可以通车，所以绝不想到海道、长江轮船与京汉路。

　　到南京的第二天，许钦文君就渡江来把我邀去，说在南京与在浦镇反正是一样地等车。我就当夜同他到了浦镇，预定明日一早再渡江来，逛一两天南京名胜。不料当晚风声大作，次日早上又继以阴雨，遂决定暂不渡江，只写一信给下关旅店，说倘有人找我，或有信件，都可转到浦镇来。讵知事又出人意表，从我到浦镇的第二天起，一直断断续续地下了十三天的风雨，中间没有半日的停止。到第五六天时候，雨稍除点，我硬着头皮渡江去，走到旅馆，掌柜的惊问我这么多的日子在哪里，说有许多来找的人都碰头，许多信也退回了。我说我明明有信给你们，说我在浦镇。他说没有收到。我说我明明写着江南第一旅馆执事先生收，怎么会收不到呢？他说："啊，原来那一封信就是你先生写的吗？

我们因为这里没有执事先生其人，早已拒绝了。"这怎么好呢，真把我气得不能开声了。没奈何再在旅馆里写了一张条子，贴在门口，并叫掌柜的紧紧记着，我在浦镇什么里多少号。于是我又遣返浦镇了。

这十三天当中，在浦镇得到些什么？这我已在许、龚二君面前受过一回考试，可以背诵出来一点也没有错，现在再复试一回吧。

背东南而向西北的房子，面临街道，后临河道，正对面是一家孔四房清真客栈，里面是一个六十余岁的老年妇人，一个四十余岁的中年妇人，一个十八九岁的少爷式的青年儿子。以下再是两个十岁以上的女孩，一个十岁以下的男孩，因为常要朝着我们装作嬉皮笑脸，所以我们叫他顽童的。从老年妇人直至顽童为止，身上都戴着孝，我们均猜想这死的大概是中年妇人的丈夫。但又不然，老年妇人为什么要给儿子戴孝，发生了问题。于是许君天开妙想，说老年妇人一定是死者之妻，中年妇人是死者之妾，但我们终不大以为然。

老年妇人勤俭极了，一早五六点钟的时候，有时我们还没有起来，便听见伊在门口鲜菜挑里买菜论价的声音。从此开手劳作，整整一天，直到晚饭以后才停止。如纺纱咧，淘米咧，煮饭咧，上上排门咧，去豆芽菜的根咧，水淹入屋内时在地上搭挑板咧，什么事体都做。其次便是中年妇人与两个女孩子，她们除了互相梳髻，稍费一点工夫以外，其工作的没有间断，也不亚于老年妇人。至于两个男孩，一个顽童式的，年纪已经到学龄了，但并不看见他入学，他的样子是告诉人他将来大了以后也像那十八九岁的哥哥一样。那十八九岁的哥哥是怎样的呢？他居然并没有什么特点。我真的太不善于观察，当初看见他穿的一身立领的洋服，以为他是个铁路上的剪票员之流，龚君说不然，他一定是个休学的中学生。后来研究，觉得大体不错。他除了吃饭、吸纸烟、与弟妹们玩耍，或街上有什么风吹草动的小事便出去观看以外，便坐在店门口闲望。他们说他是在望我们东边楼窗里房东的小姨子，这也许是。但我并不以他为不然，我主张青年们只要不可忘了自己的事业，这时候男看女女看男是极应该的，尽管放着胆子正大光明地选择自己的伴侣。不过第一不可躲躲闪闪，越怕人知道或者越闹出大笑话；第二不可在选择定了以后，再有这样类似选择的行为，在爱情中辗转地生活着，虚靡了一世。

少爷的生活，但是，也很清苦。老年妇人、中年妇人与两个女孩子更是不用说了。少爷与幼年的一个所谓顽童，是合家所奉为宝贝的，有时他们与姊妹们有什么争论，两个妇人照例不问是非，屈女孩而直男孩，吃饭时也给他们两个人先吃。但是，我们从楼窗口偷望下去，这两个阔人也不过吃豆板菜过日子，潮水来时鱼价贱，也只有间或几条小小的，便算作他们的盛馔了。这也难怪，新死了一个人是无疑的了，而他们这客栈，是从来无人照顾的，我在他们对面住了十三天，绝不见他们有一个旅客，所谓客栈也不过只有一个名头，住住几个自家主人罢了。

孔四房客栈是在我们正对面，与它并列的还有许多临街的小屋子，多半都是草舍，间或也有几所瓦房。其中的人有劈篾为篝的，有炸油条、烙烧饼的，有开小杂货店的，生活都是不堪其苦；而且大多数没有楼房，一涨大水，大家都搭挑而居。我们住在楼上的，水淹入屋内时，尚且常见有极大的钱串子虫爬上楼来，可以料想他们没有楼房的在大水时所吃的苦，只论虫豸一种也已尽够了。

孔四房的后面一带是山，离它不远，山脚下还住着许多人家。因为它的后门可以通到山麓，所以我们间或看见山下人家的男妇老幼，为贪近便起见，有从孔四房的前门出来的。但这自然须得孔四房的允许，谁也不能任意假道。不过这个允许当然不是说有什么方式的，只要一向假道下来，双方没有异言，便自然率由旧章。但这绝非所论于忠厚的人、戆直的人，或不大知趣的人。

山下人家有一个所谓傻婆也者，年不过二十一二岁，大水涨时，伊天天赤着脚，高卷着裤腿，往二三尺水深的街道上缓步地走过。每天总要走十趟上下：到市上去买菜一二趟；提了瓷茶壶两三把到近市的地方去买开水又是一二趟；拿着米箩菜筐到河埠去淘米洗菜又是两三趟。据说伊的丈夫还在市上开着一家小杂货店，所以傻婆有时空手上市，是去管理自己的店务的。店务余暇，伊还要抱着自己的孩子，就近街坊闲逛，间或每天也要一二趟。伊是这样一个来去频繁的人，也天天在孔四房假道，加以伊的性质既可使人名之曰傻婆，当然是不大活泼，孔四房女主人们的不满意是无疑的了。一天，我们看见孔四房自老女主人以下，差不多全家，在自己门口，像什么衙门的卫兵一般，排队站着。我们知道有异，出去看时，傻婆正提着米箩菜筐，新从我们屋旁的河埠回来了。伊要是早知他们挡驾，反正有路可走，只差得稍远一点，不到孔四房去假道也就罢了，但是傻婆的单纯的心理还办不到如此。老女将军率领小孩子，一见傻婆依然没有改变方向，朝着他们的大门而来，便紧紧地堵着门口。在傻婆一方面呢，却是与从前同样的舒徐，到了门口，也仍是如入无人之境。这样一面紧张，一面弛缓的空气之下，结果是傻婆依旧闯进了门口，挡门的人只拔出拳头来在伊的背脊上打了几下出气了事。但是傻婆一直往里走，仿佛只想即刻穿出孔四房的后门，达到山下的伊的目的地，对于他们毫没有什么抵抗。

傻婆而外，还有一个使我不容易忘记的，是卖鲜菜的妇人。伊的住所大概也在山麓，不过离得远了，我们没有详细知道，我们所知道的只是伊天天担了鲜菜——绿白相间的韭菜与小白菜——在满水的街道上徒涉，并且每每找一个空闲的地方等着人家买罢了。我估量伊的年纪大概也与傻婆仿佛，不过二十一二岁。我倚着楼窗看了伊的身面，对龚君说，这个人还是才做了新嫁娘哩。伊赤脚是不用说的了，这是浦镇极平常的风气，况且这回又有大水。伊的头上首饰，似乎银色既毫无转变，而上面染着的翠点又极其新鲜。土布衣服、土布裤子，深蓝都没有褪色。这明明表示是伊的嫁时衣。从伊的面色与这些服饰上的根据，我便说伊是才做了新嫁娘的。龚君也以为然，遂继续说出关于伊的一段故事。这一说而使我连上述的一段情境也不会忘记了。

龚君说伊是一个极忠厚的女人。有一回，他初见伊担着鲜菜到这条街上来的时候，街坊一个人出来问伊买菜，称好以后，将付钱了，伊又添了他一小把。谁知做好人是极危险的，旁边小孩子和妇人们都看见了。大家走到伊的菜挑旁边，初时还正正经经地问伊购买，要伊加添，后来你一只篮，我一只手，迫得伊无暇应付，不问曾否付价，只大家浑水捉鱼，各得着一点便宜去了。这面伊一个人，脸上也看不出什么感情的表现，等了一会儿依旧慢慢地挑回去了。从此大家都要到伊这里买菜，就算不妄想不出代价，也各人希望着占点便宜了。不过现在大概伊也有了经验，渐知与人较量，不大像从前的肯随便送人了。

这是浦镇里面的小小波澜。龚君说完以后，我们都倚栏无语，相对不禁怃然。

我第一天往浦镇，是在晚上九点余钟，我与许君坐在长江轮渡的二层楼上，看着黑黄腌鸭蛋一般的云彩，东一大块，西又无数小块，任月亮穿梭似的过去，几乎看不出云的本身在动。风呢，打在这么大的轮船上，虽然没有影响，但我们坐在船头楼上的人，已经觉得过凉了。我们说，天气也许要有变动；但此时绝不想到一变动而能亘十三天不肯休止，也绝不想到一变动而能使我们从此逛不到南京。许君先为我称述这一只"澄平"轮船，是渡船中之最大的，船身也最新，并且说他与澄平的感情最好，他已经知道它每天的开船时刻，凡他渡江一定非乘澄平不可的。但这还不能表示他与澄平为知己；最妙的是他住在离江八里的浦镇，而能辨出澄平的叫声。这是我亲自试验过的，有时我们坐在一起谈天，大家都不注意外事，正如在北京时要对准时计，用心听着午炮，但忽然来了朋友，一谈天便能把午炮误了。而许君处这个当儿，却绝对不会误过，在大家谈兴正浓的时候，他能独自叫出来："喂，澄平开了！"——不消说，他是知道澄平的开船时刻的，自然要比我们不知道的人容易听见，但是我们何尝不知道午炮的时刻，为什么一谈天便会误过呢？况且沿江一带，轮船火车的叫声，一天不下数十次，于数十次当中辨出一种特别的声音，似乎更不容易。这一来而许君对于澄平的浓厚感情便证实了。许君自己还说，澄平是有生命的，你看它朝着码头走去了，而且从来不会走错。

我们坐在澄平头上，看见它也如月走云端一般，乘势在凉风与月色中飞渡。在这渡江的十分钟内，许君还继续同我讲述浦镇景物，说他们的房子背面临水，是扬子江的支流，楼上后门以外，有极大的晒台，虽在盛暑天气，日光斜过，晒台上顿若初秋。前面一带小山，顶上有韩信将台，这是浦镇的唯一古迹，到浦镇的人都要上去观览的。待我们到了浦镇以后，走近楼窗，他们就在朦胧月色的当中，为我指点说，这就是所谓将台。后来一连风雨，非但使我逛不成南京，就是这眼前的将台，也没有上山去逛的机会。等到一天雨霁，我们用人力车仿佛乘舟一般地在满水的街上斜渡过去，再走到小山顶上的将台去逛。但是很使我失望。第一他的建筑已经有了一点洋气。这倒也就罢了，谁敢奢望韩信时的房子还能流传到今日呢？凡属古迹一代代地修葺下来，自然一代代地加入新式建筑的分子，经过最近的一次修葺，自然不免带有几分洋气了。但是第二件更使我失望的，是没有一点文字上的证据给我，使我们逛完以后依然不知道究竟这是谁的将台。将台是三层，上层因楼梯楼板已被拆毁，不能上去，下层则堆着泥土秽物。我们到的是中层，其间空无所有是不消说，而壁上正中嵌一石碑，是先有了字再凿去的。近去看时，还能辨出勒石是民国三年，撰文者是柏文蔚，隐隐约约的碑文末句，仿佛是"所望于后之来者"！这使我不解，安徽都督为什么要到江苏的浦镇来撰一篇碑文？他后来虽遭种种失败，但为什么竟并韩信将台中的碑文而亦连带犯罪？多心的我们，又不免要把这个罪名猜疑到群众身上来了。大家你一句我一句地讨论，其结果是：一定是将台修好以后，近村遭了水火时疫等灾，乡人便迁怒到修葺将台动了风水，所以上去捣毁一番，连碑文也给它不留一字。

偷得晴天一瞬，我们总算把将台草草逛过了，但是游兴未阑，很愿意再找别处。龚君说，听说二三里外一个庙里，供着一具已死和尚的尸身，我们可以去看一遭。大家都以为可。龚君一边走，

217

一边讲他所闻关于这和尚的故事。这和尚已死十年了，本来葬在一覆一载的两只缸中，今年他的弟子忽然宣言，他师父给自己梦兆，说他的尸身至今未腐，愿搬到庙中来享受香火。弟子遵命掘出坟来，果然面色如生。后来搬入庙中，香客之盛，几乎举镇若狂。一路说说笑笑，到了寺门，见门上匾额写着"普利律寺"四字。入门走到大殿，就在左边看见供着簇新袍服的金面像。这时候我心中顿起一种寂寞的畏惧，觉得同去三人还嫌太少。我出世以来，与死尸同室，虽然也有两三次，但都是熟人。现在与一个不相识的老和尚的死尸同在一室，似乎很少经验，所以极想壮一壮自己方面的声势。凡人到畏惧时，一定要想到同类，我少年时候最喜听人讲鬼怪，讲完后又怕走夜路回家，夜深人静，街上寂然无声，只听得自己衣袋里"滴滴"的表声。我这时候心中暗想道：人类的知识，已经到了能够造表的程度，难道还怕鬼吗？防鬼来侵时才想到人类了！我在大殿门口站着，又把心来一定，想道：他或者还有气味吧。我虽然去掉畏惧，也似乎不该近前。但是又怎肯不看呢。大家走近前去，细细地看了：金色面孔，稍微歪着；眉间眼际，似乎有点模糊；眼睛又紧闭着。这明明告诉我是个风干的死尸。再向四旁一看，神龛右边，放着原来的两只水缸，而神龛前面则钉着许多簇新的匾额，具名的多是弟子陆军中尉陆军少尉，下面又攒着许多名字。我很奇怪，为什么杀人不怕血腥气的军官，竟肯到老和尚的死尸面前来称弟子。许君说："然则你承认他一定是真的死尸了。"我说是。他说："要是春台在这里，一定还有许多怀疑，许多假设，态度决不像你这样独断。"他的意思是想因我们的一去而能发现这不是真的死尸。后来我说："事实不必怀疑，何必定要怀疑。你只要看他的微歪的头，旁边的缸，紧闭的眼睛，便可以证明是真的了。你如不信，可以用浦镇人民的知识程度做担保，他们这样的知识，要他们去抬一个死尸来到庙里供着，并不算得什么一回事。"但是，军官上匾的问题，总不能解决。我想，这或者完全是老和尚弟子的欺诈手段，他想借着师父的死尸骗钱，恐怕别人不信，所以去弄了一班军官来撑场面。这个假设我自以为并不是没有几分道理，不过太把军官与弟子都看作聪明的坏人了。或者他们的蠢笨，还使他们坏不到如此呢。

　　浦镇是属江浦县的，本身并不是县，但也有城，仿佛从前是一个营寨。我曾到过一趟城里，看见东门市颇热闹，其余都是泥房草舍，与乡下一式。我所最不安于心的，是他们住在这样的泥房草舍里，几乎连生活必需的供给都还没有充分，却也与都市中的人同样下流，终日玩骨牌过活。我凡走到这些地方，一定要想到我们的先民，常常把这些人与尧舜来比。我觉得尧舜与尧舜以前的人，也与他们一样，是人类的萌芽。但我很奇怪，尧舜何以能有尧典舜典传下来，却从来不听见有尧赌舜赌、尧烟舜烟传下来呢？现在他们既然还做不出尧典舜典，何以居然能玩这种复杂的赌博呢？此时我不禁发生一种奇想，以为我们的野蛮的先民之为人类的萌芽，是犹植物之三四月的萌芽；现在野蛮人之为人类的萌芽，却是八九月的萌芽的成熟的果子已经正在收获了，碧绿的萌芽或者也只配出来经一番霜雪，然后毫无收成地再从来处去罢了。难道今日之世运，真如一年的秋冬，老先生们所谓末世吗？这就引到凡是落后的生物能否进化的问题了。但我以为先进的人们，无论如何总应该尽力，帮助这些要从来处去的人们，——无论他们在哪里想从来处去。

219

　　浦镇的十三日，虽然在我觉得像过了十三年一般，但也是这么一天天地过去了。到十二三天头上，我半夜醒来，扪心自问："我是做人的人吗？要做人的人不应该候车十三日而不想别的法子！"于是不管晴雨，把九月二日的行期来决定了。这一天早上，天还没有亮，室内的钟声、户外的虫声，都低低地把我叫醒。七点钟上，津浦车来京了。但是我的心中，从此有一个模模糊糊的浦镇，时常要涌现起来。

一九二○年九月

钟山风雨

第四辑

南京战后遗迹

郑逸梅

联军先锋队占领了石头城。于是大家都兴奋起来，先冲进马群（地名）营内，戍卒完全逃去。里面却堆积着许多白菜，不知有几百千棵，桌子上尚有凌乱的麻雀牌，可知被围攻的时候，他们满军犹好整以暇，正在作竹林之游哩！煮着两锅白粥，他们仓皇遁走，不及进食，正好待我们来享受。此时粥有余暖，我们有似饿虎见着驯羊，把它大嚼一顿。经这一嚼，精神顿时恢复，才知道此身尚在人世。鄙人见营中遗有黑字红令旗一面，急忙把它收藏起来，留为永久纪念。收卷毕，传令到来，集合蒋王庙休息。那蒋王庙是供祠蒋忠的，我们到了那儿，自己人见了面，觉得面颊都是青灰色，双目尽赤，很是可怖。身上的衣服，东穿西破，无复完整。庙中煮着粥，备着萝卜干，借以充饥。鄙人已在马群营里吃过一顿，不再进食，由他们未曾吃的狼吞虎咽般进着。在吃粥的时候，那萧希能狼狈而来，手臂中枪受伤。那时浙军也来进攻，萧的手臂，是被浙军错击的。我们探听敌方当局的行踪，

222

才知道张勋、张人骏、铁良，都从水西门坐小火轮逃走的。我们进太平门司令部驻扎。那司令部本为陶公馆，有花木泉石之胜，地方是很宽敞的，当进太平门时，不意该门被土石塞没，我们用炮来把塞没的地方轰打一洞，约有面盆口大小，人才由这窦中钻进去。那时我们的本部驻鸡鸣寺下的两江师范学校，鄙人由司令部移居本部，连夜没有睡眠，这晚正想好好地偃息，不料令来，说浙军兵变，林述庆和邓文辉争夺都督，以致冲突。我们必须整着武装，防备一切。不到二十分钟，又来传达，说是乱军纷扰，不必惊恐，我们才得安心。夜间逻卒照例是两人，这夜派二十人守卫，以昭慎重。明天捉来二三十名乱兵，把他们在照墙下杀的杀，枪毙的枪毙，尸体积着一大堆。一会儿，又捉来一个人。鄙人瞧见了，很为惊奇，因为这人是卖汤团的，鄙人曾吃过他的汤团，肉馅微酸，不很可口，认为是马肉冒充猪肉，鄙人就去掉了肉馅，吃着空汤团。似乎这人做小生意，并不是坏人，经捉他来的人说明，才知这人卖人肉汤团，那么鄙人所吃微酸的肉，原来就是人肉。这人绑在林间，被黄一欧等用乱刀砍死。既而，由两江师范移驻竺桥陆军第四小队，地名马标，那儿有孔圣庙，我们曾在庙前摄一团体照，如今尚在敝箧中。这时城内尚路无行人，家家门口都标着欢迎大汉同胞的字条，因为皇城一带，住的都是满人，深恐歧视，所以故意放此烟幕弹的。那五凤桥河水已涸，积尸犹多，真是惨绝人寰哩！

一九一一年

南京大掠

邵飘萍

南京大掠

一

此次南京之大掠[①]，吾不知较之前清同治二年曾军入城之惨掠亦足以后先相辉映否。

然彼时太平天军之抗拒，犹历九年之久。而今果何如？彼时论者且期期焉以为不可，目为官军之横暴甚于洪军，曾国荃卒因此备受舆论指摘，黜黜罢职而去。而今日之攻克南京者抑又何如？

---

① 袁世凯所部军队于1913年9月1日攻入南京，同月3日任张勋为江苏都督。——原注

二

此次南京大掠之惨状，吾又不知较之广东惨状其同异奚似。

但广东今日已一再发现暗杀党矣。夫以见民心之不可逆拂，而杀戮之不可遏，甚有如此者。

然而今日之南京又蹈广东之覆辙矣。造因既同，其异日结果如何？此又足以动吾人之回顾者矣。

革命军攻入南京

白　韬

　　在这里，我必须叙述一下当时的情况。学校办了不久，国民革命军便打到武汉，沿江而下，势如破竹。同时，上海工人在共产党领导之下举行起义，迎接另一路革命军。沪宁路已成混乱现象。绰号"狗腿将军"张宗昌的部下褚玉璞蜷缩南京，不敢应战。那时，群众都痛恨这批卖国军阀，叫他们为"灰色动物"，盼望国民革命军能早点打来解救他们。果然，不到几天，便听到隐隐的大炮像春雷似的从幕府山后传来。我们都惊喜异常，陶先生向我们建议组织战地救护队去迎接革命军，他和钱君等到南门郊外去了。我和纬棠同志（1930年被国民党所害）打着红卍字会的旗子想到尧化门外沪宁路沿线去救护难民。不料走到尧化门镇，沿途背着大刀的军警，五步一岗，十步一哨，围得密密不通。他们疑心我们是革命军的暗探，几乎被枪毙了，幸而我们和尧化门小学的宋校长是熟人，他把我们引到校里，就和他们在战地办了一个难民收容所。从黎明到日暮，大炮停止了怒吼，只听得机关枪

"达达"的响声越来越密、越来越近了，老太婆吓得跪在地下念阿弥陀佛，青年妇女在暗泣，小孩在啼哭，我们的门外站满了岗哨，不准出去。那一黄昏就有不少妇女被奸污了，士兵们跟土匪一样打开店门，把全街洗劫了。

黄昏时光，几经交涉，我们才离开了那个被士兵糟蹋得像地狱似的小乡镇，乘车向下关进发。沿途只见士无斗志，人人都背了一个大包袱，他们从人民那里抢劫了大量的财物，急匆匆地觅路逃生。于是沿途像线似的一长串的溃兵，牵来了人民的牛马驴骡，步兵立刻成了骑兵。黄松林教授叙述国民党中央军在河南抗日前线遇敌即溃，在黄河两岸大肆抢劫，个个背上了大包袱，骑上老百姓的牛、驴，于是步兵成了骑兵的奇观，我在大革命时眼见军阀的军队就是这样的。

我们到了下关，找到红卍字会，那晚下关和浦口大火，火光烧红了整个西方，哭喊声、口令声、枪炮声，慌乱得天昏地暗。军阀褚玉璞的部队已经向长江以北撤退了，他们照例在城内和下关来了一个洗劫。第二天，东方发鱼肚白的清晨，革命军便爬上城头向江边的退兵追击。

我们立刻走上大街，欢迎革命军。不久枪声停止了，满街都是子弹枪支和军装，昨天在人民面前披着老虎皮吆五喝六的那批家伙，今天个个都俯首不敢见人了。工人组织成功的纠察队，荷枪实弹，缠着臂章，在街上往来巡逻，一排排的年轻革命军，喜气洋洋地开入下关。我们亲见几个帮助军阀内战抵抗革命军的洋人因为没来得及逃跑被捉住。一忽儿，停泊在下关江面的英帝国主义兵舰便"隆隆"地开起大炮来向城内轰击，巨大的响声把附近住屋的玻璃窗震坏了很多，一直到第二天上午还轰击着。街

227

上的革命军若无其事地大踏步向前开拔，他们说，开大炮轰我个吊！当时英帝国主义声言准备开十万大军来消灭中国革命呢。

革命军进入南京后，当时骁勇善战的第六军党代表兼代江苏省政府主席林祖涵的布告，便到处张贴起来。学校也活跃起来了，我们参加了省学联和全国学联会，在乡下我们到处发动农民，组织农民协会，把和平门外的大小土劣和号称"五虎"的劣绅，统统逮捕了。有些公审后枪决，有的监禁了，有的被戴上纸糊高帽，反缚着手，牵着在乡里游行，敲着锣鼓，喊着"打倒土豪劣绅""减租减息"和"农民起来革命"等口号，后面跟着大批农民，到处都有农民笑得咧开了嘴。

留京余话

郑逸梅

我们攻克了南京城，国父孙中山由南洋归国，先到上海，再由上海到南京，就大总统职后，他亲临竺桥陆军第四小学我们驻扎的所在来慰劳一番。他携来两大木箱，我们都猜不出其中所藏的是什么玩意儿，后来启着盖，把东西搬出来，才知道都是布面烫金的《圣经》，凡中上级军官每人赠送一本，鄙人也获得一册。国父更向我们演说，无奈他说的广东官话，听不清晰，无不引为遗憾。翌日，那投军来的小苏州，到紫金山上去闲逛，捡到一颗炮弹。他好奇，把弹壳中的白药炸药倒在石上，然后很悠闲地拿出烟卷燃吸着。不知怎样，那炸药忽然爆发，轰然一声，烟焰弥漫。过后，人们赶去一瞧，那小苏州眉发已焦，目睛可怖，嘴唇肿起，无复人状。同伴急忙招呼赤十字会人员来，施以救疗，才得保全生命。有一天，鄙人和同队队员由中正街乘小火车到三牌楼，鄙人坐在第四列车里，凭窗外眺。将到车站，忽一队员急欲下车，从第一列车中一跃而下，岂知站立不稳，倒仆于地，双足适横于铁轨上，当即被车碾过截

229

去，鲜血淋漓，为之惨不忍睹。我们营房隔壁为国恩寺，中蓄放生猪，肥硕异常，每头约二百数十斤，给我们队伍中人宰杀充肴。寺中有一偶像，红顶花翎，很是辉煌。据说是洪杨之役，他踞守南京，和洪杨抵抗很力的。军人们便把它移到空场上，上写"张勋"二字，把它当作枪靶子，作打靶之用。卒把这像打得肢断颈折，遍体窟窿，军人才拍手大笑而罢。原来张勋在南京曾施暴力，见没辫子的，认为革命党，立即杀害，尤以两江师范学生被杀更多。于是已剪辫的，出外必装一假辫，缀系在瓜皮帽上。有一次，某学生戴着缀系假辫的瓜皮帽外出，访某同学。既至某同学家，觉得很热，把帽脱去，至门外小溲。不意恰巧张勋的逻兵经过，见了立拔指挥刀把他杀死，残忍之至。所以张勋给我们的印象非常恶劣，难怪他们要把木偶当作张勋一泄怨毒了。我们所住的地方名马标，那儿为清军的马队蓄马处，有二百多匹战马。我们占领了南京，清军逃逸无踪，没人管理，马满街乱跑。鄙人手下的一个兵卒，捉了一匹骏马来献给鄙人，那马是没鞍的，鄙人就骑着没鞍的马练习着。没鞍的马，俗称滑背马，是很难骑的，鄙人居然能骑着上山。鄙人又在马上练习双手开枪，架上悬着四个洋瓶，用绳连系，绳一抽动，四个瓶在空中动荡着，鄙人就在相当距离外双枪同放，一枪中两瓶，四瓶同时击碎。当时雄豪之气，如今却有髀肉复生之慨。我们没有事，常乘着人力车去游逛，那些人力车夫见到军人，总是托言不曾吃饭拉不动，我们却先给他钱，车夫便和神行太保般很迅速地拉到目的地。我们是戴白边帽的，他们从此把白帽作为标记，说是白边帽的老爷，花钱最爽快。我们知道了，为之喔嚎。有时到雨花台去捡石子，可是雨花台的大都是黑和白的，很少色泽。从雨花台下去约一二里，那儿却有五色石子，我们装了满袋而还。双十节，军队北伐，我们返申，留京共七十三天。

从南京回上海（节选）

巴 金

日军开始进攻闸北的那个夜晚，我正在由沪开京的火车里，所以我很安全地给火车从丹阳载回南京了。是的，我是很安全的，虽然南京方面的朋友曾写信到上海去打听我的下落，上海和各地的朋友又担心我会葬身在闸北的火窟，但是我终于把这个身体和这个生命保全下来了，并没有受到丝毫的惊恐。

一月二十九日早晨四点钟，我在寒气的包围中进了下关的火车站。天还没有亮，电灯光显得暗淡，一些失望的男女乘客缩着头坐在长凳上等候天明，另一些人集在一处激昂地谈论上海的事。我找不到一个座位，就在各处徘徊一直到七点钟。这三个钟点的时间在我一生里恐怕是最长的了。我有几次竟然疑心我是在做梦，我问自己："这些人在这里究竟干什么呢？我为什么也在这个地方？"

有一次我在一个警察的身边站住了。这是一个身材并不高大的北方人，他带着激动的表情用激昂的声音叙说上海的冲突："在电话机上听得见机关枪的声音，在上海北火车站上正有人在喊救

231

命！"这几句话沉重地进到我的耳里，我的心痛着，我觉得整个的世界都在动摇了。在和平的地方用机关枪屠杀和平的人民，有人在喊救命。无论南京和上海隔了多远，无论我的眼前现出了怎样和平而凄凉的景象，这个消息也可以使我的血沸腾。憎恨迷了我的眼睛，我在心里发出恶毒的诅咒，在一个短时间内我几乎忘记自己了。但是过了一些时候，冷气打击我，使我渐渐地清醒起来。我偶然埋下头去看我的身子，我看见右手拿的那根朋友送给我的手杖和左手拿的一本书。失望猛然来袭击我的心。我第一次发现了我自己的脆弱。在这个时候书本还有什么用？啊，你读书的人有祸了。

天终于亮了。在晨光熹微中我回到了那个冷清清的旅馆。一路上尽是安闲的景象，我所看见的一切都给我否定刚才的消息。看见缓缓地走着的行人和车辆，听见各处的笑声，我不禁放了心安慰自己道："很安静的，没有什么事，那不过是梦魇。"于是我走进旅馆睡觉了。

下午醒来，到一个朋友那里去。朋友看见我便惊喜地说："原来你回来了！我们正在替你担心。"我很感激朋友的关心，但是我看见桌上的一张《新民报号外》，我的心又被沉重的石头压紧了。"闸北大火，居民死伤无算。"我固然安全了，但是那许多人呢，那许多住在闸北的人呢？我三年来朝夕看见的人，朝夕经过的地方如今怎样了？这时候，在这大灾祸来临的时候，我还能够为自己的安全庆幸么？

"你的地方恐怕烧掉了，真可惜！不知道还有些什么东西？"朋友惋惜地说。

"不过一些旧书，索性烧掉了也好，我已经被书本累了一生了。"我带笑地回答说。这一次我骗了自己。那许多书是我十多年来辛辛苦苦地搜集起来的，难道我能够没有一点痛惜的感情么？

　　"看这情形，上海是没法回去的了，天津恐怕也危险。你还是准备在南京多住几天吧。住旅馆不方便，搬到我这里来住好些。"这是朋友的殷勤的劝告，在平时我很喜欢听这样的话。但是这时候它们却把我的希望杀死了。上海有我的许多朋友，有我的住处，有我喜欢的那些书；那里还有……而且，在日兵用大炮轰击、用机关枪扫射、用炸弹炸毁上海的时候，我无论如何不能够安静地住在南京。我没有回答朋友的话，我只有苦笑。我却在心里说："如果找不到机会牺牲我的生命的话，我至少也应该回到上海去经历那许多人在这些日子里所经历的痛苦。在南京太安静了，太寂寞了！"

　　在朋友那里所谈的只有愤激的话和痛苦的话。朋友也是一个有心而无力的人，他的身体比我的坏得多。他患肺病，最近还吐过血。他是需要静养的。[①]我和他多谈话，只有增加他的痛苦。我看见他那没有血色的脸上怎样燃起了愤怒的火。然而他和我一样能够做什么呢？他有一张口、一双手，和我一样；但是我们的口只能够在屋子里叫，我们的手只能够拿笔。总之，我们太软弱了。我不能够安慰他，我也不能够从他那里得到一种力量。我们就这样凄凉地分别了。在和他握手的时候，我甚至疑惑这是否是我们最后的一面，我疑惑像我们这样软弱的人是否还有机会继续生存在这个时代里面。

　　从朋友处出来，天已经黑了，晚风吹着我的脸，我坐在黄包车上，任车夫把我拉过荒凉的街道。我伸起颈项向天空望，我想看见上海的大火，我想听见被屠杀者的挣扎的呼号，我想听见大

---

① 这位朋友就是散文作家缪崇群。

炮的怒吼。然而天空中只有黑漆漆的一片，周围又是死一般的静寂。于是车子又走进了热闹的马路。是辉煌的灯光，是笑语的人群，是安闲的行人。我用力注视这一切，我想证实这不是假象。我的心似乎得了一瞬间的安慰。然而一个孩子的叫喊又把我的梦惊醒了，这是叫卖晚报的。"看东洋人在上海打败仗！"他大声叫道。他的身边马上聚集了一小群人，于是晚报一张一张地散布出去了。我想买一张来看，可是我的车子已经把卖报小孩子抛在后面，前进了。我的脑子里还留着"东洋人在上海打败仗"一句话，而我的车子已经走过一家灯光辉耀的电影院门前了。

不用说，卖报小孩带来的并不是坏消息。对于屠杀人民的日兵的败亡，我是万分欢欣的。然而这个消息同时却给我带来一幅悲惨的图画：烧毁的房屋，残废的尸体，逃难的居民。这样的图画对我来说，并不是新鲜的。我这一生已经见过不少这样的图画了，然而像这一幅侵略者有计划的大屠杀的图画，我却是第一次见到。我的耳朵已经被凄惨的哭声充满了，我的眼睛也不能够分辨周围的景物了。我在一家书店门前下了车，呆呆地在那里站了一会儿。

柜台上放着晚报，几个店员聚在一处埋下头热心地读着。我也把头伸了过去。报上的重要消息都是《新民报号外》上刊载了的，只多了一些日兵暴行的记载。

"这一次非打个死活不可，这是我们唯一的生路了。"一个年轻店员挣红脸说。

"今天十九路军开拔赴前线，经过这里，我们首先放鞭炮欢送。兵士自动地喊起打倒日本帝国主义的口号，这是从来没有过的事。"年纪较大的老板说。

我默默地望着他们。我心里想：如果有一天日本兵到南京来屠杀的时候，这些和平的市民也会跟敌人拼个死活的。这些手看起来似乎软弱，但是有一天它们拿起刀来，也会向屠杀者的头上砍去吧。我虽然是一个反战主义者，但是为自卫，为抵抗强权的战争，我却拥护，而且认为是必要的。

中国人也并不尽是阿Q主义者吧，只要我们能够不顾一切地牺牲，起来为反抗强权而战斗，我们还是有望的，也许比帮助本国军阀去屠杀异国人民，或者在这时候还袖手旁观的日本人更有望吧。——我去找另一个朋友的时候，他对我发表了这样的意见。

二十九日过去了，三十日也过去了。在南京我还没有看出什么大的变化。人们依旧在准备过旧历新年，电影院依旧在开映什么巨片，饭店酒楼里依旧坐满了客人。所不同的是装有无线电收音机的商店的门前，在一定的时间内站满了带着严肃表情的群众，因为中央党部每天要播送两次上海的电讯。《时事新报》分馆的门前也是非常拥挤，在那里贴满了许多新到的"电讯"。我住的旅馆离那个地方很近，我也常常去看"电讯"。它们带来的自然是好消息，但也有坏的，如日军残杀和平市民、焚烧市房之类。当我读到"日兵大败，死伤无算……"这一类句子的时候，我也和那许多的观众一样，差不多要欢叫起来。我并不曾想到那些人也有家人父母，他们的死也会给某一些和平的人带来不幸；我只感到痛快。我是被憎恨迷住眼睛了。憎恨不仅迷住我的眼睛，而且还种了根在我的心里。

找朋友谈话是我在这些日子里的唯一的事情，我们所谈的全是关于上海的事件。朋友中没有一个不主张跟日本帝国主义者作战到底，没有一个不希望日本兵在上海败亡。然而大家都觉得这里离开战地太远了，不能够听见大炮的怒吼，不能够听见兵士的呐喊。在冷静的环境里，热情只有使我们痛苦，我们第一次感觉到隔岸观火的痛苦了。"回上海去！"差不多成了我们几个朋友的口号，这些朋友都是因为种种事情从上海来的，他们被这次事变阻留在南京了。

三十一日的早晨，天落着微雨。我刚刚起床，一个朋友就从中央研究院打电话来叫我到他那里去。我坐车去了，他一见面就告诉我"政府搬家了"。于是从他的口里我知道了本日报纸上的一些重要消息。他又约我同去看另一个朋友，这个朋友新近被选作了国民党的中央委员，我们想从他那里打听那些报纸上不能够发表的消息。然而我们失望了。那个朋友连政府搬家的消息也不知道。他又去把同住的另一个中央委员找来，那个人也是什么都不知道。这时候报纸来了。大家读着报。我读了国民政府迁都的宣言，没有说什么话，心里想：这也许就是在准备"长期抵抗"吧。

我别了那两位中央委员，跟着中央研究院的朋友到他的未婚妻那里去。她已经准备回家了。据说昨夜迁都的消息传出来以后，有人"宣传"日本飞机要来炸毁北极阁的军用无线电台，害得中央大学的女生一夜没有睡，今天早晨就有许多人动身回家了。

我们从那里出来，一路上看见来来往往的搬运行李的车辆。南京人骚动起来了。市民虽然没有发表宣言，实际上也开始在迁居了。到了另一个朋友那里，我们遇见了一位青年政治家，他得意地解释迁都之必要。我笑着回答道："洛阳太近了一点，最好是迁到迪化去，那里军舰开不到，飞机也要飞两天才到得了那里。那里才是安全的地方。"青年政治家没有说什么，他似乎觉得我太过虑了。

我又到患肺病的朋友那里去，房间里已经坐了同住的四五个人，我在他那里耽搁了许久。我们叫人去买《新民报号外》，据说这一天没有号外，因此我们疑心上海方面一定发生了不利的事，或者无线电报也不通了。有人打电话到各处去问消息。后来消息来了：日兵和美国兵在虹口冲突，日军派飞机三十架向长江上游飞来；南京下关原有日本兵舰三艘，中国政府限令在二十四小时内离开，日方不但不答应，反而增加了四艘军舰。这些都不是好的消息。南京似乎马上就要发生惊天动地的巨变。那个送手杖给我的朋友是有家眷的，他显出了焦虑的样子。我安慰他说："不要紧，就是日本飞机来丢炸弹，也未必就会落到这里来，况且南京也还有中国飞机。"这位朋友苦笑道："我是不怕的。"

临去的时候我还向那个患肺病的朋友借了一笔路费，因为我回到上海就是一个无家可归的人了。我本来还想到天津去看我的哥哥，他或许以为我已经葬身火窟。但是"回上海去"四个字无一刻不在我的脑子里盘旋。

这一次别了这几个朋友，心里倒很感伤，我想该不就是诀别吧。在这个混乱的时代中谁能够保证自己会活到明天，况且我又要回到上海的火窟去！

在黄包车上看着周围黑暗模糊的景色，我觉得自己好像是另一个世界里的人，眼前的一切都已经和我不生关系了。我的脑子里只有火光，我的耳边只有炮声。荒凉的街道走完了，我看见了灯光辉煌的马路。我望着，我茫然地望着。忽然，我的眼前什么也没有了，马上就出现了一个黑暗的世界。"电灯熄了"，车夫惊讶地说，于是放慢了脚步，他害怕撞到迎面来的车子。我的车上虽然点得有油灯，可是灯光很暗。车夫在黑暗中摸索着。我在短时间内竟然分辨不出路的方向。偶尔有铃声在我的耳边响起来，我明白有车子在我的身边走过。忽然车子停了。我才知道现在到了鼓楼的一个旅馆。

我有两个从汉口来的朋友住在这个旅馆里。他们本来要到上海去，现在也给阻留在南京了。我在黑暗中摸索了好一会儿，才走到他们的房门口。没有灯光，我想我也许白跑了。但是我叫了一声。男的在里面答应，一面擦了火柴出来。随后他点燃了洋烛，我看见女的还在吃馒头，桌子摊开了一个纸包的冷肉，现在只剩下几片了。这就是他们的惨淡的晚餐。这位朋友告诉我：另一个朋友已经带了家眷到河南去了；还有一个朋友就要搭船到上海去。火车只通到苏州，他曾去下关问过。我想既然有船开到上海，还是搭船回上海去吧，纵使冒一次险也值得。于是我和这两位朋友决定了一块儿到上海去，就由他明天到中国旅行社去打听船期。

因为想知道一些更确实的消息，朋友便约我去看一个在某某部做事的友人。我们辛辛苦苦地从城北坐车到城南，快要到了那个人的寓所时，我的车夫忽然迷失了道路，只有那位朋友才知道我们要去的地方，我一点也不能给车夫帮忙。这时我们在一个泥污的巷子里，黑暗和寒冷从四面包围过来。我的车夫拼命用他的疲倦的声音喊他的同伴。没有一点应声，也没有人出来问话。我焦急地坐在车上，我只得叫车夫回转去慢慢找寻。后来在十字路口两个车夫碰见了，他们互相抱怨。朋友告诉我，我们拜访的那个友人在一夜的工夫搬走了，只剩下一间空屋子，不知道他一家人搬到了什么地方。这时候电灯突然又放光明，我们心里也轻松了些。

二月一日早晨，汉口的朋友到我的旅馆来。他说刚刚到中国旅行社去问过，说一日、二日都没有轮船开往上海。但是我翻看当天的报纸，上面又明明载着二日有下水船开。我对朋友说，最好是亲身到下关轮船码头去看看。我们约定明天同去。但是朋友却有点迟疑，他说中国旅行社一定知道得更清楚。

过了一会儿，中央研究院的朋友来了。他本来约定昨晚上在一个地方和我见面，然而到那个时候中央大学的电灯突然全灭了，整夜没有亮，他的未婚妻非常害怕，要他留在那里陪伴她，所以他失了约。他现在要送未婚妻回家去，就是在京沪线上一个大城市里。他们两个都希望我到那里去暂住几天。他的邀请不消说是十分恳切，但是我谢绝了。这个时候我只想回上海去。他扫兴地走了。临行他还嘱咐我在南京等他，说是两三天内就回来，不过我想一定不会有这样快。

我送走了这两位朋友，便出去看一个城北的友人。他的夫人正在收拾行李。他对我说，打算出去在城南找一家旅馆，搬过去暂住几时。他说昨晚上房东招呼他们在十点钟就熄灯，说是怕有日本飞机来丢炸弹。这一番话把他们夫妇吓坏了，所以他宁愿牺牲预先付了的一个多月的房钱马上搬到城南去。城南究竟安全得多。我又陪着他出去找旅馆。一路上许多载行李的车子在我们的身边跑过。城北的人络绎不绝地往城南搬，旅馆在很短的时间里就住满了客人。我们费了许多工夫，问过了许多家旅馆，才找到了两个房间，房里没有光线，而价钱却不便宜。

我又会见了几个朋友，有两三位好几年不曾见面了，却想不到在这里遇着。我还应该感谢一个在贫儿院做事的年轻朋友，在这几天里他给我帮了不少的忙。后来我对一个消息比较灵通的朋友说起回上海的话，他便告诉我，下水船一定不会开，因为一则过吴淞口会被日本兵舰开炮轰；二则上海租界当局怕界内粮食缺乏会禁止搭客登岸。我并不相信这种话。我说，只要有下水船开，即使冒危险，我也得去试一试，留在南京太没有意思了。

回到旅馆已经是夜间十点多钟了。我接连打许多次电话找人，都没有打通。我很疲倦，便早早地睡了。我刚刚上了床，电灯突然灭了。恰恰在这时候一个处在和我同样情形里的朋友进来了。他本来约定在我这里睡，却来得这样迟，我还以为他不来了。这时我便叫茶房给他铺了床。我问他外面有什么消息，他说："不知道。"我就不再说话了。

二日早晨我打电话，依旧打不通。汉口的朋友来了，他告诉我昨晚下关的日本军舰向城内开炮。鼓楼方面落了一个炮弹。许多人一晚没有睡。而我和朝鲜朋友（就是昨晚上睡在这里的那个人）简直不知道。《中央日报》上并没有战事的消息。我们出去，市面上的景象似乎有些不同了。店铺没有开门，行人的脸上带着慌张的颜色。沿途搬行李往南走的黄包车和汽车接连不断。《时事新报》馆分馆的门前贴了大张的号外，说昨晚十一时日本军舰向下关和城内开炮，下关的《时事新报》分馆也中了弹。日本兵竟然在南京开炮了！在国民政府迁走以后，难道还有轰击南京市民的必要么？这个消息使得许多人愤怒。是的，昨晚下关的炮声打破了南京市民的沉默了。我亲耳听见身边的一个市民说："为什么炮台不还炮呢？难道还要坚持不抵抗主义吗？"我默默地看了那个人一眼。这是一张瘦削的脸，微微有几根胡须，衣服穿得并不好，看不出是一个怎样的人。我想如果日本兵真要把上海的惨剧搬到南京来重演的话，即使政府仍然不抵抗，人民也会起来保卫自己，跟侵略者拼命的。中国人究竟也是有血有肉有感情的人，并不是任人宰割的猪羊。

汉口的朋友走了。他回去收拾行李，约定我吃过中饭到鼓楼去找他，再同到下关去看船。我又去看一个湖南朋友，他住在我的旅馆的斜对门。他告诉我说，他的夫人昨晚听见炮声吓得哭起来，一夜不敢睡。他详细地向我叙述昨晚的恐怖的情形，这都是我所不知道的。我应该感谢梦，它使我免掉了这些多余的恐怖。他约我一道出去，在夫子庙一个茶楼里吃了作为中饭的点心，同去的一共五个人，谈到上海战争的前途，我和朝鲜朋友热烈地争论起来。这争论使我忘记了周围的一切，忘记了我和汉口朋友的约言，等我回到旅馆退了房间再到鼓楼去会那位朋友时，那里只剩下一个空房间了。朋友并不曾给我留下一张字条。我失望地在这个空房间里站了一会儿。我摸桌上的茶壶，里面还有热茶。我想他们走得不会远。但是我到什么地方去追他们呢？我到账房里问去，据说："某先生已经搬走了，不过等一会儿还要再来。"这答话又使我踌躇了，他们究竟把行李搬到什么地方去了呢？既然搬走了，为什么又会再来呢？我便留了一张字条在房间里，说我到下关去看船，等会儿再来。

在去下关的平坦的马路上，搬运行李的黄包车和汽车排成了一条长线，简直没有尽头。到下关去的车辆并不多，只有一些装载行李的汽车，大概是比较阔一点的人离开南京了。车夫拖着车子慢慢地走，花了很长的时间才把我拉到了下关火车站。车子经过城门的时候，我看见人们正在堆沙袋，跟我在上月二十五晚上离开上海时在宝山路上看见的情形一样。

火车站里人很拥挤，卖票的洞口挂了"客满"的牌子。我去问一个站丁，据说京沪线的车只开到苏州。我又到江边轮船码头去看，道路泥污，我走得很慢，一路上尽看见关了门的店铺，也有一两家商店开了门在搬东西。江边很少行人，白茫茫的水面上

241

不见一只轮船。我问一个站岗的警察，他说恐怕没有下水船开，叫我到一个票房去问。但是那个票房已经关了门。我没有办法打听到消息了，只得怀着失望的心情回到火车站，然后再搭公共汽车到鼓楼去。

在汽车里挤了好久，我才被挤到鼓楼来了。进了那个小旅馆，我在空房间里发现了先前我留下的字条，并没有人动过它。我又到账房去问，据说："某先生已经搬走，不会再来了。"答话的是同一个人，却说了两样的话，害得我白跑一趟。但是那两个汉口朋友的踪迹就这样地消灭了。下关今天没有船开，下关的旅馆里也没有人，他们究竟跑到哪里去了呢？

我坐车到中国旅行社去。在那里人们告诉我今天有下水船开；但是船还没有来，而且什么时候来也不知道，因为现在还没有得到电报。我要先买船票，他们又不肯卖给我。我在三个钟头以后再到那里去，门已经上锁了，外面贴了一张告白说：现在交通情形变化莫测，只得暂时停止办公。这一次我是步行到那里去的，走了很多路，而且肚里又饿。但是我仍然不停地问自己：回上海去的希望果然断绝了么？

我回到旅馆，又到斜对面湖南朋友那里去，在门口遇见他出来说要去借一辆汽车把家眷送到杭州。我吃过晚饭，再去看他。他回来了，据说他跑了许多地方都借不到一辆汽车。在外面租一部车子到杭州租价涨到了五百元以上，便是搭京杭路的长途汽车，一张票也涨到了几十元，而且又挤得要命，他身边只剩有五六块钱，所以连逃难也没有地方可逃了。

这一天的晚报上刊载了飞机投弹的防御法。一个朋友来看我，他说，政府准备今晚解决日本军舰，警察向各家店铺吩咐十点钟熄灯，免得日本飞机来投炸弹；他又说五元钞票已经不用了。后一个消息我也知道，因为我拿了一张五元钞票，找不到地方换，去买东西说是找不出。

三日是一个阴天，早晨就落起微雨，风刮得厉害，天气突然变得很冷了。我走出去，外面空气很沉闷，没有什么消息。依旧听不见炮的怒吼和人的呐喊。日本飞机并没有来，军舰上的大炮也未见施放。我们太安全了，安全得自己惊扰起来，自己造出谣言来扰乱人心，又借这个来谋利。钞票不容易使用了。交通工具涨价了：几十块钱租一辆汽车从下关搬运行李进城，几百块钱租一部汽车到杭州，也成了极平常的事；便是人力车夫的索价也涨到了五六元。有钱的人把交通工具垄断了。贫穷的人只有留在危险的区域里挨炮弹，或者等着做难民，让所谓慈善家来收容。旅馆自然会趁机涨价。只要有机会可以赚钱，谁也不肯放松。

汉口朋友仍然没有消息，他们一定离开南京了。今天我听见人说还有一条路通上海，就是乘火车到苏州，由苏州搭小火轮到嘉兴，再由嘉兴乘沪杭车到上海南站。他们也许就是走这条路到上海吧。不过，沪杭车现在能否开到南站，还是问题。我害怕陷在中途，不愿意走这条路。但是我忽然有了一个想法：坐津浦车到天津去看我的哥哥。我本来打算到天津去，我要找他商量家里的事情，而且我还可以从天津搭海轮到上海。我把这个意见告诉朋友们，他们都不赞成。他们劝我留在南京，说是天津也许比南京更危险，在南京毕竟方便得多。遇到什么事情，还有朋友们照应。他们又说，也许下关江面已经封锁了。然而我还是坚持我的主张，我要到江边去试一试，看究竟有没有渡轮把我载到浦口去。

雨已经住了。我在旅馆门口雇了一辆黄包车。到下关的车价很便宜，因为这时候，只有人从下关搬东西进城来，到下关去的人却很少，凡是可以离开南京的人都已经走了。一路上风很大。我只得把大衣领拉起来，不去看迎面过来的那些搬运行李的车子。下关到了，是一个荒凉的下关，除了车辆和警察而外，还有稀少的行人。先前走过中国旅行社时，我看见那里的告白说，浦口的渡轮照常开驶，我便放心地走了。车夫把我一直拉到江边。我本来打算在津浦小火轮码头停住，忽然走过来一个湖北人，问我是不是要到上海去。我顺口问他今天有没有船开。他说有船，不过靠在江中，他有小划子可以把我摇过去。我问他是什么船，他说是太古公司的"武昌"。

我马上改变了计划：我不到天津了，我回上海去。我和那个湖北人讲好了价钱，便跳上划子。船上还有一个半老的人，两个人划着船，在风浪中前进。这一天风浪很大，船夫一下桨，便激起很高的水花打进船来。有一两次船摆动得很厉害，一个大的波浪打过来，几乎把船淹没。我这一天只有在上午吃了点心，我的空肚皮里这时候起了一阵绞痛。我抬起头望轮船，还隔得很远，不过轮廓已经看得分明。又经过了一些难堪的时候，我们的划子才到了轮船的边上。我把船身的题字望了下，"大英国。武昌。"我心里更不好受，又羞又气：我现在竟然托庇在帝国主义的屋宇下面了。

轮船上的人不肯放下梯子，我费了大力才跳上去。一个茶房看见我，便说："什么时候开船没有一定，要等上海的电报来。"我问道："要是上海的电报来了，船几时开呢？"他回答说："大概三四点钟。"好，我就在船上等着吧。我便成了这个茶房的主顾了。他把我领进统舱里，租了一个铺位给我。因为我没有行李，他又租了一床又脏又臭的铺盖给我，要我出一元的代价。

我很疲倦，好像要生病的样子，在船上没有事情，舱外风又大，只好在铺位上躺下来。舱里空气沉闷，没有阳光，只有几盏黯淡的电灯。几个湖北人在谈宋美龄的故事，一个妇人在叙述她的不幸的遭遇。我没有心肠去听他们，我模糊地睡去了。

吃晚饭的时候，那个茶房来把我叫醒。我问他开船不，他说今天开不开没有一定。乘客们已经在抱怨了，大家盼望早点开船，可是上海的电报还没有来。后来有人说，电报已经来了，不过要等"安庆"船开到后开船。总之，今晚是不会开船了。舱里摆好了两桌麻将，一个军队里做事的和一个上海大学生都参加打牌。大家玩得很高兴，不知道怎样发生了争执。我被他们吵得不能睡觉。后来那个照应我的茶房出现了。他对我说他的家在闸北川公路某里某号，家里有一个妻子，不知道她如今逃在什么地方，又不知道房子烧了没有。他担心这个旧历新年过不好，他说话时露出焦急的样子。但是几分钟以后他的同伴们约他在我的铺位下面掷骰子，他又高兴地在那里叫喊了。

船依旧不开。我没有到外面去。舱外很冷，据说已经落雪了。但是我们还在南京。

四日早晨我到舱外去看，只看见一片白色。下关被雪盖住了；紫色的山横在一边，现在积了雪，白白地在发亮。依旧刮着北风，依旧漫天地飞着雪花。我立在甲板上往四面望去。我几乎认不出来我昨天分别的南京了。"安庆"就停在前面，英国国旗在那里飘扬，"大英国"三个字又一次映入了我的眼帘。

"安庆已经到了，为什么还不开船呢？"一个中年的乘客不能忍耐地抱怨起来。没有人能够回答他的问话。外面很冷，我便回到沉闷、黑暗的舱里去，几个广东人正在跟茶房吵架，他们说船许久不开，他们不能够再等了，要上岸去。茶房却一定要他们付出讲好的铺位钱。这争执不知道怎样解决了，我只听见人的吵闹声。我心里想：今天再不开船，恐怕就没有开船的希望了。我颇后悔不该改变了去天津的计划，不然明天上午就可以到达天津了。现在我却躺在这里白白消耗时间！我又沉沉地睡去了。

十二点钟光景，听说要开船，我起来到舱外去看，仍然没有一点消息。后来账房出现了，他回答一个人的问话道："现在就要开船，直放上海。"他开了账房门进去了。他的话使得舱里起了快活的骚动。几个茶房在叫："要开船了！"一些客人惊喜地互相询问。我走进舱里又走出来。船依旧没有动，也没有人来起锚。几个茶房在那里谈论，为那个上岸去买小菜的厨子担心。一个说："要等厨房回来才开船。"另一个跷起大拇指说："你想，外国人会等中国人吗？"这时候正有一只划子向着轮船摇过来。茶房们欣喜地说："买小菜的回来了。"等到划子近了，他们才发现"原来是几个客人"，就是起先闹着要上岸的广东人。

我回到舱里睡了。茶房来把我叫醒，要了一元七角钱去买船票。但是一刻钟以后又有人来把船票收去了。这时是两点半钟，船已经开了。舱里充满着希望。麻将牌又响起来了。茶房在谈论怎样到上海去过年。他们又在我的铺位下面推"牌九"了。

沉闷的空气，黯淡的灯光，不和谐的闹声，呆板的、狡猾的面孔，失眠的夜……时间是这样地长！

一九三二年

感慨过金陵

范长江

镇江登岸，想在南京看看再走汉口。镇江朋友们满腹忧郁地谈论着时事问题，对于上海前线的撤退，得到不安与恐怖的印象。他们单纯地看到各方面的军队一批一批地上去，伤兵们一车一车地下来，十四日那天，客车已不能再通苏州，只能在常州止步。前方和接近前方的后方，见不到军队以外的政治动员工作，军事的真相，民众不能知道，而官方消息又是那样一贯的没有变更，这样大家不但不相信报纸，而且总想象有多少可怕的现象。这种浮动的心理，最容易让谣言产生和传播，谣言的内容，通常是超过多少事实的实际程度。

抗战已经三月以上，我很想此时来看看抗战中枢首脑部的气象。我想象中一定是严肃热烈与紧张，因为这里是全国抗战机构的发电所，这里应该是充盈着热力，让在城外经过的敌人们，也要感到这是一所神圣庄严壮气横溢的城堡。因为现在南京是中华民族五千年历史断续存亡之所系，我们这一代四万万五千万同胞和子子孙孙是否做奴隶牛马，都要靠南京的领导来决定。

在时间限度之内，尽可能在南京看些前辈和朋友，出乎意料的是不少人为"苏州失守"的传说所惶惑，对于东战场的移动，除叹息怨惜于我艰难万状的抗战军队外，只有摇首悲观，了无活气。

在南京官场里，尤其不应该有这种失败恐惧的感觉。政府人员应该比一般民众更了解这次战争的形势和它的性质，初期失败是不能免，亦不足奇的，如果政府官吏还妄想着中日东战场的战争会在苏州上海间解决，而对于南京存着永久安乐窝的幻想，那就是不懂得中日战争的性质，不配做抗战政府的组成人员，免得因为自己的无知与慌张，影响了我们最高统帅的安定和动摇了社会的人心。

紧接着来的事实，是南京各重要机关都向内地迁移。"迁都"的严重事实，压在每一个人的心上。"林主席走了！""……迁重庆！""……迁长沙！""……迁武汉！""某部长说：南京在一周以外就成问题！""限各机关×日内迁出南京！""东线军事不好！"……这些或真或假的消息，骚动了南京的官场。彼此见面只问"什么时候走"和"如何走法"，有的是江轮，有的是浦口搭火车，高等的到芜湖坐飞机，有私人汽车的，就奔江西跑长沙。

顿时，南京的交通工具大忙而特忙起来，汽车租用一空，公家汽车和私人汽车，一齐在街上紧张地跑着，马车从鼓楼到下关，涨价到五元。人力车跑得没有休息机会，疲劳的身体对于很好的买卖，也摇头不愿接受了。

似乎日本军队明天就要到南京，许多重要官吏先行"轻装就道"，吩咐些下级职员收拾公物，设法运往指定地点。每一个机关都仓促装箱和运输，集南京许多文武机关，同时动作，于是整个南京尽成了"搬家"世界，车水马龙地拼命向下关码头和江南车站集中。一般民众莫名其中究竟，看到这种严重现象，听到些加甚其词的谣传，于是更惶惶不可终日，也不自主地逃奔，车票船票早已买不到，于是挤到车站码头再说。集结下关的逃难官民，为了等抢登太古公司长沙轮，冒着大雨，预先乘无顶铁驳到江中专候终日者不下一千余人！实际苏常一带难民已在镇江将少数交通船舶挤满，过京能容旅客，已经有限。岸上候船者不计，甚至有江中露立候船至次日未能成行者。

我们主张对×抗战的人们，当然应该预料到有"迁都"的节目，"预料的迁都"不是失败，正如我们最高统帅对上海撤兵的谈话："不是战场的终了，而是战争的开始。"战争展开在苏嘉线上，是东战场第二期战争的开始，双方使用之兵力、战场面积和作战方法，都进入新阶段，这时把南京"首都"的外衣脱去，使它以森严的军事堡垒资格而出现，这是完全正确的。这一节目的排开，是明白告诉日本军阀，从苏嘉路到南京，全是军事堡垒区，准备几十万人来冲吧，我们凭借南京四周的堡垒，准可以给日本来一次大会战；纵然日本打下了南京，也只是我们一个战场的得失，不是战争的终了，而是另一期战争的开场。所以迁都是保证长期抗战的便利，而不就是失败。

可叹的是若干政府官员，不了解迁都的正确意义，不了解最高统帅的决心，而认为是"逃亡"，丧失了宁静，丧失了理智，弄成动摇人心，贻笑外人的现象。

下关各码头堆着千千万万的箱笼，没有秩序，没有区分，没有适当的管理，这一部，那一署通通挤在江岸上。公物固然有些，而其中最大部分，都是官吏私人的家具和行李。成包的箱柜不用说大小悉搬，似乎还顾虑内地物质缺乏，铜床沙发亦在急运之例。

许多人同声太息的是：各码头都有不少的桌椅澡盆梳妆台，天上不断地下雨，如山的什物都在露浴之中，保护得最好的是私人行李，而公物则听它们自己的造化。

所谓正确的迁都，是将领导抗战的中央政府向后方迁移。应迁的内容，主要的应该是：（一）物质，全国性的物质储藏及重要的制造机器及技术员工，此类物品应在政府决心迁移之时，先期秘密地运出南京，不动声色。（二）图册，行政机关特别是财政、经济、外交机关工作上必须之图书典册，当顺次从容运出。（三）第三步始在有秩序有计划的交通布置中，将各机关人员分批运往指定地方。

因为我们今天抗战最缺乏的条件是物质，许多重要军用品和制造军用品机器，都是来自外国，海路被封锁后，补充更为艰难。我们英勇的将士，必须凭借相当物质基础，始能打胜敌人，完全信赖血肉以求胜利，那是不可能的。所以哪怕是一颗钉，一个弹壳，都是我们争取抗战胜利最重要的工具，我们要好好保持，把它转变为歼灭敌人的力量。我们现在只有抗战是高于一切，胜利高于一切。唯有抗战始能免于作××军阀的奴隶牛马，而又唯有抗战到达胜利之后，始能保持我们的自由与康乐。因此，对于抗战有关的物质，我们应该看成自己的生命的一部分。假若抗战失败了，我们的沙发铜床搬到拉萨也安稳不了！

偌大一个迁都大事，就是交通工具的管理上，也该有点秩序，有点办法，以供国民的模范。某天走某机关，大致有多少人多少物件，应该分配多少吨数的船，指定他在什么时间什么码头上船，把所有可用的船只和可用的码头通盘筹划一下，对于每一个应搬走的机关，事先和它的负责人接洽好，并不要他们事先都乱七八糟地堆到下关来，要到船都预备好了，然后在指定时间到指定地点，很迅速地把人、物运到，即刻上船，上好就走。如此既不纷乱，船舶使用也可以经济。然而今天他们不管有船无船，不管船大船小，首先把东西运到江边，往往两三天没有走了的很多。日人对于我们迁都的消息，毫无问题地老早知道，设若不是这几天大雨，日人很可能来几次空袭，试问码头上集中如许多的东西，如何得了！

船舶管理所把大小轮船扣了大批，商运完全停止，普通人民要走，只有搭外国船。而差船的分配，并不能迅速而确定，各机关彼此还相互争执，又看机关主管力量的大小。命令也不统一，我们搭一只开汉口的商船，最初说不打差，后来说下半部打差，上半部搭客。许多客人已经上船，又来了四个机关的代表，争船不相下，最后还是维持半部打差的原议。正要上公物行李等，一会儿又被这个机关赶走到那个码头，一会儿又被那个机关赶得不能靠岸，我们逼得在江中无依无靠地停泊了半天。东耽误，西耽误，共耽误了三天才能动身。如果是有效的管理与支配，这只船动身的时候，应该是在到了汉口再返南京的途中了。

许多人民受了这次迁都的刺激，一部分青年官吏对于这种败北主义的表现，都起了绝大的不安。他们怀疑抗战是否还有前途，他们恐惧中华民族是否还可以复兴。这全然是过虑的。这是政府的舆论动员不够，机械的新闻束缚政策，把报上只留了些毫无内容的刻板新闻，大家每天都抢着看报，但是谁看了报也不肯相信。南京这样大的搬家事实，报上一个字不提，以为这样就瞒过了民众，免得动摇了人心，这无异偷铜铃恐怕被人听见，而自己堵塞了耳腔。这种做法只有加强人民的恐慌，强化社会的不安。正当的办法，此时的新闻政策，应当尽量公开讨论迁都问题，而且尽量说明战局的发展和敌我的形势，尤其要说明迁都的意义不是败退，而是安全的策动抗战的步骤。就是要在舆论上说服人民，并且指导人民以应付新事变的态度和方法，这样人心自可稳定，后方人心稳定，始可坚定前线的军心。南京安全的地方，已经如此慌张，那前线数十万的将士，不知将如何过活了。

上述不合理的事实，不足以说明抗战前途的悲观，不足以说明最高统帅的抗战决心不够，更不足以说明中华民族将不会有辉煌的前途，这只是若干官吏表现了腐败与无能。为了抗战，为了保障我们自己和子子孙孙不做奴隶牛马，我们要求刷新政治机构，要求舆论有批评政治腐败部分的自由。我们要后方的政治机构，能如前线将士一样，发出强大的支持抗战的力量。

一、洋管事

船快到南通天生港，太古公司船上的"管事"和旅客们谈话。旅客们问他南通天生港下船后的交通情形。他以不圆满的神气陈述南通口岸间交通状况，因为那一段完全是中国人经营的交通路线，对于英商太古公司的利益，当然不会十分无抵触的。末后，他又兴奋地打着上海腔，内中夹一两句英语，他说："口岸就有了我们的——当然这个'我们'是指太古公司——船了。'我们'现正在调动小火船，打算把口岸和天生港的内河航路，也由'我们'来行驶。以后搭'我们'公司的客人，就方便得多了。"

也是这位管事，在船上正开午膳的时候，他在大餐室正忙于伺候外国上宾。住在大餐间的朋友陈国光先生，却放弃了他在大餐室进餐的权利，而一定要陪我这统舱客到官舱里去买饭吃。因为时间上还有等待，我们就在他的房间里按电铃叫茶房拿开水来。谁知来的是那位管事，新装上一副盛气凌人的面孔。这可奇怪了，我们正想不出这个奇事的缘故，管事先生开尊口了："外国人——他说这三字又重又轻，重是表示他对于'外国人'的尊崇，轻是恐怕他的说话被'外国人'听见——正在吃饭，你们按什么铃！要是外国人知道了，他又要怀疑在大餐间用膳客人外，我还私卖了票位。"他知道我们是要开水，赶紧和我们解决以后，又匆匆换上另一副奴颜婢笑去伺候外国人。

生活是人类活动的中心，人的意识根据这个来决定。这位管事，他生活在外国轮船公司里，而且有着较好的地位，较好的生活，眼看着还有较好的前途。他不自觉地忘记了他所属的国家和民族。改造意识，只有从改造生活环境下手，才是最有效的办法。

二、官僚行径

下关中国旅行社的大门上，白粉笔写着："某日某日某日船票已经卖光，欲乘某轮者，请自己在某码头等候。"所谓"自己……等候"的意义，是票没法可想，你如果能挤上，那看自己的造化。旅行社是被人相信在交通上总有办法的，大门尽管不开，比较有地位的逃难者会从后门走进旅行社来，要求里面的办事员想法。他们被逼不过，只好想出一个不负责任的办法：船位是没有，如果客人一定要票，只好无限制地卖，但是声明两点：（一）有票不一定有船，更谈不上固定的舱位。（二）走不了可以不打折扣地退票。于是若干官员们你买十五张，我买二十张，顿时间卖出去了几百张票。有一位大约平日用惯了"密谈"的方法，他轻语要给那位卖票员以某种好处，而以安慰他"太忙"为口实。谁知那位青年卖票员，在百忙中很简单地答复他："忙是我们的本分！"于是他要卖票员"不找零头"，送他"喝茶"，卖票员却坚持要"了清手续"。最后他拉着卖票员的衣袖，要他到旁边"说个话"，而卖票员头都不抬地说："我太忙，要说话把这些事忙完了再说。"似乎这位"厚情厚意"的老经验家急了，他声音提高了："来，我有事，一会儿就走了，……"对方的回声是仍然自尊地平淡："好的，说不定我们不久也要到汉口。"

三、离奇消息

在民生公司负责人方面，知道了官方同意民俗轮可以卖票，于是我们一些旅客买票上船。当天已经看到几次变化：有时说官方要封，有时又说可以放行，茶房看形势不对，已经把铺开的卧具收回去了。看看已经不行，晚间公司方面又来喜讯，说民俗半截搭客的办法，仍然交涉成功，我们于是开始重新铺开就寝。

次晨，大概四时光景，我为船上纷乱的脚步声和谈话声惊醒；原来是民生公司南京负责的两位经理，上船通知客人们重大消息，说是差船管理的当局通知他们，民俗轮仍要封差，只是不是开往旁的地方，而是为某部长要在大江中办公之用，并且限令客人们于晨七时前即刻下船，十时某部长即要驾到。这是值得重大思维的消息！已三番五次周折而得了一半自由的船只，在这深更漏夜突然说某部长要在这船上江中办公，岂不是天明后南京军情有什么重大变化吗！当然，战时军事高于一切，我们只好起身准备下船。而且考虑到如果是日机大举轰炸南京，我们就跑到远离码头的空野地上，敬候我们的命运。

幸而来了一只民宪轮，差轮管理员也过意不去，把我们这些如羔羊式的客人再哄上船去，经公司经理提出以民宪替民俗的办法，几经往复，我们才又被放过。

四、无理羁留

民俗轮好容易从下关开动了。四小时的夜航，二十一日晨间三时，到达芜湖。因为预定要装某机关的公物，装好再继续西开。但是到芜湖查问，货并没有到，据负责人说是二十日夜间从南京用火车运芜，则无论如何二十一日晨可到，因为京芜间只有三小时的车程也。然而东等无消息，西等无消息，改装他项重要公物，亦遭坚决拒绝，一直停了二十五小时，在全船愤怒之后，多方说项，仍不能得押船人员之许可，他一切都要等候南京主管机关的命令。货既未到，而天气已晴，久苦阴雨之日机，定在京芜一带码头车站大肆活动。我们无端停在芜湖码头上，不是把已装公物和如许多的客人，一齐放在不必要的危险线上吗？幸船中有黄膺白夫人在，她不愿受政府差船上免票的待遇，而自己购票乘民俗，她本于旅客本身的权利，仗义主持，民俗轮始得开出。开出不久，船中无线电即接南京空袭警报，接着来的消息是："日机二十二架袭南京！"全船客人无不同声感谢黄夫人。

五、纵谈

船上餐室是大家的俱乐部。

左舜生先生本来是国家主义派的巨头，他籍隶湖南，因此过去和毛泽东、林祖涵、徐特立诸人有相当的来往和交情。他说毛泽东之为人，生活刻苦严正，相当受中国理学影响。他的岳丈杨昌济有英国"绅士风格"，因他是杨的得意门生，所以亦不无影响。毛在长沙时，不相信"洞庭湖八百里"这一句，他想试验洞庭湖究竟有无八百里，因此穿了湖南木屐，绕着湖走了一圈！

话又转来问李景汉先生，因为他同定县平教会有关系，因此就问起他关于晏阳初先生最近所鼓吹的"农民抗战运动"。目前中国表现着民众运动的有两种方式：一种是政府的保甲运动，一种是共产党所提出以改善人民生活为基点的民众运动；前者是由上而下的，命令式的，后者比较是自下而上，注重人民的自发性；前者是义务单纯的增加，后者是权利义务比例的发展。王又庸先生在杨永泰、熊天一诸氏所主持的剿匪保甲运动中，实施上有不少的经验，他认为那种保甲运动，只是行政机构的延长，为便利政府更切实地指挥民众。这里无民众利益可言，而且组织上只有纵的系统，没有横的联络，这只可以叫作"马尾式的平列"，谈不上"机构"，谈不上"组织"。李先生对于名词上参加了深刻的意见。因此一般说来，晏先生的农民抗战运动，恐怕是仍比较多含战时农民抗战教育运动的成分。

六、李杜时代

因为杜重远先生从芜湖上船，住在李景汉先生原来的铺位，左舜生先生说是"走了李白，来了杜甫"，大家于是从李杜两大诗人的时代背景，想到今天的情况。生死存亡所系的抗×战争，演变到今天这样重大的局面，而政府官吏及地方政治之表现，又如此难令人满意。田汉先生最近从上海到南京，看到迁都景象，慨然叹息："如何肉食锦衣者，竞向江干买客舟！"南京凌乱的时候，许多痛心国事的人都慨然念着"金陵王气黯然收"之句，田汉有一天在某青年军人处会着，他知道南京虽然如此令人不快，实际上仍在某几方面有多少进步，国家大局并不因这一班"肉食锦衣者"之可怜的行径而绝望，于是他的诗上又表现着"国事原来尚可为""金陵王气未全收"了。

似乎李景汉先生感伤得最深。他在河北平原工作之时间很长，然而北平丢了，后来他到绥远、山西，顺次看着绥远、大同、太原之失陷。他离太原南下之时，眼看着增援军队以及伤兵没有车运，而南下火车一列一列的尽是军官和大吏们的家眷、行李、家具，甚至于顶不值钱的木器杂物，也堂而皇之地装在车上！这回他到南京不几天，又遇到南京这样的搬家，"走一处，送一处终"！他感到太无味了。——这种大动乱的时代，构成伟大的诗歌、戏剧和记述的题材。我们可以预料：在这一大时代中，很可能产生比李杜更为充实、更为积极的近代李杜。

七、和不得

南京支那内学院大师欧阳竟无先生，是中国佛学研究上的泰斗，特别在法相宗方面的研究，他有独到的见地，真可以算是这方面光芒万丈的成就；中国名佛学教授汤用彤、熊十力这些大师，都是他的学生。他也搭民俗轮去重庆。现在我们江防重镇的欧阳恪先生，是他的独子。提起"佛"字，令人想起"出世"之想，谁知这位大师出人意表。民俗经理成质夫请他题字，鼓励船员水手，他却写了一篇极有抗战热情的短文，内中有"黄帝子孙决无下人者"之句。随后我问他："听说有人对于目前战局主和的，大师意见如何？"他听到"和"字，愤怒到非同小可。他本是大头隆准巨目的大师，此时特别张大了龙眼，挺着高鼻，举右手直指我的胸膛说："和？哪个说和？和不得的！"歇了歇，他又说："中国过去就误在'和'字上。宋朝亡国，就吃亏在'和'字上。如果'九·一八'当时就和日本打仗，东四省就一定不会失掉。现在还有什么可和！讲和就是汉奸，和，就要万劫不复地亡国！"这位老先生，六十岁了，想不到这样有力；他不仅不是感情主义者，对于胜利的途径，仍有他的研究。他说："只要继续打下去，不怕败，哪怕败到四川、广西；不和，日本就不得了。日本不能令我们屈服，日本又无永远战争的可能：所以终究是我们的胜利！"对于外交与抗战的关系，他也有正确的见解："不过，此时我们能有力地灵活地运用外交，早些在国际上造成对日本的压力，那么我们可以少受些损失，早点获得胜利。"他为了加强国人的信心，反复说明"黄帝子孙决无下人者"的诸种理由。中国不会亡，一定可以最后胜利，他看得清清楚楚。

我走向了战场[*]

舒　群

在南京，我住了十几天。在平津流亡同学会，我会见了一些旧日的友人，也新识了一些流亡的青年。他们那种愁苦与愤怒的脸色，仿佛是在说明日本杀害中国人的屠刀近了，几乎近了每个中国人的身边！同时，我也更深知日本军阀的残酷与无耻。他们派出轰炸南京的飞机，一批接连着一批，竟占有了整日的时间。其实，他们所轰炸的也不过是无抵抗的破旧的民房，无辜的逃难的老妇与幼儿，——正像轰炸中国其他地方一样。因此，我想到他们不但要灭亡中国，灭亡正义，而且要灭绝中国的儿女，灭绝全人类，让世界上只有樱花树存在，只有大和民族存在。

九月十九日，也许是日本轰炸南京最厉害的一天。我在国府路的友人家里，也几乎被炸死，两个炸弹的爆炸地，距我仅有十几公尺。不过，邻家却有很大的伤亡，那些零碎的骨肉，都很清

＊本文节选自《西线随征记》。

楚地从我眼前移过，最后我亲去看了一次仍在母亲怀抱中的一个死后的幼儿。当时，我想世界上如果有一个正义的法庭，让那幼儿的母亲去控诉，谁能不承认日本军阀是杀人的罪犯而判以死刑呢？可是，我只看见她那连成珠串的泪水，只听见她那哭不成声的哭声，仰着脸，默无一言，仿佛不得不默认她的幼儿是一个无辜的殉难者，自己是一个"不幸"的母亲。日本几年来，几次地侵略中国进攻中国，不知造成了多少她那样"不幸"的母亲；如果有一个正确的统计，更不知要拖长多少数字。——也许惊动了一切像钢铁所铸成的人心。因此，我疑心日本军阀必是禽兽所生，全无骨肉之情！

浦口铜山间的一段旅途，也成了恐怖的世界；被日机威胁着的列车，不得不常常停止。到铜山以后，才觉得两肩轻快些，呼吸几口平安的气息。不过，在朦胧的夜色中，车站附近仍遗有日机炸过的弹痕，阔大而且深下。这又是多少人葬身的墓地呢？我没有探询过，只是悄悄地登上陇海路的车厢，去向西安了。

于是，南京在我的背后，更加远了，远了。我不曾想到与南京这次别后，现在它竟沦入太阳的旗下！啊，日本的屠刀，已经深入了中国！难道他们只记得田中的"奏章"而忘掉拿破仑远征莫斯科也有惨败的一日吗？而且，现在的中国，也不是印度，只有一个洗瓦吉；更不是阿比西尼亚，只有一个塞拉西。

我怎样退出南京的

倪受乾

记排长武××的谈话

我与我的兄弟们都有一个坚确的信念：死守南京！

两年前，当我们担任南京防务的时候，这新兴首都给了我们不少难得泯灭的回忆。现在那些温暖的回忆都一一变成失望和忏悔的酸果了，因为，那耻辱的日子来得太快——一九三七年的十二月十二日！

我们辜负了一切已失和未失的土地上的人民的期望，一切为祖国牺牲了的灵魂都将感觉不安，而最可痛恨的是在这毫无计划的撤退中，损失了无数的财产（军火和给养），成万的未发一弹的弟兄们都成了瓮中物！

从中央路、中山东路、丁家桥……涌来的人群汇集成一条泛滥的洪流，随着暮色的渐深，这洪流是逐渐逐渐地在汹涌起来。督战队的枪声阻止着这条洪流的推进，硫黄味的火花，在凝固的骚乱的夜色中闪着光彩。庞大的军用卡车，流线型的私人汽车……涌集着，减少了道路的宽度，公文箱、军毯、自行车、枪支……在人们的脚下阻碍着每一步的移动。

空际交织着一切人类所制造的器物发出的繁响；震动着人们刺耳的忘形的叫喊、叱喝、叹息和谩骂……

战争还在城外进行着。

一个大得出奇的脑袋，在我的眼前晃动，这个脑袋上没有帽子。他背负的小木箱，抵着我的胸口，同时我的颈项上正接受着另一个人的急促的呼吸。我每移动一步，必得把腿抬得高高的，否则便不能前进。有一次，当我把腿抬高而又放下去的时候，踩在一个圆圆的东西上，几乎滑跌下去，用脚仔细一探摸，竟是一个人头！要不是迅速地抓住大脑袋的小木箱，不久，别人也许会踩上我的头了。想着想着，我闭上了眼睛。

这时，我们是在挹江门的城楼下。

睁开眼睛已经在城外了。大脑袋在我的眼前消失了。抚拍着疼痛的胸部，我把一股淡淡的哀愁，吐向寒冷的空气里。我不知道自己和一切旁的似乎着了魔的人们，正在进行着一件什么事。如果说这就是退却，这退却未免太突兀，太离奇！

远天的炮声沉寂了，然而那缓慢的点射的机关枪的鸣响，这一刻，反而更为清晰。

我未曾注意到身旁杂沓的步声，或是慌急的招呼。一道红色的光芒迷惑了我的双眼，紫金山的半腰正蜿蜒着一条灿烂的火龙，敌人在开始破坏我们的障碍物。同时，在城垣里外的各处，腾起了可怕的火焰与浓烟，那些用血和汗凝成的我们人民的财产，都在贪婪的火舌的吞噬中毁灭了，消失了。

在码头上，在宽阔的江边马路上，人流像沸腾的水一样激荡着。天上满布云翳，淡淡的月色透过云层抚拂着呜咽长流的江水。平时熙来攘往的江面，这会儿变得如此的冷寂了，该有千万只贪婪的求生的眼，在这冷寂的江面上搜索着吧。

偶然的一瞥里，看见了我们的团长。特务排剩下二十人左右跟在他的后面。特务排的后面，就是我的那些纯朴的、憨态可掬的弟兄们。他们热烈而高兴地招呼我，似乎当前的情况并不足以使他们踌躇或惊骇，大约是只要不离开团长，每个人都有一份燃烧着的希望。

团长派出一部分人去分头搜寻民船和本师专备的小汽船，剩下的人便焦急地期待着。当然，很快的大家便失望了，民船没有了，小汽船因为江水低落的缘故，在江边搁住浅。虽然是搁住浅的船，竟也挤满了人，恰似一群蚂蚁聚附着一只死蝇一样，因而船也就越发难以入水了。这是一个严重的场面，团长沉吟地听取了各人的报告，扬起了忧郁的眼，向江边眺望了一下，忽然大声地吼着："每个人都去找船，不然，我们只有向回冲！"而他自己呢？就在群众扰攘纷纭中，悄悄地带着两个卫士走了，我看得很清楚，然而我没有转告任何别的人。

从城里涌出的人流，继续不断地增长着，码头上有承受不了的样子。各种声调的方言啊，各种情绪的呼喊啊，而枪声又到处毫无忌惮地响着，黏附着这痉挛的大城市的一切，喧杂而综合的响声，散布得辽远而广阔，好像某些野兽群的可怕怒吼。人们都丢弃了一切其他的意念和良心，——只挣扎着力求把自己的生命带向扬子的彼岸去！

当弟兄们发现团长已经独自离去，更像断线之珠似的爆开了。他们狂喊、叫嚣、埋怨，甚至我还听到低声的呜泣。羞愧和悲愤咬啮着我的心，使我禁不住吼叫起来。

"跟我来，要活命的跟我来！"

海军码头左二百公尺的地方，我们散乱的行列停止下来。一些广东弟兄们正从别的地方捎来些木板，整齐而崭新的，破碎而发霉的。解除身上的负载，抱起他们唯一的生命的寄托，从沙岸上缓慢地滑向辽阔的江流里去。

一座燃烧起来的汽油库的烛天的火光，映照着江面上起伏的人头，哀婉的呼救声，刺心地飘送到岸上人们的耳边来，而湍急的江流贪婪地将那些起伏的人头和呼声一个个地吞灭了。

"现在船只是没有的了，一定要过江的话，我们得赶快找木板，找木板！"

环绕着我的弟兄们沉寂着，为眼前的情景所慑，没有一个人敢于回答，更没有一个人移动。

"既然不愿这样干，那我们只有冲，冲出去！"

手臂如林似的竖立起来。

于是开始点验人数和枪支：人四十八个，步枪三十二支，驳壳三十二支，轻机关枪一挺。整齐了行列，沿着江岸，穿过人丛，一直向西去。我们的企图是突破敌人最弱的一环，把芜湖作为我们的目的地（我们不知道芜湖先于南京失陷）。

当嘈杂的人声在我们的耳里变成了一片模糊的海啸的时候，这四十八个的行列便停止下来，我镇静而严厉地发出最后的命令：

"把刺刀上起来，子弹压上膛！"

出乎我的意料之外，回答我的是一片沉默，四十八双可耻而怯懦的膝头零零落落地屈向地面。

他们中的一个颤抖着嗓子：

"报告排长，为什么我们要冲出去呢，多少万人并不……"

好像一个响雷震破了我的耳膜，全身的血液无节制地奔腾起来。

退后几步，我颤抖的手卸下肩上的轻机枪，将它架放在地面上，瞄向那屈膝的四十八个：

"解决了你们这四十八个不要脸的狗禽的！"

像触了电似的，那四十八个歇斯底里地齐声噪叫起来：

"呀，啊，排长，请……请……"

………

一个意念倏地刺到我的脑海里，"啊，训练不够，中国人！"

我的按着扳机的手松落下来了！

现在，我置身于一个半圮的阁楼上。破碎的窗门面对着一条宽阔的马路。远处的火光和沸腾的人声从窗口扑进来，不时地把我从半睡的状态带回到一种极度不安的情绪中。

疲乏了，可是我不能静静地睡一下。

坐在窗下的地板上，将头埋在双膝中，完全成了一个临命待决的人。

"呵，我的寄托给兄弟、姊妹、友朋、伴侣与祖国的热情到什么地方去了？"

回答我的是这死去了的楼房的空洞的回声。

在微光中，看到手表上的短针正指着三点三分。

一九三七年的十二月十二日的夜快要完结了。

一阵连续的手榴弹的爆炸声，把我从朦胧中惊醒过来。

杀戮和流血正迎接着十三日黎明的到来！

人群如水似的从街道的南端向北倾泻下去，又从北端冲激回来。敌人的轻骑兵昂然地跃过障碍物，把子弹毫无标的地从短短的马枪中放射出去。七五的榴霰弹在空中炸裂，铅片如雨似的散落下来。从各个角落里，子弹飞跃出来，在人们的头上呼啸着，织成一道繁密的火网……

敌人的弹丸穿过敌人的胸膛！

我们的弹丸穿过我们的胸膛！

一个永世未有的混乱的巷战！

这一切没有给我以丝毫恐怖。我希望一颗无情的子弹来了结我的生命，或是让火焰把我的躯体整个吞卷去！

当我正将驳壳向一个佩着指挥刀的野兽瞄射着的时候，街道对面的楼房下涌出一群我们的弟兄，三个人迎接着弹雨倒了下去，其余的便与南来的敌人肉搏相遇了。

不知从什么地方，手榴弹抛掷出来，扰乱着敌人的尾端，刺刀上的血滴向四下里飞溅开去，我的注意力全盘给一个年轻而红黑的脸庞吸收了去。在极短暂的时间里，这年轻的脸庞解决了八个。八个！

但是最后显然的他受伤了，痛苦地蹒跚着没入一条小巷里去。

为一股同情和兴奋所激动，我从狭窄的扶梯上冲跌下去，在那小巷中的垃圾桶旁，我发现了他。手抚着创口，大而明敏的眼，向远天凝望着。

"同志，让我扶着你走吧，这儿可不能久留！"

"不，我自己能走，只要休息一会儿。你还可以去拼一下，拼一下啊！"

他的坚决的拒绝，使我感到悲愤和自惭，泪水沿着两颊流下来了。

我回到江边。

江边依旧是惨淡而扰攘的，仍然有些贪求着生命的人抱着木板滑向江流中去，好像他们情愿将生命埋藏在波涛里面。

从脚边拾起一支配有刺刀的中正式步枪，加入到一股向前冲击的散乱的行列里去，现在，付出我的生命的时机已经来到了。

敌机在低低的黯空中怪声地上下翻飞，可是始终没有一只炸弹伤及我们。轻机枪子弹的尖声的鸣叫，迫得每一个人屈着腰前进。

这不是一场战争，而是仇雠相遇的恶斗。

只要发现敌人，我们就不顾一切地把他们扑灭，同时，敌人对于我们也是一样。

我们散乱的行列，忽而急疾地跃进，忽而又停止下来。

在市轮渡码头的近边，我和另外一个人爬进一辆小型的坦克车里，企图利用它冲向城里去，而让它成为我们的坟墓。

但是即刻我们便失望了。机关枪的子弹没有了，同时我们又不知道怎样才能使这怪物前进一步，原来我的陌生的同伴也只是一个步兵上士啊！

步兵上士徐金奎同我默默地坐在一间宽敞而暗黑的店堂里，

两人拼命地抽着烟卷，时而用指头在满布灰尘的矮桌上划一个数目字——计算结局在我们刀尖上的敌人，时而倾听着屋外的战斗的音响。

数目字一个个地增加起来，八小时的格斗，完全在我们的记忆中重现了一次，最后，我们相互来一个总结：37—41，两人相对会心地笑了。

这时疲乏和饥饿开始紧紧地纠缠着我们。可是谁也没有起意去找一点食物。在什么地方可以找到我们的食物呢，世界是整个的陷在恐怖和死亡之中！

徐金奎现在显然为某种情绪苦恼着，他坐一会儿又站起来走几步，然后又重新坐下。在垂暮的微光中，我看到他的眼中闪着一种光芒，那光芒透示了无尽的仇恨和愤怒。

"现在我们只有两件事：吃饭和杀人！"

抓起涂血的枪支，一阵卷风样的他窜出去了。于是，我沉入了更深的孤独。

一小时以后，徐金奎带着新的血迹回来了。

当我迎过去的时候，他递给我一包米和一罐已经打开的凤尾鱼。

他独个儿守在门边，我在黑暗中摸索着走进店堂后身的狭隘的厨房，开始做我们的晚餐。

就着余烬的微光，我们两人贪饕地将半熟的米饭一碗一碗地填进辘辘的肚肠里，当我说："这恐怕是我们最后一次的晚餐了！"徐金奎苦笑着。

将筷子放下的时候，他抬起右脚给我看，腥血浸透了他的鞋底。

"生平第一次看到成渠的血，嘿嘿，血的南京，南京的血！"

十四日的早晨，我同徐金奎坐在栖霞山的一棵树下。现在我们已经换上便衣了。

山后一千尺的高空中，升起敌人的观测气球，敌舰在江中来回逡巡着，机关枪如沸水似的向岸边扫射。

某些地方飘展着血色的太阳旗！血的色彩给予我们不可忍受的刺激，我们站起身来。

朝南的山腰里三个敌人纵情地谈笑着，循山径向我们走来。我们两人迅速地掩蔽起来，同时从身后拔出我们的驳壳枪。

"左边的一个你干，其余的让我来！"

我的话声未落，徐金奎的枪声响了，同时我的十颗子弹也迅速地喷射出去。敌人应声翻下去。五分钟内我们越过了三个山头！

收容着一万余难民的栖霞寺，显得异常喧杂而纷乱。难民们听到敌人已经入城的消息，急得如热锅上的蚂蚁，各处飞来的关于日军暴行的传言，使得寺僧们的安慰和饰词，不复能解除他们的焦急和恐惧了。

我和徐金奎现在也同其他难民一样，接受每天三餐稀饭的施与，晚上我们便宿在山顶上一个小小的破庙里。

日子在期待和焦急中一天天飞了过去。

十七日的夜晚，寒冷而凄凉，天上朦胧的月色，从破碎的瓦片中筛落在满布灰尘的神龛上，小庙的破碎的墙，透进来尖厉的风，并且断续地吹进栖霞寺的夜深的钟声。这凄凉的景象使得很依在干草中的我和徐金奎久久不能入睡。

一个黑影，倏地从门外闯进来，他手上执着一柄闪光的刀：

269

"喂，拿出你们的钞票来，奉大日本皇军司令的命令，中国的钞票现在一概不准通用，要调换大日本的！"

对面墙角里的几个难民，都被这个夜半的不速之客的威胁吓呆了，相率从草丛中坐起来。

"快，不拿出来的，看家伙！"

这威胁的吼声，激起了另外几个扮作难民的伤兵的不平，而低声地窃骂着。徐金奎悄悄地从我的身边爬向前去，把驳壳猛地举起，瞄对着那不速客的胸膛：

"把刀放下来！"

那家伙受了这意外的反击，疯狂似的大声号叫求救起来，但是一次、二次、三次他总不愿丢开他的刀，这遏制不住我的同伴的恼怒，而将扳机扣动了，震耳的枪声，惊哭了母亲怀里的孩子们。这古怪而顽强的家伙应着枪声，尖嚎着蹲下地去，终于在地上痛苦地游动着而不声不响了。

所有的人似乎都为这痛苦的膺惩感激着。

"打死个把趁火打劫的汉奸，不算什么！"

"干得好，干得好！"

第二天早晨，我和徐金奎把那个汉奸的尸体拖出去掩埋了，一个老者犹豫地走近我们的身边，向四下里瞭看了一周，低声地说：

"要过江吗，五只洋一个人？"

"过江，在什么地方？"

"过去两里路。"他指着偏东的方面。

于是我们走回夜宿的破庙里，将两只手枪埋入盛米的锅中，系在老者的扁担上，跟着他走下山去。敌舰傲岸地在江面上来来去去，显得很匆忙。远处有几只小小的木船摇荡着，大约也是装载着与我们同样命运的人。有时，敌舰上的机关枪会对这些木船来一阵突然的扫射，甚至迫令停止检查，或不准通过。当我们的船渡过二分之一的航程的时候，正有一只小型巡洋舰从西向东去，舰上的敌人用望远镜向我们瞭望，急得摇船的老人直跺脚，叫我们把身子缩到船舷下面去，好让敌人以为这是一只空船。焦急和恐惧就这样压抑着每个人的心……

终于小船一步步地挨近北岸了，全船人的脸色也开始变得明朗起来。

愈近北岸，血的国都，被蹂躏的国都也就离我们愈远了。我们胸中蓄着一腔急待发泄的羞辱，愤怒和仇恨……

踏上北岸的土地，回首遥望，早晨的南京笼在一片茫茫的薄雾里面。

一九三八年四月九日重抄

首都沦陷记

陈鹤琴　海　燕

近有数人于本月五日由南京逃出，经过种种困难，始安抵武汉，记者往访，叩询敌军在京暴行及南京现状，承将敌军屠杀、纵火、奸淫、掳掠、禁绝粮食、伪组织丑态、敌军政治军事布置以及市面各情见告，兹分志如次：

凶残屠杀

上年十二月十二日深夜，火光冲天，杀声震地，我军于炮声隆隆之下，悲愤撤退，全城即陷入极端恐怖情形之中。留城市民幸早已安全移入难民区内，唯未能及时撤退之一部兵士，前进既难，后退无路，军人爱国、杀敌心切，于是在十三日晨曦中，城内各处枪声大作，敌我巷战开始，冲锋肉搏，我孤军均作壮烈卫士之牺牲。当日下午，枪声渐稀，敌军大队入城，占据各关，布置守卫，同时分派大批军队至各处按户严密搜索，我武装军队无论抵抗与否，一律遭受枪杀。自是日起，杀人恐怖，蔓延全城。嗣敌方声称，难民区内藏有武装军队，乃不顾国际信义，公然违反对国际救济委员会之诺言，冲入难民区内，按户搜查，凡貌似军人者，辄捆绑以去，十余日内，每日均有十余卡车，满载非武装人民向城外驶去，总计不下万人惨遭屠杀。以后偶有市民在街中行走，或在房屋内发现，敌兵认为形迹可疑者，立时驱至新街口广场上，一律以机枪击毙。倘被捕市民，地近河池，则敌兵必推溺河内。曾忆一次有数人在河内起伏挣扎，敌认彼浮水图逃，乃一一以枪击毙，事后并枪挑人头，嬉笑街心，遇有野犬，则戏弄诱食，倘该犬勇猛追逐，即以刺刀刺死。敌兵如此凶残无道，实令人发指。将近一月中旬，敌兵屠杀暴行益见猖獗，用种种阴险诡计，谋害一般无辜百姓。初则布告市民，举行良民登记，倘有违背，即不准住于难民区内，于是每日均有万余市民，分别集合于金陵大学操场及新街口广场与山西路广场，争求登记，拥挤不堪。敌人于此时佯作善意，向民众演说，称，凡前充兵士者，请即退列两旁，以便分配职务，免与市民杂处，如有违犯，决予枪毙，因之每四五千人中，至少有四五百人被迫退出民众之群。本人等亦一度前往参加登记，目睹当时敌人之不论何地，即强行奸淫，因之求救与嬉笑之声，常达院外，盖收容所内无力抗拒，只有听诸禽兽摧残也。同时，尚有一部敌兵，至收容所外遍觅妇女奸淫，其卑劣手段与万恶行为，更非吾人所能想象。国际委员会至此，又开辟金陵大学为妇女收容所，争往避难之妇女极为拥挤，然而暴敌丑行，愈加凶猛。按其奸淫对象，为十二岁少女至七十岁老妇，如稍抗拒，即予枪毙。某次在山西路一院内，当一妇女被敌奸污时，其丈夫前往哀求释放，敌兵见而震怒，以刺刀

273

将其刺死。此外敌兵虐待尸体之恶举，而迭出层见。某日，一被奸淫之裸妇尸体，裸卧雪地中，突为日兵睹见，乃强迫我市民与之性交，该市民竟在抗拒之下，死于非命，而该尸体亦遭刺数刀。若是惨绝人寰之奇辱事件，日多一日，迄至本人离京日止，已约有一万妇女遭敌兵玷污。

掳掠一空

暴敌非但屠杀纵火奸淫，且复纵兵为盗，任意抢劫。当难民移避难民区时，曾将家门闭锁，嗣据目击者谈，各街巷门户业已开启，而室内物件已空，显然为敌军所抢掠。按自敌军进城后一个月内，每日有大批卡车满载器物向下关驰去，自系以轮船运走。并闻所有红木家具，亦均搬运殆尽，较珍贵物品，更早被席卷去矣。难民区外财物既全抢尽，敌兵又借检查名义，擅入难民区内，翻查衣箱。当时区内难民恐慌异常，然一般赤手空拳之难民，对此暴举，又无法制止。敌兵检查时，每遇珍贵物品，即强行取走，旋更进一步检衣装，因此每人所有钞票及财物，亦皆被夺无存。无抵抗难民遭此浩劫，而外人财产亦竟不免。当时曾有金陵大学外籍教圣公会令牧师等联合向敌军交涉，结果允先派兵士调查，但在检查时，敌兵对一切财物馋涎欲滴，徒格于情面，未能公然抢劫。闻某次在一外侨房内检查时，突有一敌兵匿一小钮扣于怀内，某外人举而赠之，并讽之曰，此权作辛苦之报酬可耳，敌亦觍然受之。追至最近，难民区内难民之香烟、烟嘴、手表、皮夹、电筒、日记、钢笔等小型物品，亦尽被敌兵掳去，至于在街上遇有稍为整齐之衣装者，更不免遭杀身之祸。所以南京目前盗劫之风甚炽，所谓"皇军"军纪，无异于国际强盗也。

粮食恐慌

各难民最初移进难民区时，大多数均能自带米粮前往，故于最初数周内，食粮毫不成问题。至较贫困者，每日则均往粥厂领粥充饥。旋又有八千担米运到，定价每斗九角，每担九元，规定每人先买一斗，已存米者，暂停购置，故食粮供给情形甚为充裕。乃近日因米粮来源困难，供给发生问题，后经与敌交涉，敌竟不准食物运入南京。南京难民国际救济委员会所储食粮，仅敷数日之用，因难民区内难民至少尚有十五万人，每日须粮米一千包。该委员会曾百般设法向南京上海及其他各处采办食物，皆因敌方阻挠，未能成功。不宁唯是，敌方并禁止在难民区内出售或运送大米。敌方此举，显欲使该委员会工作失去效用。现敌虽允许难民赴区外购米，但距售米地点甚远，往返极为困难。即一般略有资产者，前往购米，多半于途中被敌兵劫夺。敌人如此强暴，拒绝接济粮食，我京中难民势必坐以待毙。

伪会丑态

敌兵入据首都后，即进行组织伪组织，用种种卑劣手段，将自治委员会组成，任陶锡三为维会会长。陶系南京人，为汤山陶庐浴池经理，并拥有相当财产。陶逆与齐燮元为知交，故此次极得敌人信赖，出而任伪组织会长。副会长为孙淑荣，亦系南京人，以略通日语，被敌人重用。该会现分总务、交际、交通、财政、调查、监事六科。会址设于首都警厅内。该伪组织唯一工作，在为敌人奴隶服务，如征工、运输、购办以及代觅妇女等丑恶工作，偶有不理之处，即遭敌兵严厉指责。陶孙二逆乃罔知耻辱，甘之如饴，且更以卑劣行为，谄媚固宠，可谓毫无心肝。此外伪组织虽欲进行关于维持秩序及安定社会工作，但其所管辖区域，焦土一片，渺无人烟，实无何工作可谈。至秩序问题，敌兵之凶暴，亦决非其能力所可制止，故伪组织实等于虚设。近为欲博敌人之欢心，曾于本年一月一日悬挂五色旗，然除增我耻辱与愤慨外，别无任何影响。

敌军布防

敌兵在京一切暴行，大致已如上述，但至一月二十六日，大部敌军曾经离南京，所余者在京布置各种工事。同时在政治方面则强令难民迁回原住所，一月二十八日曾张贴布告，勒令二十五个收容所六万难民一律迁出难民区，否则即用武力驱逐。虽经国际委员交涉，仍无结果，于是难民群议，先请老年人试行迁出，以观后情。然敌兵仍严厉令壮年同迁出，嗣后多数被迫迁出，但于晚间竟有大批妇女哭啼而返，因之益使一般人惶恐万分，不敢轻动，迄至近数日，情形略见好转，然亦不敢谓决已安全也。又敌因鉴于我军近日猛烈进攻，特于最近强迫大批壮丁，在城内外建筑工事，同时在国府、海军部、外交部、铁道部、军委会及各大建筑均驻有敌兵把守，各该地带均不准一般人近前。

市面情形

自敌军进城后之一月，全部南京沦入黑暗时代，难民区外火焰蔓延，焦土一片，抢劫横行，渺无人烟；难民区内屠杀奸淫，任意摧残。内外杀气重重，毫无半分市景。洎一月中旬，水电方面，经国际委员会努力，略有恢复，但电话电报及邮运则仍毫无办法。至各种商店业已根本捣毁，现在敌于难民区上海路一带，开设小摊甚多，所售物品，大部由难民区外抢掠而来，前往购买者甚少。前上海《申报》传南京市面转趋繁荣，实不值识者一笑。此外在难民区内挑担剃发者甚多，生意略见活跃，但此决非所谓商业也。再关于京沪通车事，亦极属滑稽。表面上敌当局布告安民，通知京沪于一月十三日通车，实际上中外人士前往乘车者均不获达到目的，则所谓通车，仅为敌军侵略之工具耳。在京数十万难民，精神肉体皆惨遭奇辱，但对前方战事，均极关切，初则不得已由新《申报》知悉一鳞半爪，然多荒谬无稽，现在多设法于外人家中静听中央广播，遇有捷音，虽在水深火热之中，亦无不欢欣鼓舞也。

当南京被虐杀的时候

汝 尚

南京今天一变而为血腥的地狱，那吃人喝血的魔鬼，他们的残酷行为，决不是我这支无力的笔所能表现出来的。这一篇记载，仅是我个人所身受的片段报告，在下笔之前，谨向被难的同胞敬礼，谨向沦陷在战区的同胞祝福！

一、别了，南京！

我为了热病的纠缠，体温升高到四十度，不能遵照市府的通告，预先迁出南京，又因为"传染病"三字，被拒绝于难民区之外，所以只好迁居在城北一间破陋的平房里。唯一照料我的，只有一个年已花甲的老人张德。

十一号那一天，阴沉沉的，片片的白云，布满了天空。可是早晨七点钟所发出的警报，一直到下午五点钟还没有解除。敌机来来去去，究竟有多少架，谁也不能肯定地说。总之，留在耳边的是不断的嗡嗡声和阵阵的炸弹爆炸声，每一次"轰"的一声以后，房子就跟着摇荡起来。我躺在板床上，好像卧在大摇篮里一样。可是，这些在我们的心里早已失去了它的恐怖性，它不断地加添着我的愤恨。

光华门及通济门的战事整日未停，虽然到了黄昏的时候，炮声渐稀，但是连珠放的机枪，已经找不出它的间歇来。

虽然敌机在黄昏的天空中漫无目的地投弹，虽然敌人的炮弹在天空中飞舞着发出锐厉刺耳的呼声，但往难民区逃难的人群，仍旧扶老携幼，抱着日用不可缺的衣物穿过马路口的沙袋，向那里走去。这时候，他们对于生命的价值，已经估计到最低的限度了。他们带着死灰色的面孔，踏着马路上被残酷的炸弹和炮弹毁灭的同胞所流出来的血汁，没有叹息，没有顾念，一步一步地拼命地往前走去。

大概是晚上七点钟的时候，市府留守的职员蔡君，突然地来了。面色红红的，微微有一些儿喘气。

"尚，你知道吗？我们恐怕要在今夜分别了！"他说话时的态度是那样的严重。

这几天来惴惴不安的心事，恐怕今夜要实现了！我不敢那样地想，但是事实放在面前，又不容我不问了：

"怎么？前线不利吗？"

"唔！"他沉默了一会儿，重重地呼了一口气。"即使我们退出了南京，这不过我们暂时的失利，……可爱的南京终久有一天再回到我们的怀抱里。尚，我告诉你，据刚才所得来的消息，芜湖恐怕已经沦陷了，镇江封锁线现在也难保全了，所以今夜我们不能不退。"他的眼睛有些湿润。

下关所有的一切在军事上没有价值的建筑物，我军为了廓清射界及免为敌人利用起见，在前天起已经自动地焚毁了。熊熊的火光，笼罩着全城，象征着大毁灭的天空的火光，从被震破的纸糊的窗棂中透了进来，已经足够看清房间内各人面部的表情。

我的理智已经完全为了幻念所占据，我现在已记不清那时我的情绪如何，只知道我的全身像投在火坑里一样，热度又升高了。

蔡君临走的时候，好像这样对我说："你安心养病，早日恢复健康，我们将来在前线见，暴敌对于病人不致有所残暴吧？"我知道他完全是为了我的病而安慰我的话。在这样水深火热的当中，还能谈到安心养病吗？那时我已经决定，如果将来有侮辱的事加在我的身上，我愿意以生命去代替。

因为精神方面的刺激，我的病症又使我沉到昏迷的状态里。夜半清醒转来，外面的炮声很疏落地响着，我听得出那是我军在狮子山以及紫金山一带所发出的吼声。但是机枪声及步枪声，像暴雨来到时的雨点一样的密集，并且从东南角伸长到了城中一带。我明白了，南京的命运，已经到了最后决定的时候了。

张德是一夜没睡，他老是含着一筒将熄未熄的旱烟杆。听见了我在床上翻转的声音，随即用他慈祥的眼睛向我扫视一下。我们互相对视着，好像言语已经失去了传达情绪的能力。一分钟一分钟地过去了，最后他忍不住这凄凉的沉寂，告诉了我他晚上在前边屋子里听来的消息。隔壁的张嫂子同她的孩子今天往难民区去的时候，在三牌楼附近给流弹打死了，她那瞎眼的婆婆，已经哭了一个死去活来，到现在也没有人去问她的消息。他还听人说难民区里也落了几颗炸弹，炸死几十人，而且都是女人和小孩。在他结束了这段话以后，接连地摇摇头叹了几声"太惨了，太惨了，老天爷真是没有眼睛"！

我知道，在他的心的深处，隐藏着不可磨灭的烙痕，我除了为那些无辜死难的同胞伤感而外，还有什么可说的呢？

天色转到微明的时候——其实，在那个时候，已经不能分清是什么时候天亮的，因为整个的南京城已陷入火焰的包围——钟鼓楼新街口太平路一带繁华的街道，都在火神的掌握里了，鲜红色的火焰迎风飞舞着，一阵阵的热浪和黑烟，呛得人喘不过气，睁不开眼睛。转瞬间，一切的景物都改变了它的形象。我从窗洞里向外一看，惊奇得几乎跳下床来。啊！伟大的牺牲啊！伟大的焦土抗战啊！昔日莫斯科抵御拿破仑的侵略，而实行的焦土抗战，想不到又临到了今日的南京，我们真幸运，能够亲临这一次的战役——为正义而战的战役。

密集的枪声从各方面传来，已经不能分清我方与敌人的；突然，像一头受伤的野兽发出的尖锐的嚎声突破天空，一直落到我们屋子后面五十米的地方。"轰"的一声，跟着就是一片混杂倒塌的声音，我们所住的那间屋子的后墙，也随着摇摆起来，倾圮了一角。顿时房间内成了灰土的迷宫。破桌上所有的用品，全都结束了它的命运。但这些，除了那一刹那的恐怖以外，也并不感觉到什么。

这一颗炮弹所给予我们的，是摧毁了三间破屋，一个卖菜的老人和他的小孙女被残杀了。

十二日就在这样烟火漫天、枪声混杂中结束了。

我的体温似乎已经减退了，晚间我居然能挣扎起来站在门口，向血色的天空幻想了片刻。

十三日情势突然转变了，虽然枪声还是像昨天一样地叫嚣着，但是敌我两方面太不平衡了。城里敌人密集的射击，只换得我方几声疏落的回音而已。但在城外下关一带，迫击炮与机关枪的声音，好像整个的长江在沸腾着。我明白这一切的现象了，我知道南京的命运是怎样的被判定了。我好像听见我们忠勇的战士噙着眼泪在说着："别了，南京！"我忍不住伏在枕头上流泪了。

二、忍受了最后的耻辱

人们幻想中的地狱是怎样的，我不知道，但在魔鬼掌握下的今日的南京，就是一个人间地狱了。我们沦陷在它手中的同胞，他们的处境和遭遇，比我们幻想中的地狱，也许要痛苦得多吧。

南京完全陷入了大混乱的状态。零碎的枪声，随时随地还可以听见，这是我们英勇的战士，散伏各处，和强暴的敌人作最后的拼命抵抗。

什么时候从龙盘虎踞的南京城楼上扯下我们的国旗的？我可说不清，但十四日早晨已经到处飘扬涂着鲜血色的太阳旗了。当我和病魔挣扎，爬起来跑出门外的时候，远远地望见了一面太阳旗。一种耻辱和愤怒竟使我喘不出气来，我想冲上前去将它撕毁，但我的神志已经失去了主宰，天地都在我的面前旋转着，突然的，我什么都不知道了。

醒转来时，发觉了我又躺在床上。张德坐在我的身旁，他额上的皱纹，更加深了许多。

"你觉得怎样？心里难受吗？刚才若不是我将你背进来，如果给鬼子发觉了，那……那一切都完了。"他的声音有点儿颤。

"不，我要复仇，复仇！"我忍不住又流泪了。

"你现在且安一安心，复仇，也不是性急的事。像你刚才的举动，那只是白白地送掉了性命，于事毫无益处。'留得青山在，不怕没柴烧'，你们读书人，大概会明白这个道理吧。"

每一个字，每一句话，都给我一个莫大的力量，我又何尝不明白刚才的举动是无益的，不过为了一时的感情冲动，我今后要努力压制我的感情，从万难中找到复仇的手段。

失去了自由，生命有随时被毁灭的可能的人们，是怎样的可怜啊！尤其是在暴戾、凶狠、残忍的敌人铁蹄下的人们，命运已经抓在他们的手里，每一分钟每一秒钟都有结束的可能。我们只有蜷伏在这间破屋里，听最后的宰割了。

我的病症似乎已走上痊愈的道路，热度渐减，精神渐佳，但城里的情形正和我的病症相反，造成了空前的劫运，不但我不能出去探听一点儿实情，就是张德他每次出去一会儿，也被阻止回来。他究竟遭遇着一些什么事情，他不对我说，但是他每次回来时面孔所表现的惊恐情形，已使我明白了一些。我再三地诘问他，所回答的仍是一个含糊的"没事"。甚至他有一次回来的时候，额上流着血，他还不对我说是怎么一回事，他只说是不小心擦破了一点儿皮。啊，我完全明白了，这个富于含蓄的老人啊！

十五日、十六日就在这样糊涂状况里半监禁似的挨了过去。

情形越变越坏，我再不能这样苟安地偷活下去，我要脱离这个死牢，因为我是中国人，我要呼吸自由的新鲜空气，这里窒息的残酷的污秽的妖氛，使我再不能忍受下去了。我这样的决定了是在十六日晚六时。

那天下午，天气阴霾，片片的寒灰色的云，飘过来，飘过去。微微的有点儿风，凄凉的、悲惨的景象，为着在毁灭中的南京而哀悼。

突然，像吹过一阵狂风似的，房门被什么冲击一下打开了，随即滚进了一个人。因为房间里光线太暗的缘故，看不清楚是怎样的一个人，等我们把她扶起，才知道是一个全身混满了血和土的妇人。面孔虽然染遍了血，可是掩不住那苍白的死灰色。啊，可怖的血人啊！

"舅舅！"她突然抱着张德大声地哭了。

"怎么，怎么？轻一点儿！"那个持重的老人声音颤抖得非常厉害，他知道他外甥媳妇——这个女人，会传给他一个怎样不幸的消息。他先扶她坐下。

"小金宝被鬼子杀死了，妹妹也被……"她的音调是这样的不平衡，显然的又想痛哭一场，但为了某种恐吓，又压制了下去。

"什么，你妹妹同小金宝怎样了？"他的声音有些发沙，眼角已经润湿了。

"被鬼子，被那杀千刀的鬼子弄死了！"她那愤急的情形，衬着那一副惨白而涂着血的面孔，使人一见就知道她那内心的苦痛是怎样。"天啊！他们死得太惨了！那些畜生们，竟做出这样忍心害理的事，小孩和女人，不知道前生和他们做了什么作孽的事，今生得到这样的惨报，——"她再也不能继续讲下去。

我给她一杯开水，来缓和她那高涨的情绪。

"今天一清早，金宝的爷出去了，一直到中午还没回来。我们正替他担心着。忽然来了几个鬼子兵，凑巧我往后面厨房里去，也没看清到底是几个，大概有五六个吧？那些畜生们，一进来，我就知道不怀好意，连忙往屋后草堆里一躲，妹妹同小金宝在房间里，来不及躲，被他们看见了。以后，我只听见金宝喊我一声，就不喊了，妹妹大哭大喊地闹了一阵，也没声音了，只有那些畜生们嘻嘻哈哈地笑着。我躲在草堆里吓得直抖，大约过了两点钟，才没有听见他们的声响，我这才大着胆子跑出来，轻悄悄地回到房间里一看，天啊！"她忍不住又哭了起来，眼泪混合了血和土，简直分不清她的眼睛和鼻子。

"这群畜生们！"她又继续地讲下去，"竟做出这样丧尽天良的事来。小金宝我那乖孩子，躺在桌底下，身上涂满了血，胸口和肚皮上被刀戳穿了两个窟窿；妹妹呦在床上，赤身露体地仰卧在那儿，身上也尽是血，尤其是下身，天啊，这群畜生们！可怜妹妹今年才十七岁，小金宝那样四岁的小孩子，怎么被……"她的喉咙已经发嘶，再也不能往下讲了。

"走，找金宝的爷，同这群畜生们算账去！"她突然跳起来，发癫似的夺开门向外跑去。

张德一把没抓住她，愣了一下也随着她追了上去。

愤怒的火，已经燃烧到了最高峰，我再也不能忍受了，我决定明天离开这魔鬼的世界，设法获得一杆武器和这群畜生算账。

张德突然一个人转来，带着绝望的神情，虽然天色黑暗，看不清他的面色，但我知道那一定是怎样地难看。

"我，再也，忍，不住了，我，活了，这么大，也，活够了……"他那急促的音调，完全是被绝望、愤怒、耻辱所激成的。

我告诉他我是怎样决定了，并且说不愿看着听着这些耻辱的事而偷活下去，我宁可在战场上做一个炮弹下的牺牲者，只要我们离开南京城是可能的话。他完全同意了我的意见，他还另外告诉我一些藏在脑里的这两天所遭遇的惨事，他说他看见了几个鬼子兵怎样用刺刀刺杀我们的壮丁，怎样在大街上调戏我们的妇女，

285

他猜想着金宝的爷现在恐怕早已被害了，他妈赶上去也是白白地送死，最后他叹着气说："这一次被害的人大概有十万吧！难民区里也是同样的运气。唉，南京的大劫啊！"

这两天准许在街上通过的，只有佩带"皇军顺民"通行证的人。为了要逃出这个污秽的屠场，所以不得不忍受了这最后的耻辱。

四块钱换来了两块白布上面印着"皇军顺民"的通行证，张德还设法得来了两张临时应役证，那是用了十块钱托人换来的。

含着眼泪在臂上缝好通行证，咬着牙在十七日下午走到马路上。

马路两旁的景物，完全改变了。

残余的火烬尚在继续半熄半燃地烧着。到处都可以看见紫红色的血渍。

在太阳旗帜下的魔鬼们，随时随地都有刺杀我们的可能。我们除了低着头怀着不宁的心情向前走去，对于别的我们再也不能顾虑了。

盘踞中华门的是八个凶横的敌人同两个汉奸，当我们把应役证缴验以后，全身被搜查一下，随即被释放出来，低着头从敌人刺刀下钻出破毁的城门。但是，在我们后面的一个妇人，却遭受了无端的耻辱。

我们不敢再回头看了，只有循着崎岖不平的道路向前走去。横在我们面前的，是一个将要没落的太阳。

一九三八年一月追忆于西安

南京受降纪实 *

王楚英

1945年9月9日上午9时，中国战区日军投降签字仪式在南京原中央军校大礼堂内隆重举行。这天南京城到处呈现着一片欢乐的景象，街头巷尾，人人喜形于色，流露出对胜利和和平的欢欣。

当时，由中山东路原黄埔路口到中央军校大礼堂门前，沿着柏油路两旁，每隔50米竖立一根漆着蓝白红三色条纹的旗杆，上悬联合国旗。旗杆旁边，并排站着新六军的武装士兵和宪兵，他们头戴钢盔，脚穿皮鞋，身着哔叽呢服，戴着白色手套，手持冲锋枪，庄严地挺立着。黄埔路口有一座用松柏枝叶扎成的高大牌楼，上缀"胜利和平"四个金色大字。在中央军校大门的上方挂着一块横额，蓝底之上书有"中国陆军总司令部"八个白色楷书大字。在大门外的牌坊顶端嵌着一个巨大的红色"V"字，以示

---

* 本文节选自《1945年中国战区受降始末》。

287

胜利之意。其下方悬挂一块红布横幅，上面贴着"中国战区日本投降签字典礼会场"14个闪闪发光的金字。

大礼堂的四周，也彩饰一新，正门和其他出入口都有新六军的战士和宪兵守卫，警戒森严，气氛十分严肃而且热烈。大礼堂的正门上，悬挂着中、美、英、苏的国旗。礼堂内的圆柱和廊柱上，都绕以蓝白红三色布条，并环插中、美、英、苏的小型国旗和联合国旗。下面讲台的壁上挂着孙中山先生遗像和国民党的党、国旗。礼堂正中为签降的所在，用淡蓝色的布栏围成长方形状，在中山先生像的一方置一长条桌，上铺白布，为受降席，备有五把靠椅；对面也置一长条桌，上铺白布，置座椅七只，为投降席。受降席中间主座桌上置一漆盘，内有墨、砚、毛笔、印盒等物，还有一个麦克风。其上方悬挂着四盏巨型吊灯，光照全场，更显辉煌。在受降席和投降席之后方，各站立八名新六军武装战士，肃然挺立，警卫着会场。

在受降席的右侧为中国和盟国军官的观礼席，左侧为记者席，楼上为其他官员观礼席。正门入口处设有签到处，上午8时50分，场内已座无虚席。

在受降席左侧观礼席上就座的有汤恩伯、王懋功、李明扬、郑洞国、冷欣、蔡文治、钮先铭、彭孟缉、马崇六、白雨生、卢致德、金璧奎、宫其光、廖耀湘、舒胡存、龙天武、李涛、陈倬、牟廷芳、谷正纲、李惟果、丁惟汾、葛敬恩、顾毓绣、邵毓麟、卓衡之、马超俊、孙天放、赵思尧、刁作谦、陈行等中国军政官员，还有美国的陆军少将麦鲁、准将柏德尔、海军少将迈斯、柏勒列，英国的海斯中将和布诺金，法国的福尔上校和菲内利。此外还有加拿大、苏联、荷兰、澳大利亚等国军官十余人。楼上还有中国和盟国的观礼官员百余人。总计参加大会的有中国陆军将级军官99人，海、空军军官35人，盟方代表47人，国民党文职官员51人，国民党其他军官85人，中国记者52人，外国记者36人，共405人。

8时52分，悬挂在受降席和投降席上空的水银灯突然放光，何应钦在全场瞩目之下，由礼台后方休息室走进会场，全场迅即肃立致敬，摄影记者纷纷抢着拍照，大厅里顿时活跃起来。紧跟何应钦入场的是海军总司令陈绍宽、第三战区长官顾祝同、中国陆总参谋长萧毅肃、空军第一路司令张廷孟。

8时58分，由军训部次长王俊中将引导日本投降代表驻华日军最高指挥官冈村宁次大将及小林浅三郎等七人，自大礼堂正门步入会场，摄影记者纷纷对着他们拍照。

冈村宁次等在王俊中将引导下成纵队走进布栏后排成横队，冈村居中，齐向何应钦脱帽鞠躬致敬，何应钦欠身示答。冈村当即解除所佩军刀，转身交小林浅三郎双手捧着送呈何应钦，以示百万侵华日军全部向我缴械投降了。此时正是1945年9月9日上午9时。

冈村等就座后，何应钦令其交验代表签降的证明文件，冈村离席走到何应钦面前敬礼后，双手呈交日本大本营授予他代表签降的全权证书和有关文件，何当场审阅毕，即以中日两种文本的《降书》各两份交给冈村，冈村双手接捧，又向何一鞠躬后再退回原位，打开降书举目览读，他的参谋长小林浅三郎即为之研墨，冈村恭谨地在降书上用毛笔签名并加盖私章，然后将两份降书呈交何应钦签名盖章。此时是上午9时7分。何应钦以降书一份交冈村领收，冈村复回原位。当签字仪式进行时，冈村自始至终都表现出严肃而沮丧的神情，动作很拘谨，其余的投降代表也个个神情颓然，但都挺胸直背地坐在那里，一动也不动。9 时 10 分，何应钦将中国战区最高统帅蒋介石的第一号命令交付给冈村。冈村略为展阅后，即签署命令受领证，交由小林浅三郎呈送何应钦。

9 时 15 分，何应钦命令冈村等退席。历时 15 分钟的中国战区 120 余万日军的投降签字仪式，到此全部完成；历时八年的中国全民族抗日战争，从此胜利结束。